诺贝尔文学奖作家文集·加缪卷

局外人

[法]加缪——著

李玉民——译

L'Étranger

漓江出版社

作家·作品

他运用一种完整纯净的古典风格和高度的凝练，把问题具体化为某种形式，人物和行动使他的观念活生生地呈现在我们面前，而无须作者从旁议论。《局外人》所以著名，原因即在于此。

——1957 年诺贝尔文学奖授奖词

加缪先生的《局外人》一出版就大享红运，众口交誉说这是"停战"以来最好的书……《局外人》不是一本提供解释的书，因为荒诞的人不做解释，他只是描写。这也不是一本提供证明的书。加缪先生仅做提示，他无心去证实本质上无法证实的东西。《西绪福斯神话》将告诉我们应该以什么方式看待作者的这部小说……《局外人》因此是一部关于差距、脱节、置身异域他乡之感的小说。该书的巧妙结构由此脱胎：一方面是切身经历的日常平淡无奇的细流，另一方面则是由人的理性和言词重新组合这一现实生活，以便给人教益。于是产生荒诞的感觉，即我们无法用我们的观念和语汇去思考世上的事件。

——［法］萨特《〈局外人〉的诠释》

我想，只要他们读懂了《局外人》，他们就不会对（法国）新小说那么惊讶。那是一本十分奇特的书……加缪讲述了阿尔及利亚一个小职员的生活。他把他叫作"局外人"……他对什么而言是局外人？他对自己来说是局外人，他对自己觉得很陌生，他无法回答"我是谁""我在这里做什么"这些问题……《局外人》是一本非常伟大的书，这本让人震惊的书其特点就是贯穿全书的沉默。某个人想说却无法说，在与外在世界的接触中，他感到自己无法表达，好像这种语言，好像法语这种语言不是他的母语。

——［法］阿兰·罗伯-格里耶《语言的混淆》

《局外人》的社会意义首先在于对荒谬现实的深刻揭示……他（默尔索）不仅看透了司法的荒诞、宗教的虚妄、神职人员的伎俩，而且看透了人类生存状况的尴尬与无奈……他自然就剥去了生生死死问题上一切浪漫的、感伤的、悲喜的、夸张的感情饰物，而保持了最冷静不过、看起来是冷漠而无动于衷的情态，更不会去进行一切处心积虑、急功近利、钻营谋算的俗务行为。加缪让他的主人公如此感受到人的生存荒诞性的同时，也让他面临着人类社会法律、世俗观念与意识形态的荒诞的致命压力，从而使他的《局外人》成了一本以极大的力度触撼了人类存在中这个重大基本课题的书。它在法国文学中的重要地位从它问世之初就已奠定，它以深邃的现代哲理内涵与精练凝聚的古典风格，成为 20 世纪世界文学中的经典名著。

——柳鸣九《加缪文集·总序》

目　录

译　序

局外人

流放与王国
——献给法兰西娜

附　录

译　序

局外何人？

李玉民

最难理解的莫过于象征作品。一种象征往往带有普遍性，总要超越应用者，也就是说，他实际讲出来的内容，大大超过他要表达的意思，艺术家只能再现其动态，不管诠释得多么确切，也不可能逐字逐句对应。尤其是，"真正的艺术作品总合乎人性的尺度，本质上是少说的作品"。

加缪在《西绪福斯神话》中所表达的这种观点，道出了阅读象征性作品所碰到的最大难题。作者遵循这一美学原则：多讲无益，少说为佳，在作品中留下大量空白，任由读者去猜测。我们读这类作品，思想上也总是纠结矛盾：一方面享受着作者有意无意留出的想象空间，另一方面苦于捉摸不定而又希望作者多透露些信息。不过，更多的信息，只能以这类成品的说明书的形式透露了。因此，加缪在多处也做了类似说明。本文通篇都要谈这个问题，不妨先讲一点加缪的语言风格。

加缪具有深厚的古典写作功底，语句简洁凝练，往往十分精辟。这里略举一段，实际体会一下：

我知道我离不开自己的时间，就决定同时间合为一体。我之所以这么重视个体，只因为在我看来，个体微不足道而又备受屈辱。我知道没有胜利的事业，那么就把兴趣放到失败的事业：这些事业需要一颗完整的心灵，对自己的失败和暂时的胜利都不以为然。对于感到心系这个世界命运的人来说，文明的撞击具有令人惶恐的效果。我把这化为自己的惶恐不安，同时也要撞撞大运。在历史和永恒之间，我选择了历史，只因我喜爱确定的东西。至少，我信得过历史，怎么能否定把我压倒的这种力量呢？

——《西绪福斯神话》

　　这类语句，我翻译时下笔就十分滞重，即便引用来重抄一遍，仍旧觉得沉甸甸的，其分量自然源于思想的内涵。语言如此，更有作品中的悲剧性人物，如默尔索、卡利古拉、乃至西绪福斯、唐璜等，言行那么怪诞，身陷莫名其妙的重重矛盾中，如何给予入情入理的解释，恐怕除了少数专家，包括我在内的绝大多数人都会望而生畏。

　　记得十来年前，在北京打拼的一位青年导演组织剧班排练好了五幕悲剧《卡利古拉》，租用北京青年小剧场，计划演出一个月。我作为加缪戏剧的译者，应邀出席了最后彩排和首场演出。这群扮演古罗马人的青年演员，似乎领会了这出古罗马宫廷戏的精神，直到演出，包括导演在内，谁也没有向我提出任何问题。他们一个个精神抖擞，表现出北漂青年那样的十足热力，表演特别用心认真，其忠实于原作的程度，不亚于我的翻译。问题出在散场时，有的观众没有看懂剧情，得知我是翻译便问我，这场戏是什么意思。当时以我对加缪作品的把握，还不能深入浅出地回答不知加缪是何许人的观众，我只好泛泛讲了几句，观众还是一脸疑惑的神情。幸好同去观戏的北大教授、好友车槿山在身边，他当场给几名观众上了一堂关于加缪的启蒙课。

　　我记述这一笔，既赞赏那些青年的勇气，率先将加缪的戏剧搬上中国舞台，虽然还有一点水土不服，但终归算一件小盛事，也因为临场方知，恰当地解释加缪的作品并非易事：《卡利古拉》一出戏尚且如此，遑论加缪的文集！

小说《局外人》、剧作《卡利古拉》，以及哲学随笔《西绪福斯神话》，如果不挑字眼儿，就不妨称为"荒诞三部曲"。长篇小说《鼠疫》、剧作《正义者》和理论力作《反抗者》，则组成第二个系列，也可以顺势称作"反抗三部曲"。从叙述文《堕落》开始，加缪似乎进入深度反思，总结他半生斗争的生涯，他似乎正经历一次新的蜕变，但是文中的象征还不甚明晰。直到未完成的长篇，类似传记的《第一人》手稿的发现，整理出版，我们才得以窥见加缪生前最后阶段的思想进程。

书名翻译也有学问。譬如《局外人》，原文为 L'Étranger，《法汉大词典》给出的词义是：①外国人；②他人、外人、陌生人、局外人。最后一条显然是有了《局外人》的译法而后加的。最先译为《局外人》的人定是高手，因为只看原书名而不详读内容，首先想到的是"外国人"，或者"外乡人"，当然离题太远了。"局外人"含有置身局外的意思，与"局中人""局内人"相反，倒也切合主人公默尔索的状态。其实，原书名在法语是个极普通的词，而汉语"局外人"则非同一般，译出了作者在小说中赋予这个普通词的特殊内涵。不过，话又说回来，中法语言文化毕竟差异极大，尤其抽象的概念，很难找到完全对应、完全对等的。就拿"局外人"来说，照《现代汉语词典》的解释："指与某事无关的人。"这恐怕难以涵盖加缪在哲理小说中使用这个词的意义。因此不免有一问：局外究竟何人？

加缪第一部哲理小说，就用"局外人"来界定默尔索这个人物。尽管在此后的作品中，加缪并没有把具有他的哲学血统的人物统称为"局外人"，但是《局外人》这部小说影响太大了，后来的人物，不管叫什么名字，我们总不免认为，他们都同属于"局外人"这一族群。因此，如能确认这一族群是什么人，也就等于抓住了加缪哲学最鲜活的成分。

加缪就断言："伟大的小说家是哲理小说家。"他还列举出几位，有巴尔扎克、萨德、麦尔维尔、斯丹达尔、陀思妥耶夫斯基、普鲁斯特、马尔罗、卡夫卡。他们和加缪有一个共同点，都不自诩为哲学家，却用充满哲理的小说创造出自己的世界而成为伟大的小说家。他们善于将抽象的思想化为血肉之躯，而这种"肉体和激情的小说游戏的安排，就更加符合一种观看世界的要求"。他们的作品，"仅仅是从经验上剪裁下来的一块，仅仅是钻石的一个切面，闪耀着凝聚在内中无所限制的光芒"。这种作品，"既是一种终结，又是一场开端"，往往是一种"不做解释的哲学的成果，是这种哲学的例证和圆成"。

加缪讲得再清楚不过了：这种小说是观看和认识现实的工具，是哲学的成果，但是也"要有这种哲学言外之意的补充，作品才算完整"。哲理小说与哲学论著的这种相互依托的关系，我们虽然知道，而由作者出面这样强调，我们就无须多虑了。不过，也不是一路畅通无阻，作者又特意提醒一句："小说创作也像某些哲学作品那样，可能呈现相同的模糊性。"而这种模糊性，恰恰又是《局外人》这部小说的一个突出特点。也许正因为如此，这部短短的中篇小说，足以引出数不胜数的分析评论文章和专著。因而，要弄清局外何人，还得透过小说中的这种模糊性，抓住加缪真正要表达的意思，进而了解他所创造的"局外人"出没的世界。幸好，加缪又来引路了，他在《西绪福斯神话》中写道：

在象征方面，要想掌握，最可靠的办法就是不去撩拨，也不带定见进入作品，更不去探究那些暗流。尤其是对卡夫卡，必须老老实实顺随他的笔势，从表层切入情节，从形式研读小说。

加缪在谈他如何研读卡夫卡的荒诞作品。既然指出了门道，就不要只看热闹了。照加缪所说，最可靠的办法有三不要：一不要随意撩拨。这意思可就宽泛了，借用时下的字眼儿，就是不要太任性，不要施展望文生义、见微知著、举一反三的本领。二不要带着定见进入作品。抱着定见必然心浮气躁，匆忙质疑，自顾高谈阔论，结果南辕北辙，与作品毫不相干。三不要探究暗流。只因暗流涌动，根本无从探测，反而舍本逐末，难说不会被暗流吞没。要做的就是老老实实，步步紧跟作者的思路，哪怕不大理解。这样还嫌不够，加缪又进一步说明：

卡夫卡的秘密，就寓于这种根本性的模棱两可之中。在自然和异常，个体和万物，悲剧性和日常生活，荒诞和逻辑之间，这种恒久的摇摆，贯穿了卡夫卡的全部作品，使得作品既共鸣反响，又富有意义。要想理解荒诞作品，就应该历数这些反常现象，就应该强调这些矛盾。

是否可以说，加缪的秘密，也寓于贯穿他的作品的模糊性之中呢？虽然不能生搬硬套，但是荒诞作品之间，即使作者写作风格迥异，也必有根本性的相通之处，譬如在自然与反常之间等方面，都同样描述了大量的"反常现象"，都同样表现了重重"矛盾"。这就是为什么加缪特别强调，要想理解荒诞作品，就必须认真看待这些反常现象、这些矛盾，这也正是上段引文的结尾，"从表层切入情节，从形式研读小说"，加缪所说的意思。

现在，我们就从一处表层，切入《局外人》的情节：一声震耳欲聋的脆响，"一切都开始了"。分为两部的小说，就好像故事从此开始，默尔索这个小职员在第一部讲述的日常生活，从此一笔勾销，顶多能充当一件命案的证明材料了。"我明白自己打破了这一天的平衡，打破了海滩异乎寻常的寂静，打破了我曾觉得幸福的平衡和寂静。"随后，他又对着那不动的躯体连开四枪，"在厄运之门上急促地敲了四下"。

"我明白"，这只是默尔索的惯性思维，其实他并不明白，仅仅意识到惹上麻烦，而敲了四下厄运之门，是他最终才明白过来的。第二部的情节，就在不明不白中展开了。起初，似乎没人对他的案子感兴趣，可是不知何故，过了一周，情况完全变了。预审法官面带好奇的神色打量他。这"好奇"里面就大有文章，默尔索被盯上了，只是他还意识不到，也不可能有所警觉。因而，他回答预审法官说，是不是非得请律师，"我认为自己的案子非常简单"。预审法官便微微一笑，说道："这是一种看法……"第二次审讯，预审法官问他是不是个"性格内向、寡言少语的人"。默尔索回答说："事出有因，我从来没有什么重要的话要讲，于是就保持沉默。"预审法官还像上次那样微微一笑，承认这是最好的理由……

两次预审，看上去十分简单，波澜不惊。然而，这正是加缪文笔的高妙之处，于无声处听惊雷，简单中潜行着复杂的矛盾与冲突。且不说预审法官话里有话，单看他两次"微微一笑"，象征什么，就足够让人寻味的了。细品《局外人》中的这种暗笔，堪称奇绝，笔墨之细，隐义之妙，真是妙趣横生，令人无限遐想。我特别欣赏我国这句古话：哭是常情，笑乃不可测。法官的笑就更加不可测了。

在不明不白的审案当中，还不乏滑稽可笑的场面。预审法官说不找律师，就会给他指派一位。默尔索表示这样太方便了，司法机关连这些具体问题都负责给解决，他便同法官一致得出结论：法律制定得很完善。而且对法官这个人，他也觉得"非常通情达理"，"善气迎人"，要离开审讯室时，甚至想同法官握手，幸好及时想起自己有命案在身。一次次审讯，法官和他的谈话变得"更加亲热"了，甚至让他产生了"亲如一家"的可笑印象；有时法官还把他送到门口，重又交到狱警手里之前，拍拍他的肩膀，亲热地对他说一句："今天就这样吧，反基督先生。"

这种反衬手法的巧妙运用，更加突显了荒诞的效果。而且怪得很，话说得越明确，意思就越模糊。经过数月审理，按预审法官的说法，默尔索的案子"进展正常"。可是，确知他不信上帝之后，预审法官对他就没有兴趣，"事情就再也没有进展了"，已经把他的案子"以某种方式归类了"，还打趣地称他为"反基督先生"。案子进展怎么叫"正常"，"再也没有进展"又从何说起；而案子"归类"似乎很清楚，"以某种方式"，又意味有多少令人猜不透的名堂。

总之，这部《局外人》感觉有点怪异，翻译觉得很明白，文字典雅，既简练又明晰，可是再读起来，似乎变得神经过敏了，仿佛随处都话中有话，并不像表面文字那么简单。而且主人公默尔索，也越来越让人捉摸不透了，他原本就是局外人，还是脚踏局内局外的人，抑或是从局内走向局外的人呢？本来不成问题的事，一读再读反成为问题了。下面引出一小段，看看我是不是有点疑神疑鬼。

（预审法官和律师）有时候谈到一般性问题，也让我参加讨论。我的心情开始轻松了：在这种时刻，谁对我都没有恶意。一切都显得那么自然，那么按部就班，表演得那么有板有眼，我甚至产生了"亲如一家"的可笑印象。

就拿这段文字来琢磨琢磨默尔索这个人物。我们还是回到那声震耳欲聋的枪响，"一切都开始了"，能说他一切都明白了吗？恐怕未必。否则，他揣着明白装糊涂，哪儿来第二部这一场场好戏呢？我们不能怀疑他的心情开始轻松了，这就表明，他并不完全明白，因而才能不由自主地配合对方演成好戏，一时还预测不出他敲响了厄运之门。但是，这段话一连串的表达方式："显得那么自然"，"那么按部就班"，"表演得那么有板有眼"，还把"亲如一家"打上引号，称为"可笑印象"，这些足以说明他有清醒的判断。

明白不明白是一回事，但是局外人始终保持清醒。加缪在《西绪福斯神话》中谈到荒诞人时，有这样一段话：

> 一个富有荒诞精神的人只是判断……他顶多能同意利用过去的经验确定自己未来的行为。时间将激活时间，生活支持生活。在这个既局限又充满可能性的地盘上，他觉得除了清醒，他本身一切都是不可预测的。

荒诞人在有限而又充满可能性的生命中，他本身除了清醒，一切都是不可预测的，这是荒诞人的一大特点。让我们看看默尔索是否具备。在人生的两大问题，工作和爱情婚姻上，默尔索超乎寻常的清醒态度，集中表现在第一部第五节中。老板打算在巴黎开设办事处，有意把这个美差交给默尔索，这样既能生活在巴黎，每年又有出差旅行的机会，认为他年纪轻轻，应该喜欢那种生活。不料他只是淡淡地附和一声是啊，内心深处却觉得无所谓。于是老板就问他，是不是对改变生活不感兴趣，他就明确回答说："人永远也谈不上改变生活。"这是默尔索对人生的一种根本认识，而这种清醒的认识贯穿全书的始终，也体现在爱情和婚姻上。女友玛丽问他，是否愿意同她结婚。默尔索回答这对他无所谓，如果她愿意，就可以结婚。玛丽还问他是否爱她，他还是那个话：这毫无意义。

"毫无意义"和"无所谓"，几乎成为他的口头禅，用来对许多事情，乃至如工作前程、爱情婚姻这样人生重大问题的表态，显然不近情理，毫无诚意，没有讲出真实的想法，因而被人看成是个"怪人"。粗读这部小说，默尔索也很容易给人留下这种印象，就觉得他说话办事不痛快，该讲的话不讲，顾左右而言他。也许正是他这种寡言少语的性格，给养老院工作人员造成误解；也正是他这种不配合的态度，惹恼了办案人员，结果开庭审判时，不利的证词和道德审判气氛，导致出乎意料的重判：以法兰西人民的名义，他将在广场上被斩首示众。庭长宣判完，最后问他有什么话要讲。他略一思索，随后便回答："没有。"为什么无语，这种后果，似乎他自身也有几分责任。

带着这样的疑问细读，却发现在关键时刻，默尔索一反模棱两可的态度，哪怕是对自己不利，也果断地表明态度，甚至断然说"不"。下面就节选一段律师同他的谈话，具体看看在什么情况下，他说话有些含混，而到了什么火候，又有明确的态度。

"要知道，"我的律师对我说道，"像您这种情况，我实在有点儿难以启齿，但是这又非常重要。如果我找不出理由答辩，这就将成为指控您的一个重要证据。"他希望我能协助他。他问我，那天我是否感到难过。

律师告诉他，办案人员调查了他的私生活，还去过马伦戈的养老院，预审法官都获悉葬礼那天，他"表现出了无动于衷的态度"。律师无疑凭经验，认为这是个要害问题，料想检察官会抓住他在母亲葬礼时的表现大做文章。可见，律师是从专业的角度，也从被告的利益出发，提出这个不近情理的问题，要求默尔索予以协助。

听到这样一问，我十分惊讶，如果是我不得不提出这个问题，我都会感到非常尴尬。不过我还是回答说，我多少丧失了扪心自问的习惯，很难向他提供这方面的情况。自不待言，我很爱妈妈，但是这并不能表明什么。所有精神正常的人，都或多或少盼望过自己所爱的人死去。

默尔索十分惊讶，可是他的回答更让别人惊讶。他说很爱妈妈，只要接上一句：妈妈死了心里当然难过。他非但不这么迎合一句，反而话头一转，"这并不能表明什么"，一下子就勾销了。尤其不该借题发挥，无端将所有精神正常的人都横扫一下，简直就是不打自招，承认也曾盼望过自己所爱的人死去。律师的反应可想而知，他当即打断默尔索的话，焦躁地让他保证，"无论到法庭上，还是在预审法官那里，都不要讲这种话"。话说到这份儿上，但凡知趣一点儿，应对一声也就算了。然而，默尔索偏不。

可是，我却向他解释道，我天生如此：生理的需要往往会扰乱我的情感。安葬妈妈那天，我疲惫不堪，又非常困倦，也就没有留意当时发生了什么情况。我所能肯定说的是，我真不愿意妈妈死了。

律师没法儿满意，便思考一下，帮他出个主意，可不可以说那天，他控制住了心中自然的感情。默尔索断然拒绝："不可以，因为是假话。"律师神情古怪，似乎有几分反感，带点幸灾乐祸的口气说，这可能将他置于难堪的境地。他却提请律师注意，这段事情跟他的案子无关。律师仅仅反驳了一句：显然他从未跟司法机构打过交道。接着，默尔索有这样一段记述：

他走时面带愠色。我很想留下他，向他说明我渴望得到他的同情，但不是为了获取他更好的辩护，而是……可以这么说，而是自然而然的事情。尤其是我看出来，我让他很不自在。他没有理解我的意思，对我产生了一点儿怨恨。我真想明确告诉他，我跟所有人一样，跟所有人绝对一样。然而，费一番口舌，其实没有多大用处，我也懒得讲，干脆放弃了。

律师的担心不无道理，后来得到开庭审判过程的证实，结果默尔索不仅处境尴尬，还被判了极刑。从上面引述的这段谈话来看，不必详细分析，大体可以判断出，律师讲的每句话都是诚恳的、善意的，而默尔索的回答虽然是片言只语，句句讲的也都是实话，只是欲言又止。这两种真诚态度，却不能在事实上形成合力，最终只能各行其是。默尔索态度暧昧，有些"失真"，盖缘于他欲言又止。不过，这仍然是他清醒的一种表现，他往往认为多解释无益，徒费唇舌，就干脆放弃。他对老板，对女友玛丽也是一样，他那"无所谓"的态度，正是基于他的这种清醒认识：无论做什么，促成事情怎样变化，都"没有多大用处"，"没有实际意义"。

"没有实际意义"，这是默尔索的真诚与一般人真诚的最大差异。一般人，真诚想提拔他的老板，真心想跟他结婚的玛丽，真正想帮他打赢这场官司的律师，他们都有功利性、动机性。唯独局外人，想要表露的真性情，则毫无动机，毫无功利性。他说"人永远也谈不上改变生活"，既不想巴结老板，欣然接受去巴黎生活的提议，也不愿明确拒绝，拂老板的意。他说可以结婚，但是并不想讨玛丽的欢心，而说不爱她，也同样无意伤害她。他渴望博得律师的同情，只是合乎人之常情，不是为了获取更好的辩护。

不过，应当特别指出，默尔索至少在两次关键时刻断然说不，则别具深意。一次是初审法官对他这个人发生了兴趣，问他是否信仰上帝，听他回答说不信，就气呼呼说这不可能，"人人都相信上帝，即使是那些背弃上帝的人"，于是百般劝导，还将基督受难像举到他眼下。最终，默尔索还是说"不"。另一次，默尔索被判决之后，一再遭到他拒绝的神甫还是坚持到牢房看他，说是"人类的正义微不足道，而上帝的正义才至关重要"，引导忏悔，还问默尔索是否允许他拥抱他。默尔索答道："不。"他是对上帝说"不"，也就是对永恒说"不"。这正是加缪给荒诞人下的一种定义。

歌德说："我的地盘，就是我的时间。"这真是荒诞的警语。荒诞人是什么呢？就是毫不否认，不为永恒做任何事情的人。并不是说怀旧对他是陌生之物，但是他偏爱自己的勇气和自己的推理。勇气教他义无反顾地生活，满足于现有的东西；推理则让他明白自己的局限。他确认了自己有局限的自由、没有前途的反抗以及会消亡的意识，以便在他活着期间继续他的冒险。这就是他的地盘，这就是他的行动：排除一切判断，只保留自主判断的行动。对他而言，一种更加伟大的生活，并不意味另一种生活。否则就不诚实了。我在这里甚至不提称之为后世的那种可笑的永恒。

加缪在《西绪福斯神话》中，一再界定什么是荒诞人，我认为这一段文字所描述的特点，基本上符合加缪小说和戏剧里的主人公性格。无论默尔索、卡利古拉，还是《鼠疫》中的里厄大夫、塔鲁，《正义者》中的卡利亚耶夫及其战友们，虽然在反抗这个主题上，比较起来还有差异，但是，他们都大步走在荒诞的路上，发现的第一个真理，就是"人必有一死，他们的生活并不幸福"。这一场景，在《卡利古拉》第一幕第四场有精彩的对话。在此顺便多说一句：在阐释荒诞的主题上，加缪的剧作，包括他的改编剧《群魔》等，因其人物在场上直接冲突与交锋，即使不是看戏而是阅读（不要小看经典戏剧的阅读功用），那种论争和智辩也更加直观，更加扣人心弦。

荒诞人掌握了这一真理，就有了清醒的意识，看破了世界的荒诞与虚假，他们不再相信宇宙间存在更高级的生命，不再相信能给予人另一种幸福生活的上帝，总之不相信永恒了，而世人生活在永恒的希望中，无非是把虚假的骗局当作希望的永恒。这是人生状况二律背反推理的结果。加缪在分析克尔凯郭尔的哲学，针对他要赋予他的上帝以荒诞的特性时指出："荒诞，则是觉悟人的原本状态，并不通向上帝……用极荒诞的说法：荒诞，就是没有上帝的罪孽。"真的没有一点儿上帝的容身之地了。

鄙弃永恒，就是彻底承认人生的局限。所谓荒诞人，就是只能与时间同行，须臾也离不开时间的人。荒诞人掌握了一门不容幻想的科学，否定那些追求永恒的人所宣扬的一切。这就意味没有希望，没有未来，只有在世的时间，只有当下和当下一系列的瞬间。这就是歌德所说的地盘。到死囚牢房看望默尔索的神甫当然不理解，他不无感慨地问："您就如此热爱这片大地吗？"随后又问默尔索，怎么看另一种生活。默尔索便冲他嚷道："就是我在那种生活里，能够回忆这种生活。"同样，在《正义者》中，要去执行暗杀皇叔任务的卡利亚耶夫也明确说："我热爱生活，并不寂寞。正因为热爱生活，我才投身革命。"而更加激进的斯切潘则说："我不热爱生活，而热爱高于生活的正义。"但是不管怎样，他们都实践着尼采的这句话："重要的不是永恒的生命，而是永恒的活力。"

既然没有未来，没有永恒，只有短暂的一生，人生正因为没有意义就更值得一过。人没有了希望，倒意味增加了不受约束性，这就是加缪所说的，并且体现在他的众多人物身上的"深度自由的缘由"。他们就再也无所顾忌了，周身都焕发出超常的活力，有声有色地运用起一种超越通行规律的自由。默尔索和卡利古拉，这一今一古两个主人公，都放射出了永恒活力的耀眼光芒。

死囚面对打开的重重牢门，默尔索那种神圣的不可约束性，就化作生命的纯粹火焰，在燃尽之前，痛快淋漓地展现了这种反抗的自由。

我呢，看样子两手空空，但是我能把握住自己，把握住一切，比他（神甫）有把握，我能把握住自己的生命，把握住即将到来的死亡。对，我只有这种把握了。可我至少掌握了这一真理，正如这一真理掌握了我一样。从前我是对的，现在还是对的，我总是对的。……我生活的整个过程，就好像在等待这一时刻和这个黎明：终将证明我是对的。……我所度过的这荒诞的一生中，一种捉摸不定的灵气，从我的未来的幽深之处朝我冉冉升起，穿越尚未到来的岁月，而这股灵气所经之处，便抹平了我生活过而并不更为真实的那些年间别人给我的种种建议。……既然唯一的命运注定要遴选我本人，并且随同我也遴选像他那样自称我兄弟的千千万万幸运者……

卡利古拉也跟默尔索一样，猛然憬悟而掌握了这一真理，但是他贵为罗马皇帝，一旦有了自主判断的行动自由，就必然闹得天翻地覆。皇帝的贴心侍从埃利孔早有预见："假如卡伊乌斯（卡利古拉的名字）开始醒悟了，他有一颗年轻善良的心，是什么都要管的。那样一来，天晓得要使我们付出多大代价。"果不其然，三年当中，正如卡利古拉所讲的："我周围的一切，全是虚假的，而我，就是要让人们生活在真实当中！恰好我有这种手段，能够让他们在真实当中生活。"他使用了暴君的手段，教育人们认清世界的残暴与荒诞，逼使他们起来反抗。最终，他对着镜子，讲出这样一段意味深长的话：

一切都看似那么复杂，其实又那么简单。如果我得到月亮（指不可能的事情），如果有爱情就足够了，那么就会全部改观了。可是，到哪儿能止住这如焚的口渴？对我来说，哪个人的心，哪路神仙能有一湖水的深度呢？（跪下，哭泣）无论在这个世界还是在另外一个世界，没有任何东西能与我等量齐观。其实，我明明知道，你也知道呀（哭着把双手伸向镜子），只要不可能的事情实现就成。不可能的事！我走遍天涯海角，还在我周身各处寻觅。我伸出过双手，（喊）现在又伸出双手，碰到的却是你，总是你在我的对面。我对你恨之入骨。我没有走应该走的路，结果一无所获。我的自由并不是好的……噢，今宵多么沉重！埃利孔不会回来：我们将永远有罪！今宵沉重得像人类的痛苦。

两个生命的终篇，同为荒诞人，却大相径庭。默尔索还沉醉在反抗的激情（即尼采所说的活力）中：一生终于有这么一次，把握住了自己的命运，可以傲视周围的一切了。卡利古拉则不然，他既然醒悟，又握有皇权，就想有大作为，要改造世界，至少改变他周围的世界。他好似征服者，充分感到自己的力量，将这种力量发挥到最高值，但是超越不了荒诞人本身，投身到失败的事业中，根本不可能获取成功。荒诞人面对暴君，卡利古拉的这种双重性，引导他走上歧路，错误地运用了自己的自由；荒诞人卡利古拉对暴君卡利古拉恨之入骨：非正义匡正不了世界，卡利古拉难逃罪责，只因"在反抗者的宇宙中，死亡彰显着非正义，死亡是登峰造极的滥用权力"。

再看默尔索和卡利古拉临终留下的遗言。默尔索的遗言还不失为他那反抗激情的余绪。

我也同样，感到自己准备好了，要再次经历这一切。经过这场盛怒，我就好像净除了痛苦，空乏了希望，面对这布满征象的星空，我第一次敞开心扉，接受世界温柔的冷漠。感受到这世界如此像我，总之亲如手足，我就觉得自己从前幸福，现在仍然幸福。为求尽善尽美，为求我不再感到那么孤独，我只期望行刑那天围观者众，都向我发出憎恨的吼声。

默尔索像诗人一样享受这一刻。"这座现实的地狱，终于成为人的王国"，不再沉默，而是充满疾恶如仇的吼声。再看《卡利古拉》的结局：

[卡利古拉站起来，操起一张矮凳，气喘吁吁地走到镜子前，对着镜子观察，模拟地向前一跳，朝着他在镜中同样动作的身影，把矮凳飞掷过去，同时喊叫：

卡利古拉：历史上见！卡利古拉，历史上见！

[镜子破碎，与此同时，手持武器的谋反者从四面八方拥入。卡利古拉对他们一阵狂笑。老贵族刺中他的后背，含雷亚击中他的脸。卡利古拉由笑转为抽噎。众人一齐上手打击。卡利古拉笑着，捯着气儿，咽气时狂吼一声：

卡利古拉：我还活着！

镜子破碎，幻想也随之破灭，起来打击他的人，不是励志图变的反抗者，而是一群宵小，维护旧观的谋反者。那阵狂笑的自信，带着唯一的真理走进历史。"历史上见""我还活着"，集中体现了"反抗、自由和激情"的荒诞精神。

一种命运并不是一种惩罚。默尔索、卡利古拉、卡利亚耶夫等人物，他们深知自己有道理，也就谈不上惩罚了。他们为自主的行为付出了代价，保持了尊严，也赢得了敬重。只是《局外人》中，究竟判处的是什么罪过，还颇为含混。加缪这样概括《局外人》："在我们的社会里，凡在母亲葬礼上不哭者，都有被判处死刑的危险。"小说中则十分强调，随后又连开四枪，犹如"在厄运之门上急促地敲了四下"。

过失杀人判成蓄意谋杀，是对资产阶级司法的讽刺。当初我何尝没有产生过这种看法。其实，默尔索的真正罪过，就是不肯皈依，跟社会较真儿，不配合作假反而较劲。这就是人在荒诞世界中的处境：不反抗则必顺从，而反抗就得承担后果。

加缪强调的"深度自由"，表现在荒诞人物身上，并不是毫无禁忌。冲破准则，但须恪守自律的道德。卡利古拉没有自律，大肆杀戮，最终认清走错了路，他的自由不是好的。起而反抗荒诞世界，也谈不上肩负使命，只是顽强地反抗自己的生存现状，彰显人的唯一尊严。加缪笔下的人物，包括《流放与王国》《堕落》中的主人公，都或多或少有荒诞人的特点。但是，荒诞之路有各种各样偏离的途径。《正义者》中与卡利亚耶夫相对立的人物斯切潘，就宣称他"不热爱生活，而热爱高于生活的正义"，他把杀人当成了一种使命。同样，卡利古拉以改造世界为己任，遵循死亡的逻辑，随心所欲，实施可怕的自由，这些形象都不是道德的教训，只能显示人物的不同姿态。

加缪指出："一部荒诞作品，并不提供答案。"这表明他的作品不提供答案，那么提供什么呢？提供"真实的东西"。他这样写道："我寻求的，并不是普遍意义的东西，而是真实的东西。这两者可以不必同步而重合。"但是有的真实东西，即使同普遍意义的东西相重合，也没有普遍意义，例如荒诞作品，这正是加缪的论断："一部真正荒诞的作品并无普遍意义。"

既然没有普遍意义，那么如何看待加缪的作品呢？我们还是引用加缪自己的话来说明吧。

我们论证的目的，其实就是要阐明精神的行程，如何从世界无意义的一种哲学出发，最终为世界找到一种意义和一种深度。

我们重复一遍，思想，不是一统天下，不是让真相以大原则的面目变得家喻户晓。思想，就是重新学会观察，就是引导自己的意识，将每个形象都变成一块福地。

——《西绪福斯神话》

从第一段，我们大致触摸到加缪写作的宗旨：从荒诞哲学出发，最终为世界找到一种意义和一种深度。第二段从分析胡塞尔的现象学入手，重新阐释了思想，虽然对"将每个形象都变成一块福地"不尽苟同，但是加缪摄取了恋世思想。

按照我们中国人通常的逻辑，人意识到了世界是荒诞的，应该厌世才对，怎么还会恋世呢？但是不容否认，加缪描绘的人物，从古罗马皇帝到当代制桶工人，从俄罗斯十二月党人到阿尔及利亚的法国移殖民，他们虽然都感到生活在流放中，渴望找到自己的王国，但是又无可选择地热爱生活，浑身迸发出来或者蓄势待发的激情，让我们阅读时往往能深感其热力。这些荒诞人的思想是怎么转过来这个弯儿的呢？下面还是引述。

我有独立的意识，对生存的环境又表现强烈认知的渴望，却发现这世界一片混沌，既陌生又非人性。这样，我便置身于世间万物的对立面。这种境况未免荒诞可笑，但这是明摆着的事实，不能无视而一笔勾销。世界和我的思想之间的这种断裂，究其根本原因，还是我这意识的反应。我把握住这种荒诞的现实，坚持这种对峙状态，这就得时时刻刻紧绷着意识，保持清醒的头脑，走在这条干旱荒芜的路上。然而，荒诞特别难以降伏，明目张胆地回到一个人的生活中，重又找到自己的家园。与此同时，精神往往会溜号，从清醒的不毛之路拐进日常生活，又重游无名氏的世界。不过，人这次回来，却胸怀反抗之心，富有洞察之力了。曾经沧海，就不再抱有希望了。"这座现实的地狱，终于成为人的王国。所有问题，重又锋芒毕露。抽象的明显事实，面对形式和色彩的抒情退却了。精神的冲突，都具象表现出来，重又在人心找到既可悲又堂皇的庇护所。什么冲突都没有解决，可是又全部改观了。……躯体、温情、创造、行动、人的高尚情怀，在这无厘头的世界中，又将各就各位了。人在这世上，又终将尝到荒诞的美酒和冷漠的面包：人正是以此滋养自身的伟大。"

恋世排除了厌世和弃世（自杀），恋世就是正视荒诞，体验荒诞，一步一步走在当下，在反抗的激情烈焰中行进，又回到了终点。尼采写道："显而易见，天和地的大趋势，就是长期地顺应同一方向：久而久之，便产生了某种东西，值得在这片大地上生活，诸如美德、艺术、音乐、舞蹈、理性、精神，就是某种移风易俗的东西，某种高雅的、疯狂的或者神圣的东西。"加缪引用了尼采《超乎善恶》中的一段话之后，又接着写道："这段话说明一种气势恢宏的道德准则，但是也指出了荒诞人的道路。顺应火热的激情，这最容易同时又最难。不过，人同困难较量，有时也好评价自己。"

加缪笔下的人物，都将这种论述化为每日的行动。这些所谓的"局外人"，谁都没有置身局外，倒是在局内干得风生水起，尤其《鼠疫》中以里厄大夫和塔鲁为代表的那个群体，在艰苦卓绝的斗争中，形成一股影响并带动社会的巨大正能量。这种荒诞精神，值得我们敬佩和赞扬。

《西绪福斯神话》，是加缪关于荒诞哲学的最重的一部论著，在我看来，也是他的哲理小说和戏剧的说明书，有什么疑虑，都可以从这里面找根据。虽为神话，讲的尽是人事。可见世界只有一个，无论神还是人，都离不开这片大地。因此加缪就断言：幸福和荒诞是同一片大地的孪生子。至少是狭路相逢，想避也避不开。

加缪将西绪福斯描绘成荒诞的英雄，这个希腊神话中的永世苦役犯，也许第一次在文学作品中，有了如此高大的形象。关于西绪福斯有多种传说，我喜爱两种。一是西绪福斯掌握河神女儿被宙斯劫走的秘密，愿意告诉河神，但是河神必须答应为科林斯城堡供水，他为家乡求得水的恩泽，不惧上天的霹雳，结果被罚下地狱做苦役。二是西绪福斯死后，求冥王允许他回人间惩罚薄情寡义的妻子，他返回世间，重又感受到水和阳光、灼热的石头和大地，于是在温暖而欢乐的大地上流连忘返，不再听从冥王再三的召唤，结果惹怒了诸神。

西绪福斯也像普罗米修斯那样，怀着善心为人类谋幸福，也因为热爱这片大地，必须付出代价。加缪还在文中举出索福克勒斯的俄狄浦斯形象相映衬：俄狄浦斯一旦知晓自己的命运，便陷入绝望，弄瞎双眼，讲出一句声震寰宇的话："尽管罹难重重，我这高龄和我这高尚的心灵，却能让我断定一切皆善。"这些以及前面我们着重提到的，都是文眼，值得我们认真发现，尤其作者将这些品质赋予了他的人物。

创作，就等于再生活一次，早年的普鲁斯特，刚刚获诺贝尔奖的莫迪亚诺，无不如此。加缪还特意指出："艺术作品既标志一种经验的死亡，也表明这种经验的繁衍。"多少人都想试试身手，力图模仿、重复，重新创造现实，仿佛一颗颗星跃上夜空，形成人造的大千世界，不管戴着荒诞的面具怎样过度地模仿，生活在这片大地的人，最终总能拥有我们人生的真相。

"一种深邃的思想，总是不断地生成，结合一种人生经验，在人生中逐渐加工制作出来。同样，独创一个人，就要在一部部作品相继显现的众多面孔中，越来越牢固而鲜明。一些作品可以补充另一些作品，可以修改或校正，也可以反驳另一些作品。"

局外何人？至此我们可以回答，就是这个默尔索，也是卡利古拉、《误会》中的玛尔塔、里厄大夫、塔鲁、卡利亚耶夫、多拉……总之，形象"越来越牢固而鲜明"的荒诞人。

下面这段话我们不愿意看到，但是毕竟发生了：

如果有什么东西终结了创造，那可不是盲目的艺术家发出的虚幻的胜利呼声——"我全说到了！"而是创造者之死，合上了他的经验和他的天才书卷。

1960 年 1 月 4 日，加缪乘坐米歇尔·伽利玛的车回巴黎，途中不幸发生车祸，加缪的生命戛然而止，"合上了他的经验和他的天才书卷"。

2015 年 5 月于广西北海

局外人

第一部

一

　　妈妈今天死了。也许是昨天，我还真不知道。我收到养老院发来的电报："母去世。明日葬礼。敬告。"这等于什么也没有说。也许就是昨天。

　　养老院坐落在马伦戈，距阿尔及尔八十公里的路程。我乘坐两点钟的长途汽车，这个下午就能抵达，也就赶得上夜间守灵，明天傍晚可以返回了。我跟老板请了两天假，有这种缘由，他无法拒绝。看样子他不太高兴，我甚至对他说了一句："这又不怪我。"他没有搭理。想来我不该对他这样讲话。不管怎样，我没有什么可道歉的，倒是他应该向我表示哀悼。不过，到了后天，他见我戴了孝，就一定会对我有所表示。眼下，权当妈妈还没有死。下葬之后就不一样了，那才算定案归档，整个事情就会披上更为正式的色彩。

　　我上了两点钟的长途汽车。天气很热。我一如往常，在塞莱斯特饭馆吃了午饭。所有人都非常为我难过，而塞莱斯特还对我说："人只有一个母亲。"我走时，他们都送我到门口。我有点儿丢三落四，因为我还得上楼，去埃马努埃尔家借黑领带和黑纱。几个月前他伯父去世了。

怕误了班车，我是跑着去的。这样匆忙，跑得太急，再加上旅途颠簸和汽油味，以及道路和天空反光，恐怕是这些缘故，我才昏昏沉沉，差不多睡了一路。我醒来时，发觉靠到一名军人身上，而他朝我笑了笑，问我是否来自远方。我"嗯"了一声，免得说话了。

　　从村子到养老院，还有两公里路，我徒步前往。我想立即见妈妈一面。可是门房对我说，先得见见院长。而院长碰巧正有事儿，我只好等了一会儿。在等待这工夫，门房一直说着话，随后我见到了院长：他在办公室接待了我。院长是个矮小的老者，身上佩戴着荣誉团勋章。他那双明亮的眼睛打量我，然后握住我的手，久久不放，弄得我不知该如何抽回来。他查了一份档案材料，对我说道："默尔索太太三年前住进本院。您是她唯一的赡养者。"听他的话有责备我的意思，我就开始解释。不过，他打断了我的话："您用不着解释什么，亲爱的孩子。我看了您母亲的档案。您负担不了她的生活费用。她需要一个人看护。而您的薪水不高。总的说来，她在这里生活，更加称心如意些。"我附和道："是的，院长先生。"他又补充说："您也知道，她在这里有朋友，是同她的年岁相仿的人。她跟他们能有些共同兴趣，喜欢谈谈从前的时代。您还年轻，跟您在一起，她会感到烦闷的。"

　　这话不假。妈妈在家那时候，从早到晚默不作声，目光不离我的左右。她住进养老院的头些日子，还经常流泪。但那是不习惯。住了几个月之后，再把她接出养老院，她还会哭天抹泪，同样是不习惯了。这一年来，我没有怎么去养老院探望，也多少是这个原因。当然也是因为，去探望就得占用我的星期天——还不算赶长途汽车，买车票，以及步行两个小时。

院长还对我说了些话，但是我几乎充耳不闻了。最后他又对我说："想必您要见见母亲吧。"我什么也没有讲，就站起身来，他引领我出了门，在楼梯上，他又向我解释："我们把她抬到我们这儿的小小停尸间了，以免吓着其他人。养老院里每当有人去世，其他人两三天都惶惶不安。这就给服务工作带来很大不便。"我们穿过一座院落，只见许多老人三五成群在聊天。在我们经过时，他们就住了口，等我们走过去，他们又接着交谈。低沉的话语声，就好像鹦鹉在聒噪。到了一幢小房门前，院长就同我分了手。"失陪了，默尔索先生。有什么事儿到办公室去找我。原则上，葬礼定在明天上午十点钟。我们考虑到，这样您就能为亡母守灵了。最后再说一句：您母亲似乎常向伙伴们表示，希望按照宗教仪式安葬。我已经全安排好了，不过，还是想跟您说一声。"我向他表示感谢。妈妈这个人，虽说不是无神论者，可是生前从未顾及过宗教。

我走进去。堂屋非常明亮，墙壁刷了白灰，顶上覆盖着玻璃天棚。厅里摆放几把椅子和几个呈 X 形的支架。正中央两个支架上放着一口棺木。只见在漆成褐色的盖子上，几根插进去尚未拧紧的螺丝钉亮晶晶的，十分显眼。一个阿拉伯女护士守在棺木旁边，她身穿白大褂，头戴色彩艳丽的方巾。

这时，门房进来了，走到我身后。估计他是跑来的，说话还有点儿结巴："棺木已经盖上了，但我得拧出螺丝，好让您看看她。"他走近棺木，却被我拦住了。他问我："您不想见见？"我回答说："不想。"他也就打住了，而我倒颇不自在了，觉得自己不该这么说。过了片刻，他瞄了瞄我，问道："为什么呢？"但是并无责备之意，看来是想问一问。我说道："我也不清楚。"于是，他捻着白胡子，眼睛也不看我，郑重说道："我理解。"他那双浅蓝色眼睛很漂亮，脸色微微红润。他搬给我一把椅子，自己也稍微靠后一点儿坐下。女护士站起身，朝门口走去。这时，门房对我说："她患了硬性下疳①。"我听不明白，便望了望女护士，看到她头部眼睛下方缠了一圈绷带，齐鼻子的部位是平的。看她的脸，只能见到白绷带。

等护士出去之后，门房说道："失陪了。"不知我做了什么手势，他就留下来，站在我身后。身后有人让我不自在。满室灿烂的夕照。两只大胡蜂嗡嗡作响，撞击着玻璃天棚。我感到上来了睡意。我没有回身，对门房说："您到这儿做事很久了吧？"他接口答道："五年了。"就好像他一直等我问这句话。

接着，他又絮叨了半天。当初若是有人对他说，他最后的归宿就是在马伦戈养老院当门房，他准会万分惊诧。现在他六十四岁了，还是巴黎人呢。这时，我打断了他的话："哦，您不是本地人？"随即我就想起来，他引我到院长办公室之前，就对我说起过我妈妈。他曾对我说，务必尽快下葬，因为平原地区天气很热，这个地方气温尤其高。那时他就告诉了我，从前他在巴黎生活，难以忘怀。在巴黎，守在死者身边，有时能守上三四天。这里却刻不容缓，想想怎么也不习惯，还没有回过神儿来，就得去追灵车了。当时他妻子还说他："闭嘴，这种事情不该对先生讲。"老头子红了脸，连声道歉。我赶紧给解围，说道："没什么，没什么。"我倒觉得他说得有道理，也很有趣。

---

① 下疳即性病，分硬性和软性。硬性下疳是梅毒初期，生殖器、舌、唇、鼻等形成溃疡，病灶底部坚硬而不痛。（本书脚注若无特别说明均为译注。）

在小陈尸间里，他告诉我，由于贫困，他才进了养老院。他自觉身材硬朗，就主动请求当了门房。我向他指出，其实他也是养老院收容的人。他矢口否认。他说话的方式，已经让我感到惊讶了：他提起住在养老院的人，总是称为"他们""其他人"，偶尔也称"那些老人"，而其中一些人年龄并不比他大。自不待言，这不是一码事儿。他是门房，在一定程度上，他有权管理他们。

这时，女护士进来了。天幕地黑下来。在玻璃顶棚上面，夜色很快就浓了。门房打开灯，灯光突然明亮，晃得我睁不开眼睛。他请我去食堂吃晚饭，可是我不饿。于是他主动提出，可以给我端来一杯牛奶咖啡。我很喜欢喝牛奶咖啡，也就接受了。不大工夫，他就端来了托盘。我喝了咖啡，又想抽烟，但是不免犹豫，不知道在妈妈的遗体旁边是否合适。我想了想，觉得这不算什么。我递给门房一支香烟，我们便抽起烟来。

过了片刻，他对我说："要知道，您母亲的那些朋友，也要前来守灵。这是院里的常规。我还得去搬几把椅子来，煮些清咖啡。"我问他能否关掉一盏灯。强烈的灯光映在白墙上，容易让我困倦。他回答我说不可能。电灯就是这样安装的，要么全开，要么全关。于是，我就不怎么注意他了。他出出进进，摆好几把椅子，还在一把椅子上放好咖啡壶，周围套放着一圈杯子。继而，他隔着妈妈，坐到我的对面。女护士则坐在里端，背对着我。看不见她在做什么，但是从她的手臂动作来判断，估计她在打毛线。厅堂里很温馨，我喝了咖啡，觉得身子暖暖的，从敞开的房门，飘进夜晚和花卉的清香。想必我打了一个盹儿。

我是被一阵窸窸窣窣声音弄醒了。合上眼睛，我倒觉得房间白森森的，更加明亮了。面前没有一点阴影，每个物体、每个突角、所有曲线，轮廓都那么分明，清晰得刺眼。恰好这时候，妈妈的朋友们进来了。共有十一二个人，他们在这种晃眼的灯光中，静静地移动，落座的时候，没有一把椅子发出咯吱的声响。我看任何人也没有像看他们这样，他们的面孔，或者他们的衣着，无一细节漏掉，全看得一清二楚。然而，我听不到他们的声音，而且不怎么相信他们真实存在。几乎所有女人都系着围裙，扎着腰带，鼓鼓的肚腹更显突出了。我还从未注意过，老妇人的肚腹能大到什么程度。老头子几乎个个精瘦，人人挂着拐杖。他们的脸上令我深感惊异的是，我看不见他们的眼睛，只在由皱纹构成的小巢里见到一点暗淡的光亮。他们坐下之后，大多数人瞧了瞧我，拘谨地点了点头，嘴唇都瘪进牙齿掉光的嘴里，让我闹不清他们是向我打招呼，还是面部肌肉抽搐一下。我情愿相信他们那是跟我打招呼。这时我才发觉，他们全坐到我对面，围了门房一圈儿，一个个摇晃着脑袋。一时间，我有一种可笑的感觉：他们坐在那里是要审判我。

过了片刻，一个老妇人开始哭泣。她坐在第二排，被前面一个女伴挡住，我看不清楚。她小声号哭，很有节奏，让我觉得她永远也不会停止。其他人都好像没有听见似的。他们都很颓丧，神情黯然，默默无语。他们的目光注视棺木，或者他们的拐杖，或者随便什么东西，而且目不转睛。那老妇人一直在哭泣。我很奇怪不认识她，真希望她不要再哭了，可是又不敢跟她说。门房俯近身去，对她说了什么，但是她摇了摇头，咕哝了两句话，又接着哭泣，还是原来的节奏。于是，门房过到我这边来，坐到我旁边。过了好半天，他才向我说明情况，但是并不正面看我："她同您的母亲关系非常密切。她说您母亲是她在这里唯一的朋友，现在她一个人也没有了。"

我们就这样待了许久。那女人唏嘘哭泣之声间歇拉长，但是还抽噎得厉害，终于住了声。我不再困倦了，只是很疲惫，腰酸背痛。现在，所有这些人都沉默了，而这种静默让我难以忍受。只是偶尔听到一种特别的声音，却弄不明白是怎么回事儿。时间一长，我终于猜测出来：有几个老人在咂巴口腔，发出这种奇怪的喷喷声响。他们本人并没有怎么觉察，全都陷入沉思了。我甚至有这种感觉，躺在他们中间的这位死者，在他们看来毫无意义。现在想来，那是一种错觉。

我们都喝了门房倒的咖啡。后来的情况，我就不知道了。一夜过去了。现在想起来，一时间我睁开眼睛，看见所有老人都缩成一团在睡觉，只有一个例外：他下巴颏儿托在挂着拐杖的手背上，两眼直直地看着我，就好像单等我醒来似的。继而，我又睡着了。我醒来是因为腰越来越酸痛了。晨曦悄悄爬上玻璃顶棚。稍过一会儿，一位老人醒来，咳嗽了老半天。他往方格大手帕上吐痰，每吐一口，就好像硬往外掏似的。他把其他人都闹腾醒了，门房说他们该走了。他们都站起身。这样不舒服地守了一夜，他们都面如土灰。令我大大惊奇的是，他们走时，都挨个儿跟我握手——这一夜我们虽然没有交谈一句话，一起度过似乎促使我们亲近了。

我很疲倦。门房带我去他的住处，我得以稍微洗漱了一下，还喝了味道很好的牛奶咖啡。我从他那儿出来，天已大亮了。在马伦戈与大海之间的山丘上方，天空一片红霞。海风越过山丘，送来一股盐味。看来是一个晴好的天气。我很久没有到乡间走走了，如果没有妈妈的丧事，我能去散散步会感到多么惬意。

可是，我却在院子里一棵梧桐树下等待。不过，我呼吸着泥土的清新气息，便消除了困意。我想到办公室的同事们，此刻他们起了床，准备去上班：对我而言，这一时刻总是最难受的。我还略微考虑了一下这些事儿，但是楼房里响起一阵钟声让我分了神。窗户里传出一阵忙乱的声响，随后又全肃静下来。太阳渐渐升高，开始晒热我的双脚了。门房穿过院子来对我说，院长要见我。我走进院长办公室，他让我在好几份单据上签了字。我看到他穿上黑色礼服、长条纹裤子。他拿起电话，插空询问我："殡仪馆的人到了有一会儿了。我要请他们来合棺。合棺之前，您想不想再看您母亲最后一眼？"我说不必了。于是他压低声音，在电话里吩咐道："费雅克，告诉那些人可以去做了。"

然后，他对我说要参加葬礼，我向他表示感谢。他坐到办公桌后面，交叉起两条短腿。他事先向我打招呼，送葬的只有我和他两个人，再加上出勤的女护士。原则上，院里的老人都不准参加葬礼，他只是让他们守灵。"这是个人道的问题。"他强调说。不过这一次，他准许妈妈的一位老友，叫托马斯·佩雷兹的去送葬。说到这里，院长微微一笑，对我说道："您也理解，这种感情带点儿孩子气。他和您母亲还真的总相陪伴，不大离开。养老院里的人都开他们玩笑，对佩雷兹说：'那是您的未婚妻。'他就呵呵笑起来。默尔索太太一去世，确实给他的打击很大。我认为不应该拒绝让他送一程。不过，按照保健医生的建议，昨晚我就不准他守灵了。"

我们待了许久没有说话。院长站起身，向办公室窗外张望。有一阵，他还观察到："马伦戈的本堂神甫已经到了。他提前来了。"他预先告诉我，教堂坐落在村子里，少说也要三刻钟才能走到。我们下楼去。

本堂神甫和唱诗班的两名儿童在楼前等待。一名儿童手上捧着香炉，而本堂神甫俯下身，正给他调好银链的长度。我们一到，神甫就直起身来，他管我叫"我的孩子"，跟我说了几句话。他走进灵堂，我跟在身后。

我一眼就看到，棺盖上的螺丝都拧下去了，厅堂里站着四个黑衣人。我听见院长对我说，灵车停在路上等候，同时又听到神甫开始祈祷了。从这一时刻起，一切都进展得非常快。那四个人扯着棺单，朝棺木走去。神甫及其随从，院长和我本人，都走出了厅堂。门外站着一位素不相识的女士。院长介绍："默尔索先生。"但是那位女士的名字，我没有听见，只明白她是派来的护士。她那长脸瘦骨嶙峋，微微点一下头，没有一丝笑容。然后，我们站成一排，让抬着灵柩的人过去。我们跟在灵柩后面，走出了养老院。灵车停在大门外，呈长方形，漆得油亮，真像个文具盒。灵车旁边跟着两个人，一个是身形矮小、衣着滑稽可笑的殡葬司仪，另一个是举止做作的老者，我明白他便是佩雷兹先生了。他头戴圆顶宽檐软毡帽（灵柩抬出门时，他摘下帽子），身穿一套西服，裤子呈螺旋形卷在皮鞋上面，领口肥大的白衬衣上，扎着一个小小的黑领结。他的嘴唇不停地颤抖，而鼻子上布满黑斑点；白发细软，露出两只晃晃荡荡的奇特耳朵，耳轮极不规整，呈现血红色，与苍白面孔的反差，给我留下强烈的印象。殡葬司仪给我们安排各自的位置。本堂神甫走在前头，随后是灵车，由四名黑衣人围护，院长和我跟在灵车后面，收尾的是委派的护士和佩雷兹先生。

太阳当空，已经普照全宇，铺天盖地压下来，温度迅速升高。我实在不明白，我们为什么等待这么长时间才出发。我穿着深色外装，觉得很热了。那个重又戴上帽子的矮个儿老者，帽子又摘下来了。我略微扭头瞧他。这时，院长向我谈起他，说我母亲和佩雷兹先生由一名女护士陪同，傍晚经常去散步，一直走到村子。我望了望四周的田野，只见成行的柏树延伸到天边的山丘上，柏树之间透出这片红绿相间的土地、这些稀稀落落如画的房舍，于是我理解妈妈了。在这个地方，傍晚时分，该是放松心情而感伤的时刻。然而今天，太阳暴烈，晒得景物直战栗，显得毫无人性，大煞风景。

我们终于上路了。这时我才发觉，佩雷兹走路稍有点儿瘸。灵车行驶渐渐加速，老人就慢慢落单了，围护灵车的人也有一个落后，现在与我并行了。太阳在天空飞升得如此迅疾，令我深感诧异。我这才发现，田野里虫鸣和青草的窸窣声早已响成一片。汗水在我脸颊流淌。我没戴帽子，只好拿手帕扇风。殡仪馆的那名职员忽然对我说了句什么，我没有听清。他说话的同时，用右手微微推起鸭舌帽檐，左手拿手帕擦了擦额头。我对他说："什么？"他指了指天，重复道："真烤人啊。"我说："对。"过了一会儿，他问我："那里面是您母亲吧？"我还是说："对。""她老了吗？"我回答"差不多吧"，只因我不知道她的确切年龄了。随后，他就住了声。我回头望去，只见佩雷兹老头落下有五十米远了，他急着往前赶，用力扇着毡帽。我也瞧了瞧院长。他走路十分庄重，没有一点儿多余的动作。他的额头闪动着几滴汗珠，但他并不擦拭。

我觉得送葬的队列行进稍微快了些。我周围总是同样的田野，通明透亮，灌足了阳光。强烈的天光让人受不了。有一阵子，我们经过一段新翻修的公路。太阳晒得柏油路面鼓胀起来，一脚踩下去就陷进去，翻出亮晶晶的路浆。坐在灵车上面的车夫戴的那顶帽子，仿佛是用在这种黑泥浆里鞣过的熟皮制作的。头上蓝天白云，下面色彩单调：翻出来的黏糊糊柏油路浆呈黑色，衣服暗淡一抹黑，灵车漆成黑色。我置身这中间，不禁有点晕头转向。烈日、皮革味、马粪味、油漆味、焚香味，这一切再加上一夜未眠的疲倦，搞得我头昏眼花。我再次回过头去，觉得佩雷兹离得很远了，在熏蒸的热气中若隐若现，继而再也看不见了。我举目搜寻，看见他离开了大路，从田野斜插过来。我也看到，公路在前面拐弯了，从而明白佩雷兹熟悉当地，要抄近路赶上我们。他在拐弯处追上我们了。继而，我们又把他丢在后面，他又从田野抄近路追上来，如此反复数次。我感到太阳穴呼呼直跳。

　　接下来，事情确定而自然，进展得飞快，现在什么也不记得了。只记得一个情况：到了村口，那个特派的女护士跟我说话了。说话的声音很奇特，同她那张脸极不相称，一种颤巍巍的、悠扬悦耳的声音。她对我说："若是慢慢悠悠地走，就可能中暑。可是走得太快，浑身冒汗，进了教堂又会着凉，患热伤风了。"她说得对，真叫人无所适从。那天的情景，我还保留几点印象，例如：临近村口，佩雷兹最后一次追上我们时的那副面孔。他又焦灼又沉痛，大颗大颗泪珠流到面颊上，但因密布的皱纹阻碍而流不下去，便四散布开，再聚积相连，在他那张颓丧失态的脸上形成一片水光。还记得教堂和人行道上的村民，墓地坟头上天竺葵绽放的红花，佩雷兹晕倒了（活似散了架的木偶），往妈妈的棺木上抛撒的血红色泥土，以及夹杂在泥土中的白色树根，还有那些人、那种嘈杂声音、那座村庄、在一家咖啡馆门前的等待、马达不停的隆隆声，还有长途汽车驶入阿尔及尔灯火通明的市中心时我那种喜悦，心想马上就能倒在床上，纳头睡他十二个钟头了。

二

我睡醒了才明白，我请两天假时，老板为什么显得不高兴：今天是星期六。当时我却把这茬儿给忘了，起床才想起来。我的老板自然而然会想到，好嘛，加上星期天，也就有了四天假期，这不可能让他开心。不过，一方面，妈妈昨天而不是今天下葬，这又不能怪我；而另一方面，不管怎样，星期六和星期天我总归休息。理儿当然是这个理儿，这并不妨碍我理解老板的反应。

昨日累了一整天，起床感到很吃力。我刮脸的时候，心里还琢磨干点儿什么好，最后决定去洗海水浴。我上了有轨电车，前往港口海水浴场。到了地方，我便一头扎进泳道里。有许多年轻人来游泳。我在水里碰见玛丽·卡多纳，我的办公室从前的打字员，当时我对她还挺有意。现在想来，她也同样。但是，她没干多久就走人了，我们也就来不及发展关系。我帮她爬上一个浮标，趁扶她的时候，摸了一把她的乳房。我还在水里，她已经趴在浮标上了。她朝我转过身来，头发遮住眼睛，咯咯笑个不停。我也爬上浮标，躺在她身边。天气晴好，我权当开玩笑似的，脑袋往后一仰，就枕在她的肚子上了。她什么也没有说，我也就这样安心躺着。满眼无际的天空，蔚蓝而金光灿烂。我感到玛丽的肚子在我的脖颈儿下面微微跳动。我们半睡半醒，在浮标上待了许久。等太阳烤得太厉害时，她就扎进水里，我紧随其后。我追上去，搂住她的腰，我们便相携共游。她还一个劲儿地笑。上了码头，我们擦干身子时，玛丽对我说："我晒得比你黑。"我问她晚上愿不愿意去看电影。她又笑了，对我说她想去看一部费尔南德尔①主演的片子。等我们穿好衣服，她看到我扎黑领带非常惊讶，就问我是否戴孝呢。我对她说妈妈死了。她又想知道是什么时候的事儿，我回答说："昨天的事儿。"她略微后撤，但是没有提出任何异议。我倒很想对她说，这不能怪我，但是欲言又止，忽然想到这话我已经对老板讲过了。这样说毫无意义。归根结底，人总难免有点错。

到了晚上，玛丽已经把这事儿忘得一干二净。影片不时有滑稽可笑的场面，但实在很荒唐。她的腿偎着我的腿。我抚摩着她的乳房。电影快演完时，我亲吻了她，但是很不得劲。从影院出来，她一起到我家了。

我一觉醒来，玛丽已经走了。她早就有话在先，要去她姨妈家。我想到正逢星期天，心里就烦得慌：我不爱过星期天。于是，我在床上翻了个身，在枕头上细闻玛丽的头发留下的咸味，一直睡到十点钟。接着，我就吸烟，在床上一直躺到中午。我不愿意像平时那样，去塞莱斯特餐馆用餐，因为那里熟人肯定要问这问那，我可不喜欢对付那种局面。我自己煮了几个鸡蛋，直接在托盘上吃了，没吃面包，家里没有了，又不想下楼去买。

吃完了饭，我有点儿烦闷，就在房间里游荡。妈妈在这儿的时候，

---

① 费尔南德尔（Fernandel,1903—1971），法国操南方口音、极受民众喜爱的喜剧演员。参加拍摄上百部影片，主演了由法国喜剧大师帕尼奥尔导演的七部影片。主要有《昂热尔》、《再生草》、《掘林人的女儿》、《唐·卡米罗的小天地》系列、《羊有五条腿》、《阿里巴巴和四十大盗》等。

这套房子挺合适，现在我一个人住，就显得太大了，只好把餐厅里的桌子移到卧室里。我只在这间屋里生活，家具只有几把有点塌陷的草垫椅子、一个镜子发黄的大衣柜、一张梳妆台和一张铜床。余下的房间都废弃不用了。过了一会儿，为了找点儿营生，我就拿起一份旧报读起来。克鲁申盐业公司发了一则广告，我就当作有趣的剪报，剪下来集中贴在一个旧笔记本上。我洗了洗手，最后来到阳台。

我的房间正对着城郊的主要大街。下午天气晴朗。不过，铺石路面腻滑，行人寥寥，而且脚步匆匆。先是看到上街散步的全家人，两个穿着水手衫的小男孩，短裤长过膝盖，全身笔挺，举止有点儿拘板了；还有一个小女孩，头上扎着粉红色大蝴蝶结，脚下穿一双锃亮的黑皮鞋。母亲跟在孩子的后面，她躯体肥大，穿着栗色丝绸连衣裙。而父亲身材矮小，又相当瘦弱，看着眼熟，他头戴扁平狭檐草帽，领口扎着蝴蝶结，拿着手杖。看着他同妻子一起散步，我就明白了为什么在这个街区，有人说他很有风度。过了半晌，城郊青年陆续走过，他们油头粉面，打着大红领带，上衣紧箍身子，绣了花，脚穿方头大皮鞋。估计他们是去市中心，因此，他们早早动身，嘻嘻哈哈笑着，急忙赶有轨电车。

年轻人过去之后，街上行人就眼见稀少了。想必各种演出都已经开始。街面上只剩下店铺老板和猫了。天空无云，但是阳光透过街道两旁的榕树，并不那么强烈。街对面一家烟铺老板搬出一把椅子，放在店门前的人行道上，跨坐在上面，两条手臂撑着椅背。刚才有轨电车还人满为患，现在几乎空驶了。挨着烟铺的小咖啡馆"皮埃罗之家"，小伙计正用锯末子擦拭空荡荡的餐厅。好一派星期天的景象。

我掉转椅子，像烟铺老板那样骑上，觉得那种坐姿更舒服些。我抽了两支香烟，又进屋拿了一块巧克力，回到窗口吃起来。不久，天空阴沉了，恐怕要来一场夏季暴雨，然而又渐渐放晴了。不过，乌云飘过时，街道更加昏暗，仿佛预示下雨一般。我久久观望风云变幻。

　　到了五点钟，几辆电车隆隆驶来，从郊区体育场拉回大批观众：他们有的站在踏板上，有的扶着栏杆。随后驶来的几辆电车，则运回运动员，从他们的小手提箱我就能看出他们的身份。他们大吼大叫，扯着嗓子唱歌，赞颂他们的俱乐部长盛不衰。好几名运动员向我招手，其中一个甚至冲我嚷了一声："战胜他们啦！"我应声道："对。"同时点了点头。从这时候起，小汽车蜂拥驶来。

　　天色又略微向晚。房顶上的天空转为淡红色，随着渐近黄昏，街道也都热闹起来。那些散步者又渐渐回来了。我从人群中，认出了那位有风度的先生。孩子们有的哭哭啼啼，有的让大人拖着。本街区的几家电影院，也随即往街上倾泻观众的洪流。观众中间的青年人，比比画画的动作比平时更为坚决，想必他们是看了一部惊险片。从城里电影院回来的人，稍晚一点儿才到达。他们的神态似乎更加凝重。他们还是说笑，但不时显得倦怠，若有所思。他们滞留在街上，在对面的人行道上来回踱步。这个街区的姑娘们都不戴帽子，彼此挽着手臂。小伙子们故意迎面走去，同她们交错而过，抛出打趣的话，她们就扭过头去咯咯笑。好几位姑娘我都认得，她们跟我打招呼。

　　这工夫，路灯一下子全亮了，初跃夜空的星星因而黯然失色。总盯着灯光强烈的人行道上的人流，我感到很累眼睛。灯光映得潮湿路面明晃晃的，而间隔时间均匀驶过的电车，车灯映现油亮的头发、一张笑脸，或者一只银手镯子。过了不久，电车逐渐稀少了，在树木和路灯的上方，夜色弥漫，已经漆黑一片了。不知不觉中，已经人去街空了，以致出现第一只猫，慢慢腾腾穿过重又空旷的街道。于是我想到该吃晚饭了。我俯在椅背上坐了太久，脖子有点儿酸痛。我下楼去买了面包和果酱，自己做了点儿菜，就站着吃饭了。我想要到窗口抽支香烟，但是夜晚凉了，我感觉有点儿冷。我关上了所有窗户，返身回来，在衣镜里瞧见桌子的一角，桌上并排放着酒精灯和几片面包。我不免想道：又过了一个绷得很紧的星期天，妈妈现已入土为安，我又要去上班，总而言之，生活毫无变化。

三

今天上班，我努力工作。老板也和蔼可亲，问我是否太累了，还想知道妈妈的享年。我说"六十来岁"，以免出错，不知道为什么，看样子他松了一口气，似乎认为总算了结了一件事。

我的办公桌上堆了一大摞提货单，要由我一一检验。离开办公室去吃午饭之前，我洗了手。中午，我很喜欢这一时刻，傍晚下班，我就不大喜欢了，只因转动的公用毛巾，用了一天完全湿了。有一天，我还提醒老板这件事。他回答说，这情况实在遗憾，但这毕竟是无关紧要的小事儿。我出去晚了一点儿，十二点半了，同发货部的埃马努埃尔一起走走。办公室朝向大海，在骄阳似火的港口，我们观望了一会儿停泊的货轮。这时，一辆卡车开来，裹挟着哗啦啦的铁链声响和轰隆隆的马达爆声。埃马努埃尔问我："搭车去好不好？"于是我跑起来。卡车驶过去了，我们就拼力追赶。我被嘈杂声和尘土给淹没了，什么也看不见了，只感到奔跑的这股不协调的冲劲儿，周围闪过绞车、机器，以及远海上跳动的桅杆和一路经过的船体。我头一个抓住车帮，飞身上去，再把埃马努埃尔拉上车，坐了下来。我们都气喘吁吁。卡车在高低不平的码头铺石路上颠簸，笼罩着尘土和阳光。埃马努埃尔笑得喘不上来气了。

我们到达塞莱斯特饭馆，浑身都湿透了。塞莱斯特大腹便便，系着围裙，蓄着白胡子，总在那里迎候。他问我"事情还算顺利吧"，我回答说对，并且说我真饿了。我吃得很快，又喝了咖啡。然后，我回到家里，因为酒喝得太多，小睡了一会儿，醒来时又特别想抽烟。但是时间晚了，我跑着去赶一辆电车。我工作了一下午。办公室里非常热，傍晚下班出来，便徒步回家，沿着码头慢慢走去，觉得特别惬意。天空一片绿色，我感到欣然自得。不过，我还是直接回家，想要吃煮土豆。

我登上黑暗的楼梯，碰到我的同层楼的邻居，萨拉马诺老头。他牵着他的狗。看着人和狗相伴，已有八年。这只长毛猎犬患了皮肤病，我认为是原虫性肠炎和肝炎，结果狗毛几乎掉光，皮肤上布满棕色结痂和粗糙的硬皮。萨拉马诺老头跟狗一起生活，长期同居一个小房间，久而久之就相像了：他脸上黄毛稀疏，有许多块淡红色的痂皮；而狗也形成主人的姿态，躬腰驼背，伸长脖子，嘴巴往前探。看样子，他们俩同属一个种类，却相互憎恶。老头子每天遛两次狗，上午十一点和傍晚六点。八年来，他遛狗就没有改变过路线。可以看到人和狗沿着里昂街往前走，狗拖着人，直到萨拉马诺老头绊了一跤。于是，老头子就打狗，狠骂一通。狗吓得匍匐在地，接着让人拖着走。在这种时候，就是老头子牵着狗走了。过了一阵，狗就忘记了，再次跑到前面拖着主人，结果再次挨打挨骂。这样，人与狗就停在人行道上，相互对视，狗吓得要命，人恨得要死。日复一日，天天如此。狗要撒尿时，老头子偏不容它撒完，又硬拉它走，狗尿就滴了一长溜儿。狗若是偶尔把尿撒在屋里，又得挨一顿痛打。这种情况延续了八载。塞莱斯特总说："真够不幸的。"可是归根到底，谁也没法弄清楚。我们在楼梯上碰见的时候，萨拉马诺正骂狗呢。他对狗说："混账东西！下流坯！"而狗连声哀吟。我道了声"晚安"，而老头子还一个劲儿地骂狗。于是我就问他，狗怎么惹着他了。他仍旧不应声，只顾骂道："混账东西！下流坯！"看他俯身向狗，我就猜出他要给狗调整一下脖套。我说话提高了嗓门儿，于是，他强忍着怒火，也不转身就回答我说："它在那儿就是不动窝儿。"接着，他就硬拖着走，狗哀吟着，被拉着四脚往前滑动。

恰巧这时，我的同楼层的第二位邻居进楼了。街区里传说他吃女人那碗饭。不过，若是有人问起他的职业，他就回答："仓库管理员。"总体来说，不大有人喜欢他。但是，他经常跟我说话，有时还到我家来坐坐，只因我肯倾听，也觉得他讲的事情挺有趣。况且，我也没有任何理由不理睬他。他名叫雷蒙·辛泰斯，个头儿相当矮小，肩膀很宽，鼻子塌下去。他的穿戴总是那么讲究。他提起萨拉马诺时，也对我这样说："这还算不上不幸！"他问我那种样子，是不是让我很厌恶，我的回答是否定的。

我们一同上楼，正要分手时，他对我说道："我那儿有香肠，有葡萄酒，您愿意跟我一起吃点儿吗？……"我想到这就省得我做饭了，于是接受了邀请。他也只有一个房间，外带没有窗户的厨房。他的床铺上方摆着一尊白色和粉红色仿大理石的天使雕像，挂着几幅体育冠军照片，以及两三张裸女画片。房间又脏又乱，床铺也没有整理。他先点着煤油灯，再从口袋里掏出一卷不干不净的纱布，将右手包扎起来。我问他怎么弄的，他说跟一个找他麻烦的家伙干了一架。

"您能理解，默尔索先生，"他对我说道，"并不是因为我凶狠，只是脾气太暴。那个家伙对我说：'你若是个男子汉，就从电车上下去。'我对他说：'好了，消停点儿吧。'他又对我说，我不是个男人。于是我下了车，对他说道：'行了，见好就收吧，不然我就打你个鼻青脸肿。'他回我一句：'你敢怎么着？'我一拳打过去，一下子就把他击倒了。我正要上前扶起他，他却从地上踹我几脚。于是我用膝盖一顶，扇了他两个大嘴巴，打得他满脸挂花，问他够不够。他回答说够了。"辛泰斯讲述的工夫，包扎他的手。我坐在床上。讲完了他对我说："您瞧，不是我招惹他，而是他冒犯了我。"这我承认，的确如此。于是他郑重地对我说，他正想就此事向我请教，他看我是条汉子，见过世面，能帮上他的忙，事后他就成为我的哥们儿了。我什么也没有说，他又问我是否愿意做他的哥们儿。我说做不做都一样，他便显得高兴起来。他拿出香肠，在炉子上煎好，然后摆上酒杯、盘子、刀叉，还拿上两瓶红葡萄酒。整个过程保持沉默。然后我们就座，在吃饭的时候，他就开始讲述他的事了，起初还颇为犹豫："我认识一位女士……也可以说是我的情妇。"跟他打架的那个男人，就是那女人的兄弟。他对我说，那女人是他包养的。我没有应声，他就紧接着补充道，他了解这个街区的传言，但是他问心无愧，他就是仓库保管员。

　　"还是扯回我的事上来，"他对我说道，"我发现这里面有骗局。"他供给那女人足够的生活费用，他亲自给她付房钱，每天给二十法郎饭费。"房钱三百法郎，饭费六百法郎，时而还给她买双袜子，算下来就是一千法郎。而女士闲着不工作，总对我说抠得太死，我给她的钱不够花。然而，我对她说过：'你为什么不干活，出去打半天工呢？那样的话，所有这些小花销，你就不用我来负担了。这个月我还给你买了一套衣服，每天我给你二十法郎，房费也给你付了，而你呢，下午请一帮女友喝咖啡，用咖啡和白糖招待她们。可我呢，照样给你钱。我对得起你，你却以怨报德。'她就是不工作，总说钱不够花，正因为如此，我才发觉这里面有假。"

　　于是，他告诉我，他在她的手提包里发现了一张彩票，女人无法向他解释是怎么买来的。过了不久，他又在女人那里发现一张当票，表明她当了两只手镯，而他从来不知道她还有两只镯子。"我算明白了，这里面有骗局。于是，我跟她分了手。不过，我先揍了她一顿，然后才戳穿她那套把戏。我对她说，她的全部愿望，就是享乐。您应当明白，默尔索先生，正如我对她说的：'你看不到大家多么羡慕我提供给你的幸福。以后你就能明白你有过的幸福。'"

　　他一直把女人打得出了血。从前没有真打过她。"原先，我只是拍拍拍打她，可以说手轻起轻落，她也叫喊两声。我就关上百叶窗，每次都是这样收场。现在这次，真下了狠手。而且我觉得，给她的惩罚还不够。"

　　于是他向我解释，正是为这事儿，他需要有人给他出出主意。说着他停下来，调了调烧焦的灯芯。我一直听他讲述，喝下去将近一公升葡萄酒，只觉得太阳穴热乎乎的，我的烟抽完了，就抽雷蒙的香烟。最后几趟电车驶过去，带走的喧闹声远离了城郊。雷蒙还继续讲述，他烦恼的是，他对他那个姘头还有点儿感情。可是，他想要惩罚她，先是想到带她去一家旅馆，再叫来"风化警察"，制造一起丑闻，让她作为妓女在警察局登记入册。后来，他又找黑道上的几个朋友商议，他们没有想出什么好主意。雷蒙顺便还向我指出，参加黑道完全值得。他向黑道的朋友说了这件事，他们就建议给那女人的脸上"留个记号"。但是他不愿意那么干，还得考虑考虑。行动之前，他要向我讨教。而且，在向我讨主意之前，他想了解我如何看待这场风波。我回答说，我没有什么想法，只觉得有趣。他又问我是否认为这其中有欺骗行为，照我看，的确有欺骗行为；至于我是否认为应该惩罚她，换了我会怎么做，我就对他说，这是永远也不可能知道的，但是他要惩罚她，我可以理解。我又喝了点儿葡萄酒。他点着一根香烟，并向我透露他的打算。他想要给她写一封信，用话语"踢她几脚，同时说些事情引得她后悔"。这之后，等她回来，就跟她上床；"就在做完爱的时候"，他要朝她的脸啐上一口，将她赶出门去。我觉得用这种办法，确实让她受到了惩罚。可是，雷蒙对我说，他笔头不行，觉得写不了这样一封信，于是想到请我代笔。他见我一言不发，就问我当即草拟一封是不是有难处，我回答说没有。

这时，他喝完一杯酒，便站起身，一把推开餐盘和我们吃剩下的少许冷香肠，再仔细擦干净餐桌上的漆布。他从床头柜的抽屉里取出一张方格纸、一只黄信封、一支红木杆的蘸水笔和一个方形紫墨水瓶。

等他一告诉我那女人的姓名，我就明白她是摩尔人①。我动笔写信，写得有点儿随意，但是我也尽力让雷蒙满意，因为我没有理由不让他满意。信写出来，我高声念给他听。他边吸烟边听我念信，连连点头，还请求我再念一遍。他十分满意，对我说道："我就知道你是见过世面的人。"开始我还没有发觉他跟我说话用"你"相称了，直到他明确向我表示"现在，你是我真正的哥们儿了"，这才让我惊觉。这句话他又讲了一遍，我便应了一声："是啊。"跟他做不做哥们儿，这对我无可无不可，而看他那神态，还真有这种渴望。他把信封上，我们把酒喝干。然后，我们抽了一会儿烟，没有再说什么。街上一片平静了，我们听见一辆驶过的汽车，轮子滑过路面的声音。我说道："时候不早了。"雷蒙也是这样认为。他还注意到时间过得很快，在一定意义上，也的确如此。我昏昏欲睡，却又懒得起身。我的样子一定显得很疲惫，雷蒙才对我说千万别灰心。乍一听我还没闹明白。他便向我解释道，他得知我妈妈死了，但是这种事早晚有一天要发生。这与我的看法不谋而合。

我站起身来，雷蒙跟我握手非常用力，还对我说了一句，男人之间，总能够心照不宣。我走出他的房间，随手把门带上，在漆黑的楼梯平台上停留片刻。楼房上下寂静无声，一股阴暗而潮湿的气息，从楼梯井深底飘上来。我只听见我的血液汩汩流淌，在我的耳鼓里嗡嗡作响。我站在原地一动不动，从萨拉马诺老头的房间里，隐隐传出那条狗的哀吟。

---

① 摩尔人：古毛里塔尼亚人，以及中世纪侵入西班牙的伊斯兰教徒，均称摩尔人；近代指西北非的突尼斯、摩洛哥、阿尔及利亚三国的伊斯兰教徒。

四

　　整个一周，我努力工作。雷蒙来过，告诉我信已寄出。我同埃马努埃尔去看了两场电影，而银幕上发生的事情，他并不总能看得懂，就得让我给他解释。昨日星期六，玛丽按我们约定地来了。她身穿红白条纹的漂亮的连衣裙，脚穿一双皮凉鞋，我一见到就对她产生了强烈的欲望。可以猜得出她那坚挺的乳房，而她那张脸被太阳晒成了一朵花。我们上了一辆公共汽车，驶出阿尔及尔几公里，来到一处海滩，周围岩石环抱，岸边芦苇丛生。午后四点钟的太阳不太灼热，而海水又很温暖，微波轻浪拖得很长，懒洋洋的。玛丽教我一种游戏。游的时候，迎着浪尖喝口水，将浪花飞沫全含在嘴里，再仰泳朝天喷出去，形成一条泡沫花带，消失在半空，或者如暖雨落在脸上。可是，嬉戏一会儿之后，我的嘴就被苦咸的海水烧痛了。玛丽又同我会合，在水里紧贴着我，她的嘴也贴到我的嘴上，用舌头舔我的嘴唇，给我清凉之感。我们就这样搂抱着，在水中翻滚了一阵子。

　　我们上了海滩，穿好衣服，玛丽眼睛发亮，注视着我。我拥抱并吻了她。从这一刻起，我们就不再说话了。我紧紧搂着她，急忙赶上一辆公共汽车，回城到我家里，扑到床上。屋里的窗户大敞四开，让夏夜的气息擦着我们棕色的肌肤流动，这种感觉舒服极了。

　　今天早晨，玛丽留下来没走，我对她说共进午餐。我下楼去铺子买了肉，回来上楼时，听见雷蒙的房间有女人的说话声。过了一会儿，萨拉马诺老头又开始骂狗了，我们听到鞋底和爪子踏木楼梯的声响，接着"混账东西，下流坯"的骂声，人和狗出门上街了。我给玛丽讲了老头子的故事，她听了咯咯大笑。我穿上我的一身睡衣，袖子挽了起来。看她那笑态，我又来了欲望。过了一会儿，她问我爱不爱她。我回答说这种问题毫无意义，但是我觉得不爱。看她那样子挺伤心的。不过，在做午饭时，她又无缘无故咯咯笑起来，引得我又上前拥抱并吻她。正是这工夫，雷蒙的房间里爆发了争吵声。

先是听见女人的尖嗓门，接着雷蒙说道："你冒犯了我，你冒犯了我。我要让你尝尝，冒犯我会有什么果子吃。"几下钝声的击打，女人号叫，而且叫得那么凄厉，立刻引来人，挤满了楼梯平台。玛丽和我也出去瞧瞧。那女人仍在惨叫，雷蒙还打个不停。玛丽对我说，这太可怕了，我没有应声。她要我去叫警察，我回答说我不喜欢警察。然而，还是来了一个警察，是由住在三楼的白铁匠带来的。警察敲门，屋里就一点动静也没有了。警察敲得更响，女人哭起来，雷蒙打开房门。他嘴上叼着一支香烟，一副虚头巴脑的样子。那女人冲出房门，向警察诉苦，说雷蒙打了她。"叫什么名字？"警察问她。雷蒙替她回答。"你跟我说话的时候，嘴上的香烟拿掉。"警察说道。雷蒙不免犹豫，瞧了我一眼，又吸了一口烟。警察当即抡起手臂，扇了他一个大耳光，又狠又重，打个正着。香烟给扇出去几米远。雷蒙脸色大变，没有立时讲什么，继而，他以谦恭的声调问道，他可不可以拾起自己的烟头。警察说可以，随即又补充一句："下次你就知道，警察可不是闹着玩的。"这工夫，那女人一直在哭，反反复复说："他打了我。他是个拉皮条的。""警察先生，"于是雷蒙问道，"说一个男人是拉皮条的，这从法律上讲得通吗？"然而警察却命令他"闭上你的嘴"。雷蒙于是转向那女人，对她说道："等着瞧吧，小妞儿，总有再见面的时候。"警察又叫他闭嘴，并且说女的必须离开，而他得在家里等待警察局传讯。他还说，雷蒙浑身发抖，醉成那个样子，应该感到羞耻。雷蒙马上向他解释："我没有醉，警察先生，只因我在您面前才发抖，就是控制不住。"说罢，雷蒙关上房门，围观的人也都散去。玛丽和我终于做好了午饭。不过，她不饿，几乎全让我给吃掉了。她一点钟走了，我就睡了一个小觉。

将近三点钟，有人敲门，是雷蒙来了。我仍旧躺在床上，他就坐到我的床边。他坐了半晌，没有开口说话，我便问他是怎么闹出事儿了。他向我讲述，他按照自己的想法行动，不料那女人打了他一个耳光，于是他就揍了她一顿。后来的情况，我都当场看到了。我便对他说，我认为那女人现在已经受到了惩罚，他总该满意了。这也正是他的看法，他还指出，叫来警察也是白费劲儿，丝毫也不能减轻她挨打的疼痛。他还补充说，他十分了解警察，知道该如何对付他们，紧接着又问我，是否期待他回敬那警察打的耳光。我回答说，我什么也没有期待，况且我就不喜欢警察。看样子雷蒙非常满意。他问我愿不愿意跟他一起出去。我下了床，开始拢头发。他对我说，我一定得为他作证。我表示怎么都行，只是不知道该说些什么。依照雷蒙的意思，只要声明那女人冒犯了他就够了。我答应为他作证。

我们出了门，雷蒙请我喝了一杯白兰地。继而，他想要打一局台球，我差一点儿就赢了。然后，他又想去逛窑子。我说不去，不喜欢那种地方。于是，我们慢慢悠悠往回走。他对我说他太高兴了，总算惩罚了他的情妇。我觉得他对我非常热情，心想这是一段快乐的时光。

远远我就望见，萨拉马诺老头站在楼门口，一副焦躁不安的样子。等我们走近了，我才发现狗不在他身边。他四面张望，在原地打转儿，力图洞透黑魆魆的走廊，嘴里嘟嘟囔囔，说话断断续续，瞪圆了他那对小小的红眼睛，又开始搜索街道。雷蒙问他出什么事儿了，他没有立即应声。我隐隐约约听见他咕哝着骂道"混账东西，下流坯"，他还继续瞎折腾。我问他狗在哪儿呢。他呛了我一句，说狗跑掉了。接着，他又突然讲起来，滔滔不绝："我还像往常那样，牵着狗去演习场。那里人很多，围着集市的木棚转悠。我停下来观看《越狱大王》，回头要走的时候，身边狗不见了。不用说，我早就想给它买一副小一点儿的脖套。可是，我万万想不到，这个下流坯会悄悄溜走了。"

　　于是，雷蒙向他解释，狗可能迷了路，总还会跑回来的。他还列举一些事例，说狗能从几十公里之外找到自己的主人。老头子听不进这种劝说，显得更加焦躁不安了。"其实，你们心里也明白，他们肯定要把狗抓走。若是有人收养就好了，但那是不可能的。它一身癞皮，谁见了都讨厌。警察会把它抓走的，准会是这样。"我就接口对他说，可以去招领处看看，花点儿钱就能领回来。他又问花钱多不多。这我可不知道。于是他就发起火来："就为这个下流坯，还得花钱！哼！就让它死去吧！"接着他就又开骂了。雷蒙大笑着走进楼里。我紧随其后，到了我们这层平台便分了手。没过多大工夫，我听见老头子的脚步声，他来敲我的房门。我开了门，他一直站在门口，停了好一会儿才对我说道："请您原谅，请您原谅。"我请他进屋，他又不肯，目光只盯着自己的鞋尖，两只布满痂皮的手在颤抖。他没有面对我，向我询问："您说说看，默尔索先生，他们不会从我手里把狗夺走吧。

他们会还给我吧。不然的话，我可该怎么活呢？”我告诉他，招领处将失散的狗为主人保留三天，过期就由警察局自行处理了。他沉默不语，只是看着我，然后向我道了声晚安。他关上自家房门，我听见他在房中走来走去。他的床铺吱咯响了几下。一种细微而奇怪的声音从隔壁透出来，听得出他哭了，不知为什么我想到妈妈。可是，明天我还得早起，觉得不饿，不吃晚饭我就睡下了。

<h1 style="text-align:center">五</h1>

雷蒙的电话打到我的办公室来，说他的一个朋友（他曾向那位朋友提起过我）邀请我，去他在阿尔及尔附近的海滨木屋过个星期天。我回答说很想去，但是我已经有约在身，星期天陪女友度过。雷蒙当即表明，他的朋友也邀请我的女友，那位朋友的妻子会非常高兴，免得在一伙男人中间感到孤单了。

我本想马上挂了电话，只因我知道老板不喜欢有人从城里给我们打电话。怎奈雷蒙要我等一等，说他本可以到晚上再向我转达那位朋友的邀请，但是他另有件事要提前跟我说一声。这一整天，都有一伙阿拉伯人跟踪他，其中就有他那原先情妇的兄弟。“今晚你回家时，如果瞧见他在我们楼附近转悠，就告诉我一声。”我说那好办。

过了一会儿，老板派人来叫我，当即我就烦了，心想他又要对我说少打电话，好好工作。根本不是那码事儿。他明确说，要跟我谈一项还很模糊的计划，只想听听我对这个问题的看法。他有意在巴黎设立办事处，就地处理业务，直接同各大公司打交道，因此他想了解我是否愿意去那里工作。如果去的话，我就能在巴黎生活，每年还有时间出差旅行。"你年纪轻轻，我觉得您应该喜欢那种生活。"我说是啊，不过从内心深处，这对我无所谓。于是他就问我，我对改变生活是不是不感兴趣。我就回答说，人永远也谈不上改变生活，不管怎么说，什么生活都半斤八两，我在这里的生活，一点儿也不让我反感。老板的脸色不悦，他说我总是答非所问，还说我胸无大志，这样做生活准砸锅。说完话，我又回去工作了。我实在不想拂他的意，但是我也看不出有什么理由改变自己的生活。仔细想想，我还算不上不幸。记得上大学的时候，我也有过不少这类雄心壮志，但是不得不辍学之后，我很快就憬悟了，这一切并无实际意义。

晚上，玛丽找我来，问我是否愿意同她结婚。我说这对我无所谓，如果她愿意，我们可以结婚。于是她想要知道我是否爱她。我已经回答过一次，还是那个话：这毫无意义，但是我肯定不爱她。"那为什么还要娶我？"她问道。我向她解释这无关紧要，如果她渴望结婚，我们就结婚好了。况且，是她提出要结婚，我仅仅说了声"行啊"。她便指出，结婚是一件人生大事。我反驳说："不是。"她半晌没讲话，默默地注视我。继而，她又开口了，说她只想知道，如果换了另外一个女人，跟我有同样亲密的关系，也提出同样建议，我是否会接受。我说："当然会接受了。"于是她心里琢磨起来，她是否爱我，而她怎么想的，我就不得而知了。她再次沉默片刻，然后喃喃说道，我是个怪人。无疑正因为这一点，她才爱我，但是有朝一日，也许出于同样原因，我又会让她讨厌了。看看我沉默无语，不再说什么，她就微笑着挽住我的手臂，声称她愿意跟我结婚。我回应说，她什么时候愿意，我们就什么时候结婚。我又顺便提起老板的建议，玛丽就对我说，她真希望去见识见识巴黎。我就告诉她，我在巴黎生活了一段时间。她当即问我怎么样。我就对她说："很脏，有许多鸽子、黑乎乎的院子。居民都是白皮肤。"

接着，我们就出去散步，沿着大街穿越城区。街上的女人很漂亮。我问玛丽注意到了没有。她说注意到了，也能够理解我。我们一时不再说话了。然而，我想让她留下来陪我，对她说我们可以去塞莱斯特饭馆一起吃晚饭。她倒很想去，但是有事儿。我们走到我的住所附近，我对她说再见。她瞧着我，问道："你就不想知道我有什么事儿吗？"我挺想知道，但是没有想到问她，这让她流露出责怪我的神情。她见我的样子颇为尴尬，又咯咯笑起来，整个身子一靠近，给我送上亲吻。

我到塞莱斯特饭馆吃晚饭，已经开始吃上了，看见进来一个怪怪的矮小女人，她问我可否坐在我这餐桌。她当然可以坐下。她那张小圆脸跟苹果似的，两只眼睛炯炯有神。她的动作急促而不连贯，脱下收腰上衣，一坐下就急匆匆翻看菜谱。她叫来塞莱斯特，立刻点了她所要的菜，声音既清亮又急促。她等冷盘的工夫，打开手提包，取出一小张纸和一支铅笔，饭钱先算好，接着从小钱包里如数拿出钱来，再加上小费，全摆到她面前。这时，冷盘给她端上来了，她三口并作两口，快速吞下去。趁着等下一道菜的工夫，她又从手提包掏出一支蓝铅笔、一本预报广播节目的周刊，十分仔细地阅读，几乎将所有节目都一一做了记号。周刊有十来页，她用餐的全过程，一直细心地做这件事。我已经吃完饭了，她仍旧在认真地做记号。最后她站起身，动作还是那样机械而准确，又穿上收腰上衣，走了。我无事可干，也离开饭馆，在她身后跟了一阵。她走在人行道的边缘，步子极快而又极其平稳，头也不回，径直往前赶路。我终于失去她的目标，又原路走回来，心想她那个人真怪，但是很快就把她置于脑后了。

我走到家门口，碰见萨拉马诺老头。我请他进屋，从他的口中得知他的狗丢失了，因为不在招领处。那里的职员对他说，狗也许被车给轧死了。当时他还问，挨个警察分局去找，是否能打听到，人家回答说，这种事儿天天发生，不会记录在案。我就对萨拉马诺老头说，何不再养一条狗。但是他提请我注意，这条狗他已经带习惯了，他这么讲也在理。

我就蹲在床铺上，萨拉马诺则坐在桌前的椅子上。他面对着我，两只手抚着双膝，头上还戴着那顶旧毡帽，发黄的小胡子下面的口中，咕哝出不成语句的话。我听着有点儿烦了，但我无事可干，还一点儿不困。我就找话说，问他狗的事儿。他对我说，妻子死了之后，他就养起这条狗。他结婚相当晚，年轻时一心想搞戏剧——他在部队上，总参加军队歌舞团的演出。最终，他进了铁路部门，而且并不后悔，现在他拿一小笔退休金。他跟妻子一起生活并不幸福，但总体来说，跟她过日子也很习惯了。妻子一死，他倒感到非常孤单，于是跟同车间的伙伴要了一条狗。当时还是一只小狗崽儿，要用奶瓶喂食。由于狗比人寿命短，它就跟主人一起老了。萨拉马诺对我说："这条狗脾气很坏，我和狗时常吵起来。不过，它还算一条好狗。"我说它是一条良种犬，萨拉马诺听了面露喜色。"而且，您还未见过它患病之前的样子呢，"他补充道，"那时，它的皮毛漂亮极了。"自从这条狗患上了皮肤病，每天早晚两次，萨拉马诺都给它涂药膏。可是据他说，狗的真正疾病是衰老，而衰老是无药可医的。

这时，我打了个呵欠，老头子就说他要撤了。我对他说可以再待一会儿，反正他的狗出了事，闹得我的心也挺难受的。他向我表示感谢。他还对我说，我妈妈就很喜爱他的狗。提到妈妈时，他称为"您那可怜的母亲"。他推测妈妈死后，我一定非常痛苦，我没有应声。于是他有点尴尬，话说得很快，告诉我本街区的人对我把妈妈送进养老院看法很不好，但是他了解我，知道我很爱妈妈。现在我也不知道为什么，当时我会那样回答，说我此前根本不知道在这件事情上，别人对我看法那么坏，而我认为送养老院是很自然的事，既然我雇不起人照顾妈妈。我还补充道："况且，她早就跟我没什么话可说了，独自一人整天很烦闷。""对呀，"萨拉马诺接口说，"到了养老院，至少还能找到些伴儿。"然后，他起身告辞，想要回去睡觉。现在，他的生活发生了变动，就不知道自己该怎么办了。自从我认识他以来，这是他第一次把手伸给我，动作畏畏缩缩，我感到了他手上的痂皮。他挤出点儿微笑，临走还对我说道："但愿今天夜晚，狗都别叫唤，我听见总以为那是我的狗。"

六

星期天，我怎么也睡不醒，还是玛丽叫我，摇醒我。我们没有吃饭，就是想赶早去游泳。我感到脑子一片空白，头也有点儿疼，连抽支香烟都觉得味儿苦。玛丽还笑话我，说我是"一副吊丧的嘴脸"。她身穿一件白布连衣裙，头发披散开。我就对她说，她真漂亮。她欢喜得咯咯笑起来。

临下楼时，我们过去敲了敲雷蒙的房门。他应声说马上下去。来到街上，我由于疲惫，也因为我们睡觉没有打开百叶窗，一到已经充满阳光的户外，强光袭来，如同打了我一记耳光。玛丽高兴得欢跳起来，不住嘴地说天气真好。我感觉好受了些，这才发觉是肚子饿了的缘故。这话我跟玛丽说了，她就指给我看她的漆布提包，她在里面装了我俩的游泳衣和一条浴巾。我只好等待了，我们听见雷蒙关门的声响。他穿了一条蓝裤子、一件短袖白衬衫，不过，他戴的那顶扁平狭边草帽，引得玛丽笑起来。他的两条小臂肌肤很白，布满了浓黑的寒毛，我见了有点儿厌恶。他下楼时还吹着口哨，那神情很高兴。他对我说"你好，老弟"，称呼玛丽为"小姐"。

昨天，我们去了警察局，我作证说那女人"冒犯"了雷蒙。雷蒙只受了一次警告，就算完事了。警察没有进一步核实我的证词。在楼门口，我们跟雷蒙谈起了这件事，紧接着我们决定去乘公共汽车。海滩不算太远，但是乘车去更快些。雷蒙认为我们早早到达，他那位朋友会很高兴。我们刚要走，雷蒙却突然打了个手势，让我们瞧马路对面。我看见一伙阿拉伯人背靠着烟铺的橱窗，站在那里默默注视我们，不过是以他们特有的方式，不多不少就当我们是石头或者枯树。雷蒙告诉我，从左数第二个人就是那家伙，他随即面露忧虑的神色，但他又补充一句：这件麻烦事，按说现在已经了结了。玛丽听不大明白，就问我们是怎么回事儿。我告诉她，那伙阿拉伯人恨雷蒙。她就要我们赶紧离开。雷蒙挺了挺胸，笑着说是该快点儿走了。

离车站还挺远，我们走过去。雷蒙告诉我，那伙阿拉伯人没有跟上来。我回头望了望，他们果然原地未动，仍然若无其事地看着我们刚刚离开的地方。我们上了公共汽车。看来雷蒙完全放松了，他不断地跟玛丽开玩笑。我能觉得出来，他喜欢玛丽，而玛丽却不怎么搭理他，只是不时地笑着瞧他一眼。

我们在阿尔及尔郊区下车，离海滩不远了，但是必须爬过一小块俯临大海、斜坡倾向海滩的高地。高地由已经蓝得晃眼的天空衬托，布满发黄的石头，开满雪白的阿福花。玛丽兴致勃勃，抡起漆布提包，扫得花瓣纷纷飘落。我们走在一排排小型别墅之间，两侧的栏杆漆成绿色或白色，有几幢连同阳台隐没在柽柳丛中，另一些则裸露在乱石中间。还未走到高地的边缘，就已经望见波平浪静的大海了，还能望见远处躺在清澈水中打瞌睡的一个巨大岬角。在静谧的空气中，一阵轻微的马达声一直传到我们耳畔。眺望波光粼粼的远海，只见一艘小小的拖网渔船，缓慢得难以觉察在行驶。玛丽采撷几朵鸢尾花。我们下坡走向海边，看到已经有几个人下海游泳了。

雷蒙的朋友所住的小木屋，坐落在海滩的尽头。木屋背靠石崖，屋前打的支撑木桩已经浸在海水中了。雷蒙把我们介绍给他的朋友。那人名叫马松，长得身材魁伟，膀阔腰圆。他妻子个头儿却很矮，身子圆滚滚的，那样子和蔼可亲，说话带巴黎口音。马松立刻让我们随便些，说他这天早晨钓了一些鱼，已经过油炸好了。我对他说，觉得他的房子漂亮极了。他告诉我，每逢星期六、星期天，以及所有节假日，他都来这里度过。他还补充了一句：“你们同我妻子会合得来的。”果不其然，他妻子已经同玛丽有说有笑了。这时，我还真萌生了要结婚的念头，这也许是我有生以来头一次。

马松要下水了，但是他妻子和雷蒙还不想跟来。我们三人走下海滩，玛丽立刻扑进水里，马松和我，我们又略等了一会儿。他讲话慢吞吞的，我发现他有句口头禅，无论说什么，总要补上一句"我甚至还要说"，即使他补充的话，其实并没有什么新意。例如关于玛丽，他对我说："她可真出众，我甚至还要说，非常迷人。"过了一阵儿，我就不再注意他这句口头禅了，只顾感受晒着阳光有多么舒服。沙子开始烫脚了。我又忍耐了一会儿下水的渴望，终于对马松说："下水好吗？"我一猛子扎进水中。他一点点往水里走，直到站立不稳才扑进去。他游蛙泳，技术相当差，我只好丢下他，去同玛丽会合。海水清凉，我游得很开心。我和玛丽越游越远，我们动作协调一致，共享畅游的乐趣。

游到宽阔的海面，我们便仰浮在水上，我面向天空，而阳光拨开在我嘴边流动的最后几片水帘。我们望见马松回到海滩，躺着晒太阳了。远远望去，真是个庞然大物。玛丽想和我连体游泳。我就到她身后，抱住她的腰，她甩动手臂奋力往前游，而我则协助用双脚击水。轻轻的击水声，伴随我们一上午，直到我觉得累了。于是，我放开玛丽，往回游去，恢复正常姿势，呼吸也就顺畅了。上了海滩，我俯卧在马松的身边，脸埋在沙中。我对他说"真舒服"，他也有同感。不大工夫，玛丽也来了。我侧过身去，注视她走过来。她浑身还黏附着海水，长发抛在身后。她靠着我并排躺下，而我，笼罩在她的身体和太阳这两种热气中，幽幽睡了一会儿。

玛丽摇醒我，说马松回屋了，该是吃午饭的时候了。我立刻站起身，只因我确实饿了；可是，玛丽却对我说，从早上起到现在，我还没有拥抱亲吻她呢。的确如此，其实我一直想吻她。"来吧，下水。"她对我说道。我们跑过去，扑进刚涌来的细浪中，蛙泳游了几下，她就贴到我身上。我感到她的两条腿缠住了我的腿，当即对她产生了欲望。

我们赶回来的时候，马松已经喊我们了。我说我饿极了，他就立刻向他妻子表明，他喜欢我这样。面包很好吃。我狼吞虎咽，吃掉我那份炸鱼。接下来还有肉和炸土豆条。吃饭时大家谁也没有说话。马松频频喝着葡萄酒，还不断地给我斟。到了喝咖啡的时候，我的头有点儿昏沉，就一连抽了好几支烟。马松、雷蒙和我，我们打算共同出钱，八月份就在海滩一起度过。玛丽突然对我们说道："你们知道现在几点钟了吗？十一点半。"我们所有人都深感诧异，不过马松却说，饭吃得很早，这也很自然，肚子饿了，就是吃饭的时间。我不知道为什么，这话引得玛丽笑起来。现在想来，她那是酒有点儿喝多了。马松问我，是否愿意陪他去海滩散步："午饭后，我妻子总要睡一觉。我呢，不喜欢睡午觉。我得出去走走。我总跟她说，饭后活动活动有益于健康。不过，这毕竟是她的权利。"玛丽明确表示要留下，帮助马松太太收拾餐具。矮个儿巴黎女人便说，照这样，就必须把男人赶出去。于是，我们三个男人就都出来了。

烈日当空，几乎直射沙滩，海面上强烈的反光十分晃眼。海滩上空无一人了。从布列在俯临大海的高地周边一间间木屋里，传出一阵阵杯盘刀叉的声响。从地面熏蒸而起的石头热气，逼得人呼吸困难。开头，雷蒙和马松聊些人和事，都是我不了解的，从而我明白，他们俩相识已久，甚至在一起生活了一段时间。我们朝海走去，沿着水边散步。有时，一道细浪冲得远些，打湿了我们的布鞋。我什么也不考虑，只因我光着脑袋，让太阳晒得昏昏欲睡。

这时，雷蒙对马松说了句什么，我没有听清楚。不过，与此同时，我看见在海滩的另一头，离我们很远，有两个身穿司炉蓝工装服的阿拉伯人，朝我们方向走来。我瞧了瞧雷蒙，他就对我说："正是他。"我们继续散步。马松问他们怎么一直跟踪到这儿来了。我想他们一定是看见我们拎着海滩用品提包上了车，但是我什么也没有说。

那两个阿拉伯人缓步往前走，离我们已经相当近了。我们没有改变步伐，但是雷蒙交代我们："万一动起手来，你，马松，你去对付第二个家伙。我呢，就收拾我那个对头。你呢，默尔索，如果再来一个，就交给你了。"我说："好吧。"马松两手插进裤兜里。沙子灼热，现在我就觉得跟烧红了似的。我们步伐沉稳，走向阿拉伯人。我们之间的距离逐渐缩短。等双方只差几步远了，阿拉伯人停下脚步。马松和我脚步也放慢了。雷蒙径直走向他的对头。我听不清楚他对那人说了什么，那人抬手照雷蒙的头要给一拳，雷蒙却抢先下手，并且立即招呼马松。马松冲向指定给他的那个人，使足了劲儿，两个重拳打出去，那个阿拉伯人便倒在水中，脸朝下待了几秒钟，冒到水面的气泡在他的脑袋周围破灭。这工夫，雷蒙也大打出手，打得对手满脸出血。雷蒙回身对我说了一句："瞧着他会拿出什么家伙。"我冲他喊道："当心，他拿了把刀！"还未等雷蒙有所反应，他的胳臂就给划开了，嘴巴也给划破了。

马松一个箭步冲上去，不料另一个阿拉伯人已经爬起来，躲到手持凶器的人身后。我们不敢动弹。他们慢慢后撤，眼睛始终盯住我们，用刀威慑我们不敢轻举妄动。他们看到拉开了相当大的距离，便转身飞快逃掉，而我们仍然定在太阳地儿上，雷蒙紧紧握住还在滴血的手臂。

马松立刻说道，正巧有一位大夫，每星期天都来这里度过，就住在高地上。雷蒙想马上去见大夫，可是他一开口说话，伤口就流血，弄得满嘴血沫。我们搀扶着他，先尽快回到木屋。到了屋里，雷蒙说他的伤口很浅，能够去看大夫。马松陪他去了，我留下来向两位女士解释所发生的事情。马松太太流下眼泪，玛丽也脸色煞白。向她们解释这事，我也挺烦的，结果干脆沉默不语，望着大海抽烟。

约莫一点半钟，雷蒙同马松回来了，他手臂包扎了绷带，嘴角贴上橡皮膏。大夫告诉他轻伤没什么，但是雷蒙脸色很难看。马松还试图逗他乐，可他就是一声不吭。过了一会儿，他说下去到海滩走走，我问他去哪儿，他回答说只想出去透透气。马松和我都表示要陪他出去。他一听就火了，不干不净地骂了我们。马松直言千万别违拗他。然而，我还是跟着他出去了。

我们在海滩上走了很久。现在烈日炎炎，照在沙滩和海面上，碎成无数闪亮的金块。我感觉雷蒙知道要去哪儿，不过，这恐怕是错误的印象。一直走到海滩尽头，绕过一大块岩石，终于来到岩石后面在沙地流淌的一小股泉水。我们就在那儿找见了那两个阿拉伯人。他们穿着油污斑斑的司炉蓝工装服，躺在地上，那神态完全平静下来了，甚至带几分喜色。我们的出现，丝毫没有改变那种局面。用刀伤了雷蒙的那个家伙一声不吭，眼睛盯住雷蒙。另一个家伙则用眼角余光瞟着我们，同时不停地吹着一个小芦苇哨子，反反复复只发三个音。

这段时间自始至终，只有阳光和这种寂静，以及泉水淙淙和芦苇哨子的三个音。继而，雷蒙伸手插进放手枪的兜里，但对方还是一动不动，他们一直四目对视。我注意到吹芦苇哨子的那小子脚趾劈得特别开。这时，雷蒙目光没有离开对方，问了我一句："我撂了他吗？"我心里合计，我若是说不，他反而不听那一套，一发火准会开枪。我只是对他说："他连话还没有对你说，这样就开枪，会显得有点儿卑劣。"在这寂静和炎热的中心，还能听见淙淙的水声和芦苇的哨音。"那好，我就辱骂他，等他一回嘴，我就把他撂倒。"我回答说："就要这样。不过，他要是不拔出刀来，你也不能开枪。"雷蒙开始有点儿恼火了。另一个小子一直吹芦苇哨，两个人都注意观察雷蒙的一举一动。"不行，"我对雷蒙说道，"你还是得跟他单挑，把你的手枪给我。如果另一个上手，或者这个拔出刀来，我就把他一枪撂倒。"

雷蒙把手枪给我的时候，阳光在枪上晃了一下。然而，双方仍然待在原地不动，就仿佛我们周围的一切封闭起来了似的。我们相互对视，谁也不肯垂下眼睛，这里一切全停顿下来，停在大海、沙滩和阳光之间，停在芦苇哨和泉水的双重寂静之间。此刻我想到，可以开枪，也可以不开枪。这时，两个阿拉伯人猛然往后退，一下子溜到大岩石后面去了。于是，雷蒙和我原路返回。他的情绪显得好些了，还提起回城的公共汽车。

我陪伴他一直走到木屋，在他上木阶梯时，我却停在最下面的台阶上，脑袋让太阳晒得嗡嗡作响，看着眼前要吃力登上的木阶梯，想到上去还要吃力应付两位女士，就不免气馁了。可是酷热难耐，刺眼的阳光雨注一般从天而降，站在原地不动同样难受。待在原地还是走开，反正是一码事儿。迟疑片刻，我又掉头走向海滩。

海滩也是红彤彤的，阳光耀眼。大海气喘吁吁，呼吸急促，细浪爬上沙滩。我缓步走向岩石，顶着太阳，只觉得脑门儿发涨。全部暑热都扑向我，阻止我往前走。每次感到热风袭面而来，我就咬紧牙关，握紧插在裤兜里的拳头，我全身绷紧，以便战胜太阳，战胜太阳倾注给我的这种参不透的醉意。从沙砾上，从变白的贝壳上，从碎玻璃上，每投出一把光剑来，我的牙关都不由得紧咬一下。我就这样走了许久。

我还远望见岩石下有一小片幽暗之地，周围由阳光和海上尘雾所形成的耀眼光晕笼罩。我想到岩石后面清凉的泉水，渴望再次聆听淙淙的流水，渴望逃避太阳，逃避费神以及女人的哭泣，渴望再次找到阴凉与休息。可是，我走近时却看到雷蒙的对头又回来了。

他独自一人，双手放在脖颈儿下面，躺在那里休息，额头置于岩石的阴影里，而全身晒着太阳。他那身司炉蓝工装服冒着热气。我颇感意外。对我而言，这件麻烦事已经了结，我连想也没有想就来到这里。

他一看见我，就微微欠起身，手插进兜里。而我呢，放在外衣口袋里的手，也自然而然握紧雷蒙的手枪。这时，他又仰身倒下，但是手没有从兜里抽出来。我离他比较远，有十来米。我不时猜测他半眯缝着的眼神。不过，他那副形象，更经常在我眼前火焰空气中舞动。海浪的声音，比起中午来，更加懒散，更加平稳了。在这里依旧延伸的沙滩上，太阳依旧，光焰依旧。白昼已经有两个小时不再进展，两个小时抛了锚，固定在一片沸腾着的金属海洋中。远远驶过一艘小轮船，我是从我的视觉余光的小黑点推测的，因为我正眼一直紧盯着那个阿拉伯人。

我心中暗想，只要我掉过头去，就万事大吉了。然而，一整片在烈日下颤动的海滩，从我身后拥来。我朝泉水走了几步。那个阿拉伯人没有动弹。不管怎么说，相距还挺远。也许是他脸上阴影的效果，他那样子似乎在笑。我仍在等待。太阳烧灼我的面颊，我感到汗滴聚在我的眉眼上。还是我安葬妈妈那天的大太阳，还像那天一样，我的额头特别难受，肌肤下的脉管都一齐跳动。正是由于我再也忍耐不了的灼热，我又朝前动了动，我知道这种动作很愚蠢，挪动一步也躲避不了太阳。然而，我就是跨近一步，仅仅一步。这回，那个阿拉伯人虽未起身，却抽出了刀，在阳光中对我晃了晃。钢刀反射的阳光，犹如闪亮的长刃刺中我的脑门儿。与此同时，聚在眉头的汗水一下子流到眼皮上，形成一道厚而温暖的水帘，遮住了我的双眼。在这道汗水和盐的帘幕后面，我的眼睛完全花了，只觉得太阳好似铙钹一般扣到我的头顶，那把刀射出的闪光利刃，影影绰绰，一直在我面前晃动。这把灼热的利剑损坏我的睫毛，刺入我的疼痛的双眼。恰巧这时，天地万物都摇晃起来。海洋呼出一股厚重而滚烫的气息。天穹也好像整个儿开裂，降落下来天火。我的周身绷紧了，手紧紧抓住那把枪，不觉扳机扣动了，我触碰到了枪柄上光滑的扳机圆洞，正是触碰那儿，在震耳欲聋的一声脆响声中，一切都开始了。我一下子抖掉汗水和阳光。我明白自己打破了这一天的平衡，打破了海滩异乎寻常的寂静，打破了我曾觉得幸福的平衡和寂静。接着，我对着那不动的躯体又连开四枪，子弹打进去而没有穿出来。这正如我在厄运之门上急促地敲了四下。

第二部

一

  我被捕之后，立即接连几次受审。但是，审讯时间都不长，只为查清身份。第一次是在警察分局，我的案子似乎没人感兴趣。八天之后，情况则相反，预审法官打量我，显得很好奇。不过开头，他也只是问我的姓名和住址、我的职业、我的出生日期和出生地。随后，他想了解我是否选定了律师。我承认没有，并且问他是不是非得请律师。他说："为什么这样问？"我回答说，我认为自己的案子非常简单。他微微一笑，说道："这是一种看法。然而，法律就是法律。如果您不找律师，我们就会给您指派一位。"我认为这样就太方便了，连这些具体问题司法机关都负责给解决。我向他说了这种想法，他也赞同，并得出结论，法律制定得很完善。

  起初，我并没有认真对待他。他接待我的房间拉着窗帘，只有办公桌上点着一盏灯，灯光对着他让我坐的扶手椅，而他本人则坐在暗地儿里。我在书里读过类似的描写，觉得全都是做戏。谈完了话，我端详了他，看到的是一个面目清秀的人，一双深陷的蓝眼睛，个头儿很高，蓄留长长的灰胡须，一头浓发几乎花白了。他的面部肌肉不时因神经性抽搐而拉动嘴角，尽管如此，他给我的印象是个非常通情达理的人，总之善气迎人。我走进审讯室的时候，甚至想要同他握手，但是我及时想起我还有命案在身。

第二天，一位律师来狱中探视。他是个矮胖子，还相当年轻，精心梳理的头发贴在头皮上。天气很热（我没有穿外衣），他却穿一身深色正装，戴上活动硬折领，扎的领带也很奇特，是黑白相间的粗条纹花色。他把腋下夹的公文包放到我的床上，做了自我介绍，对我说他研究了我的案卷。我这案子很棘手，但是，如果我信任他的话，他不怀疑能够胜诉。我向他表示感谢，他对我说："现在就谈谈问题的要害。"

他坐到我的床上，向我解释说，他们已经调查了我的私生活，了解到我母亲在养老院去世不久。于是，他们又去马伦戈做过一次调查。预审法官们都获悉，妈妈葬礼那天，我"表现出了无动于衷的态度"。"要知道，"我的律师对我说道，"像您这种情况，我实在有点儿难以启齿，但是这又非常重要。如果我找不出理由答辩，这就将成为指控您的一个重要证据。"他希望我能协助他。他问我，那天我是否感到难过。听到这样一问，我十分惊讶，如果是我不得不提出这个问题，我都会感到非常尴尬。不过我还是回答说，我多少丧失了扪心自问的习惯，很难向他提供这方面的情况。自不待言，我很爱妈妈，但是这并不能表明什么。所有精神正常的人，都或多或少盼望过自己所爱的人死去。说到这里，律师当即打断我的话，他显得非常焦躁。他让我保证，无论到法庭上，还是在预审法官那里，都不要讲这种话。可是，我却向他解释道，我天生如此：生理的需要往往会扰乱我的情感。安葬妈妈那天，我疲惫不堪，又非常困倦，也就没有留意当时发生了什么情况。我所能肯定说的是，我真不愿意妈妈死了。但是，我的律师还是一脸不高兴。他对我说："这样讲还不够。"

他思考了一下，问我可不可以说那天我控制住了自己的自然感情。我就对他说："不可以，因为是假话。"他以古怪的方式看着我，就好像我引起他几分反感。他几乎幸灾乐祸地对我说，不管怎样，养老院院长和工作人员都会作为证人到法庭上作证，这可能将我置于一种"极难堪的境地"。我则提请他注意，这件事情跟我的案子无关，而他仅仅反驳了我一句，显然我从未跟司法机构打过交道。

他走时面带愠色。我很想留下他，向他说明我渴望得到他的同情，但不是为了获取他更好的辩护，而是……可以这么说，而是自然而然的事情。尤其是我看出来，我让他很不自在。他没有理解我的意思，对我产生了一点儿怨恨。我真想明确告诉他，我跟所有人一样，跟所有人绝对一样。然而，费一番口舌，其实没有多大用处，我也懒得讲，干脆放弃了。

过了不久，我又被带去见预审法官。这次是下午两点钟，他的办公室只拉着薄纱窗帘，满室通明透亮。天气很热。他让我坐下，彬彬有礼地向我说明，我的律师"因临时有事"，未能前来。但是，我有权不回答他提出的问题，等我的律师到场来帮助。我说我可以独自回答。他用手指按了按桌上的一个电钮。一个年轻的书记员来了，差不多就坐到我的身后。

预审法官和我，我们两人都端坐在扶手椅上。开始审讯了，他首先对我说，按照别人的描述，我是个性格内向、寡言少语的人，他想了解对此我有何想法。我回答说："事出有因，我从来没有什么重要的话要讲，于是就保持沉默。"他还像上次那样，微微一笑，承认这是最好的理由，随即又补充了一句："况且，这也无关紧要。"预审法官住了口，瞧了瞧我，接着，颇为突然地挺了挺身，语速极快地对我说："我所感兴趣的，是您这个人。"我不太理解他这话是什么意思，也就没有应声。他又说道："在您的行为中，有些事情匪夷所思。我相信您会说透，帮助我理解。"我说一切都很简单，他催促我向他复述一遍我那一天的情况。于是，我向他复述了我已经讲过的全过程：雷蒙、海滩、海水浴、殴斗，又是海滩、小水泉、烈日，以及打出的五发子弹。我每讲一句，他都说："好的，好的。"我说到横躺在地上的尸体时，他附和一声："好。"而我呢，实在厌烦这样重复讲述同一故事，就觉得我从未讲过这么多话。

　　沉吟片刻之后，他站起身，对我说道，他想要帮助我，说我引起他的兴趣，再加上有上帝保佑，他就能为我做点儿事情。不过，他还先要向我提几个问题。他开门见山，问我是否爱妈妈。我说："爱呀，跟所有人一样。"此前，书记员打字一直很有节奏，这时一定按错键盘，不免有些儿慌乱，只得倒回来重打。预审法官所问的事，表面上始终没有逻辑关系，他又问我是否连续开了五枪。我想了想，明确说先头我只开了一枪，过了几秒钟，又开了四枪。于是他问道："您开了一枪之后，为什么等了一会儿才打第二枪呢？"那一片火红的海滩，再一次展现在我眼前，我感到额头让太阳晒得火辣辣的。不过这回，我什么也没有回答。接着冷场了，这工夫预审法官显得有些烦躁。他又坐下，抓了抓头发，臂肘支在办公桌上，身子微微倾向我，一副怪怪的样子："为什么，为什么您朝地上的横尸开枪呢？"这个问题，我还是无从回答。预审法官双手捂住脑门儿，声音有点儿变调，又重复他的问题："为什么？您必须告诉我。为什么？"我始终沉默不语。

他霍地站起身，大步走向办公室的另一头，从文件柜上拉出一个抽屉，取出一只银质耶稣受难十字架，高举着返身走向我。他的声调完全变了，几乎发颤，提高嗓门儿问道："这个，您可认得？"我回答："认得，当然认得。"于是他急速地、满怀激情地对我说，他信仰上帝，坚信无论什么人，也不管罪恶有多大，总能得到上帝的宽恕，但是为此目的，人就必须通过悔罪，又复归童年状态，心灵空虚纯净了，准备迎接一切。他整个身子都俯在桌子上，几乎就在我的头顶摇晃着耶稣受难十字架。老实说，他这番论证，我的思想很难跟得上，首先因为热得很，他办公室里又有几只大苍蝇，不时落到我脸上，同时还因为他那样子让我有点怕。我也承认这未免可笑，因为归根结底，我才是罪犯。他还仍然滔滔不绝。我差不多听明白了，在他看来，我的供词只有一处模糊不清，即我等了片刻才开第二枪这个事实。其余的情节，都很清楚，唯独这一点，他搞不明白。

我正要对他说，他不该抓住一点不放，最后这一点并不那么重要。但是他打断了我的话，整个儿挺直了身子，最后一次劝告我，问我是否信仰上帝。我回答说不信。他气呼呼地坐下来，对我说这不可能，人人都相信上帝，即使是那些背弃上帝的人。这正是他的信念，他一旦对此有所怀疑，那么他的生活就再也没有意义了。他高声诘问："您就想要我的生活丧失意义吗？"依我之见，这事与我无关，我的想法对他讲了。可是，他隔着办公桌，将十字架上的基督像送到我眼下，毫不理智地嚷道："我，我可是基督教徒。我请求基督宽恕你的过错。

你怎么能不相信他是为你而受了苦呢？"我明显地注意到，他用"你"来称呼我了，但是我已经听烦了。房间里越来越热了。我还一如既往，渴望摆脱一个不想听他说话的人，就装出同意的样子。令我深感意外的是，他立刻欢欣鼓舞，说道："你瞧，你瞧，你相信上帝，要向上帝讲心里话，对不对呀？"自不待言，我再次说了"不"。他一屁股又跌坐到椅子上。

他那神情十分疲惫，半晌沉默不语，而打字机没有跟上谈话，一直没有停，还继续打出最后几句话。继而，他凝视了我片刻，神色里透出一点伤感。他喃喃说道："像您这样冥顽不化的灵魂，我还从未见过。罪犯来到我的面前，看到这个受难像，总要痛哭流涕。"我正要回答，恰恰因为他们是罪犯，但是转念又一想，我也是罪犯，跟他们一样。这种念头，我实在无法适应。这时，预审法官站起身，仿佛示意审讯结束了。他还是同样有点儿厌烦的神态，只问我是否悔恨自己的行为。我想了想，回答说算不上悔恨，倒是在一定程度上厌烦了。我觉得他没有听明白我的话。但是那天，事情就再也没有进展了。

后来，我经常面见预审法官，不过每次都由我的律师陪同。谈话也局限于跟我核对我先前几次供词中的一些疑点。再就是预审法官同我的律师讨论控告我的罪名。不过老实说，在这种时候，他们从来就不把我放在心上。不管怎么说，审讯的口气逐渐变了，我感到预审法官对我没有兴趣了，他已经把我的案子以某种方式归类了。他不再向我提上帝，我再也没有见到他像头一天那样冲动。结果便是我们的谈话变得更加亲热了。提几个问题，同我的律师谈一谈，一次次审讯就这样结束了。拿预审法官的话来说，我的案子进展正常。有时候谈到一般性问题，也让我参加讨论。我的心情开始轻松了：在这种时刻，谁对我都没有恶意。一切都显得那么自然，那么按部就班，表演得那么有板有眼，我甚至产生了"亲如一家"的可笑印象。预审持续了十一个月之久，可以说在这期间，我几乎感到惊讶的是，让我高兴的事没有别的，只有那么几次屈指可数的瞬间，预审法官把我送到他的办公室门口，拍拍我的肩膀，亲热地对我说一句："今天就这样吧，反基督先生。"随即重又把我交到警察手里。

二

有些事情，我从来就不愿意提起。我入狱没过几天，就明白了事后我不可能爱提这段经历。

过了些日子，我就觉得这种厌恶情绪实在无足挂齿。其实最初几天，我还算不上真正坐牢：我隐隐约约在等待发生什么新的事件。直到玛丽第一次，也是唯一一次来探视，完全意义的监狱生活才开始。从我收到她信的那天起（她在信上告诉我，只因她不是我妻子，就不准她再来探监了），从那天起，我才感到牢房就是我的家，我的生活就停留在这里了。我被捕的那天，先是把我关进一间大牢房，里面已经关了好几名囚犯，大部分是阿拉伯人。他们看见我，都嘻嘻哈哈笑起来，随后就问我犯了什么事。我说打死了一个阿拉伯人，他们就都不吱声了。过了一会儿，天就黑下来了，他们倒是向我解释如何铺睡觉的席子，将席子一端卷起来，就能当枕头用了。整整一夜，臭虫都在我的脸上爬来爬去。过了几天，就把我换进单人牢房，睡木板床，还配备一只木制马桶和一个铁脸盆。监狱建在城市的制高点，从一扇小铁窗，我能够望见大海。有一天，正巧我抓住铁窗的柱子，扬着脸张望阳光世界，一名看守走进来，对我说有人来探视。我想准是玛丽。果然就是她。

要到探视室，先得穿过一条长长的走廊，接着上楼梯，再穿过另一条走廊。我走进一个特别宽敞的大厅，由一扇大窗户射进来的阳光照得非常明亮。横着安了两道大栅栏，将大厅隔成三段，栅栏之间相距八到十米，把探监者与囚犯隔开。我看见玛丽就在我的对面，她身穿带条纹的连衣裙，那张脸晒成了棕褐色。我旁边还有十来名囚犯，大多是阿拉伯人。玛丽那边也都是摩尔女人，身边探视的两个人，一个是矮小的老太婆，穿着一身黑袍，紧紧抿住嘴唇；另一个是没戴头巾的胖女人，说话嗓门儿很大，伴随着各种手势。由于两道铁栅相隔较远，探视者和囚犯说话，都不得不大声叫喊。我一走进大厅，就充耳一片嘈杂声，在光秃秃的四面大墙壁之间反响回荡，而从天空直泻到玻璃窗上的强烈阳光，又反射到大厅里，一时间我感到头昏眼花。我的单人牢房要安静得多，也昏暗得多。过了好几秒钟，我才开始适应。最终，我还是看清了突显在明晃晃的阳光中的每一张脸。我注意到在两道铁栅之间，靠过道一侧坐着一名看守。阿拉伯囚犯和探视他们的家人，大部分都面对面蹲着，这些人说话就不叫喊。尽管周围一片嘈杂声，他们低声对话彼此照样听得见。他们低沉的话语声，从低处响起，形成持续不断的低音部，汇入在他们头顶上交错回环的谈话声浪中。所有这一切，全是我朝玛丽走去的工夫快速观察到的。她的身子已经紧紧贴在铁栅栏上，竭尽全力冲我微笑。我觉得她非常美，但是我不知道该如何向她表明。

"怎么样？"她高声问我。"怎么样，就这样呗。""你还好吧？什么也不缺吧？""还好，什么也不缺。"

我们住了声，玛丽一直在微笑。那个胖女人也一直冲着我身边人喊叫：这个目光坦诚、金发高个子的家伙，一定就是她丈夫了。他们那是接续已经开始的一场谈话。

"雅娜就是不愿意要他。"胖女人扯着嗓子嚷道。"是啊，是啊。"男人应声说道。"我还对她说，你一出狱，还要雇用他的，可是她就是不愿意要他。"

玛丽也喊叫起来，说雷蒙向我问好，我接口说："谢谢。"不过，我的话音被旁边的男人盖住了。那人高声问道："他近来可好？"他妻子笑着说："好着哪，他的身体比什么时候都好。"我左边这个矮个子青年，有一双秀气的手，他一句话也没有说。我注意到他面对的是一个矮个子的老太婆，他们两人都定睛凝视对方。我没有时间进一步观察他们了，忽听玛丽冲我高声说，一定要满怀希望。我应了一声"对"，同时盯着她看，真想隔着衣裙搂住她的肩膀。我真想抚摩她那身细布料，而且除此之外，我实在不知道还能抱有别的什么希望。恐怕这也正是玛丽想要说的，因为她一直在微笑。我只顾看她明亮的牙齿和笑眯眯的眼睛。她又喊道："你一定能出来，一出来咱俩就结婚！"我回答说："你相信吗？"不过，我这主要还是为了说点儿什么。于是，她语速非常快，声音始终很高，说她相信我一定能获释，两个人还去游泳。这时，另一个女人又吼叫起来，说她的篮子丢在书记室里，当即列举放在篮子里的所有东西，那些东西都很贵，必须清点一下。

挨着我的那个青年，一直同他母亲相视无语。蹲在地上的那些阿拉伯人，仍在我们下面窃窃私语。户外的阳光撞到大玻璃窗，似乎更加膨胀了。

我感到身体不大舒服，很想离开。聒噪声让我难受。可是另一方面，我也愿意跟玛丽多待一会儿。不知道过了多长时间了。玛丽跟我谈起她的工作，她那脸上始终挂着微笑。絮语、喊叫和谈话的声音交织在一起。唯一寂静的孤岛就在我身边，即相互对视的这个矮个儿青年和这个老太婆。阿拉伯人一个个被带回牢房。第一个人刚一被带走，几乎所有人都住了声。矮小的老太婆又靠近铁栅栏，与此同时，一名看守向她儿子打了个手势。那儿子说了一句："再见，妈妈。"母亲把手从铁条之间探进去，向儿子轻轻挥手，动作缓慢而悠长。

老太婆离开探视厅，一个手拿帽子的男人随即走进来，占据了空出来的位置。一名囚犯被带来，两人便热烈交谈起来，但是声音压得很低，只因大厅又恢复了肃静。又有人来要带走我右边的那个人，他妻子仿佛没有注意到说话不用大喊大叫了，她仍然没有降低声调："照顾好你自己，多加小心。"接着就轮到我了。玛丽做出了拥吻我的手势。临出门时，我又回过头去望望，她一动未动，脸压在铁条上，始终挂着那种苦撑着的僵硬的微笑。

探视之后不久，她就给我写信来了。正是从这一刻起，出现了我绝不爱提起的那些事。不管怎么说，什么事也不应该夸张，讲讲自己不爱提起的事，我做起来还比别人容易些。受羁押初期，最艰难的倒是我仍有自由人的思维。例如，我还渴望去海滩，下海游泳；还想象我的脚掌刚踏着波浪的声响，全身浸入水中所感受到的解脱，可我却猛然感到我的牢房四壁多么贴近。而且，这种感觉持续了数月。后来，我就完全换了囚犯的思维了。我等待放风的时间，到院子里走走，或者等待我的律师来访。余下的时间我也安排得很好。我甚至常常想，如果让我生活在一棵枯树的树干里，无所事事，终日观赏天空浮云的花样，我也能逐渐适应。我会等待鸟儿飞越、云彩聚合，就像我在这里等待我的律师扎上奇特的领带，或者在另一个世界耐心地等待星期六，得以拥抱玛丽的肉体。况且，仔细想一想，我总还没有落到在枯树树干里的那种境地。还有比我更加不幸的人呢。其实这也是妈妈的想法，她一再反复讲，人到头来什么都能适应。

此外，平时我也没有想得那么远。头几个月度日如年。然而，我总得咬咬牙，也就挺过来了。譬如说，我辗转反侧想女人。我年轻，这是很自然的事。我从来没有特意想玛丽，但是我苦苦想一个女人，想所有女人，想我所认识的所有女人，想我曾经爱过她们的种种情景，结果我的牢房充塞了这些女人的形象，布满了我的欲念。一方面，这让我躁动不安；另一方面，这也帮我消磨时间。我终于赢得了看守长的同情。每天开饭时，他都陪着厨房伙计前来，正是他首先向我谈起了女人。他告诉我，这是其他囚犯抱怨的头一件事。我就对他说，我同他们一样，觉得被这样对待实在不公道。"然而，"他接口说道，"正是为了这一点，才把你们关进牢房。""怎么，正是为了这一点？""当然了，自由，正是为此，才剥夺了你们的自由。"我从未想到这一层。我赞同他的说法。"不错，"我对他说道，"否则惩罚什么？""对呀，这种事儿，您能想通，其他人不行。不过，最终他们总能想法儿自行解决问题。"说罢，看守长就走了。

还有抽烟也是问题。我入狱那天，我的腰带、鞋带、领带，我口袋里的所有物品，尤其是我的香烟，统统让监狱人员搜走了。一转到单人牢房，我就要求把香烟还给我。可是，看守对我说，监狱禁止吸烟。头些日子特别难熬。这也许是给我最大的打击。我从床铺的木板上掰下木块，放进嘴里咀嚼。恶心不止，一整天我都想呕吐。我无法理解，吸烟又不危害任何人，为什么剥夺我吸烟的权利。后来我才明白，这也是惩罚的一项内容。不过，从那时候起，我逐渐习惯不吸烟了，对我来说，这种惩罚也就徒有其名了。

除开这些烦心事，我还算不上太不幸。再说一遍，问题全在于消磨时间。从我学会回忆的时刻起，我就终于有了营生，一点儿也不感到烦闷了。有时，我就回想我的房间，在想象中从一个角落出发，走一圈儿回到起点，在头脑里计数一路上所碰到的所有物品。起初，很快就计数完毕。可是，每次我重新开始，花的时间就长一些。因为，我要回忆每件家具，回忆每件家具中所装的每件物品，回忆每件物品的详细情况，包括每个镶嵌、每道裂纹、每个边角的毁损，以及涂什么颜色，是什么纹理。与此同时，我又力求这个清单次序不乱，毫无遗漏。

这样回忆几个星期下来，我只要历数一下我那房间里的东西，时间也就打发过去了。我这样越追忆，更多被忽略和已被遗忘的东西，就越从我的记忆中被发掘出来。于是我憬悟到，一个人哪怕在地上仅仅生活过一天，进了监狱也不难度过百年。他有足够的记忆可供追寻，不会感到烦闷。从某种意义上讲，这也是一种特权。

也还有睡眠的问题。开头，夜间睡不好觉，白天根本不睡。后来逐渐好转，夜晚睡得着，白天也能睡一睡。可以说在最后几个月，每天我能睡上十六至十八个小时。因此，我也就剩下六个小时要打发了，用在吃喝拉撒上，用来回忆和阅读那个捷克斯洛伐克人的故事。

　　说起来，我在草垫和床板之间，发现了一张旧报纸，几乎粘贴在草垫的衬布上，已经发黄，差不多透明了。报上刊登一则社会新闻，开头部分缺失，故事看来发生在捷克斯洛伐克。一个男子离开一座捷克村庄，要去发财致富。过了二十五年，他发了财，带着妻子和一个孩子回家乡。他母亲和妹妹在家乡的村子里开了家客店，他想给母亲和妹妹一个惊喜，就把妻子和孩子留在另一家旅馆，只身回家，进了门，母亲没有认出他来。他想取乐，还要了一间客房，亮出了自己身上带的钱财。为了夺取他的钱财，到了深夜，他母亲和妹妹用铁锤将他打死，尸体扔进河里。次日早晨，他妻子登门，还不知道发生了变故，讲出了这个旅客的真实身份。母亲自缢身亡，妹妹投井而死。[①] 这个故事，我反复看了有几千遍。一方面，这种事很怪诞，令人难以置信；另一方面，却又极其自然。不管怎样，我觉得那名旅客有点儿咎由自取，人生绝当不得儿戏。

　　就是这样，困了就睡觉，回忆，阅读我这则社会新闻，昼夜交替，日复一日，时光不断流逝。我早就在书中读过，人关在监狱里，久而久之便丧失了时间的概念。然而，这对我没有多大意义。我还不明白在多大程度上，一天天可能既漫长又短暂。生活起来当然漫长，可是漫漫无边，最终又相互浸透了，从而混杂起来而丧失各自的名称。只

---

① 这正是加缪的一部剧作《误会》的梗概。

有"昨天"或"明天"这样的字眼，对我还保留一点儿意义。

且说有一天，看守对我说，我入狱已有五个月了，他这话我相信，可又不理解。在我看来，不断涌现在我牢房里的，无疑是同一天，而我所做的也是同一件事。那天，看守走后，我对着铁饭盒照了照脸，觉得即使我强颜笑一笑，我在饭盒上的形象也依然很严肃。我拿着饭盒在眼前摇晃。我笑一笑，饭盒上映现的还是那副严肃而忧伤的样子。白天结束了，到了我不愿意谈论的时刻，这是没有名称的时刻，在一片寂静中，从监狱各楼层升起暮晚的嘈杂声。我走近天窗，借着最后的亮光，再一次凝视自己的形象。总那么严肃，有什么奇怪的呢？既然此刻，我本人也很严肃。恰好这时候，几个月以来第一次，我清晰地听见自己说话的声音。我听出来了，这声音在我耳畔已经回响了好多日子，我这才明白，在这么长时间里，我一直在自言自语。于是，我想起了妈妈葬礼那天，女护士说过的话。是的，真叫人无所适从，谁也想象不出监狱里的夜晚是怎样的情景。

三

其实真可以说，刚过了夏天，很快又到了夏天。我知道天气乍热，气温升高，我会有新情况发生了。我的案子安排在重罪法庭最后一轮庭审来审理，这一轮庭审将于六月底结束。案子开始公开辩论时，户外骄阳似火。我的律师向我保证说，辩论最多不过两三天。他还补充道："况且，法庭也得加速审理，因为您的案子不是这轮庭审中最重大的案件。紧接着还要审一桩弑父案。"

早晨七点半钟，就来提我了，由囚车将我押送到法院。两名法警把我带进一个有阴凉感的小房间。我坐在一道房门旁边等待，隔着房门听得见谈话声、呼唤声、挪动椅子的声响，以及一片骚乱嘈杂声，让我联想到街区的节庆：音乐会结束之后，大家一齐动手搬开座椅，大厅里腾出地方好跳舞。法警告诉我，必须等待开庭，一名法警还递给我一支香烟，我谢绝了。过了片刻，他问我"是不是心里胆突突的"。我回答说"不"。从某种意义上讲，我甚至挺感兴趣，要看一看审案的场面，我这一辈子从来没有这种机会。"不错，"另一名法警说道，"但是，看多了也就烦了。"

　　又过了一会儿，审判庭里响起小铃声。于是法警给我卸下手铐，他们打开房门，把我带上被告席。审判大厅爆满，座无虚席。尽管拉着窗帘，有些地方还是透进了阳光，空气已经很憋闷了。窗户全关上了。我坐下来，法警守在我的两侧。这时候我才看见面前有一排面孔，他们都盯着我：我明白了，他们就是陪审员。但是我说不清他们之间有什么差异，当时我只产生一种印象：我上有轨电车，面对一排乘客，所有这些不相识的乘客都窥视新来者，以便看出他身上的可笑之处。现在我深知，当时那种联想十分幼稚，因为这是法庭，他们寻找的不是可笑之处，而是罪行。不过，看起来区别不大，反正我就萌生了这种想法。

　　大厅门窗紧闭，又坐满了人，我也不免感到有点昏头涨脑。我又扫视一眼法庭，任何面孔也辨认不清。现在想来，我是一开始没有意识到，所有这些人蜂拥而至，都是来看我的。平时，根本没人注意我这个人。必须动动脑筋我才想明白，我正是这种热闹场面的缘起。我对法警说："人真多呀！"他回答我说，这是报纸连篇报道的效果；他还指给我看在陪审员下方，聚在一张桌子旁边的一伙人，并且对我说："他们在那儿呢。"我便问道："谁呀？"他又重复一遍："报社的人。"他还认识其中一名记者。这工夫，那名记者看见他了，便朝我们走来。此人已经有一把年纪，样子挺和善，那张脸不时做个怪相。他特别热情地同法警握手。这时我注意到，大家都在相互见面，彼此打招呼，交谈起来，仿佛到了一家俱乐部，同一个圈子里的人又相聚，都非常兴奋。我也弄清了自己何以产生这种奇特的感觉：我在这里是个多余的人，有点儿像个不速之客。然而，那名记者却笑呵呵地跟我说话，对我说他希望我的事儿都会顺利解决。我向他表示感谢，他还补充道："告诉您说吧，您这案子，我们还稍微炒作了一下。夏天，是报纸的淡季。只有您这个事件，还有那个弑父案，还能够吸引人。"然后，他指给我看，在他刚离开的那伙人里，一个活像一只肥胖的白鼬、戴着黑边大墨镜的矮个儿的家伙。他告诉我，那人就是巴黎一家报社的特派记者。"不过，他可不是专为您来的。但是，报社既然派他来报道那桩弑父案，就要求他兼顾您的案子。"说到这里，我差一点儿又要向他表示感谢，可是忽然想到，这样未免显得可笑了。他亲热地向我打个手势，便离开了我们。我们又等待了几分钟。

我的律师身穿律师袍，由许多同仁簇拥着到庭了。他朝那些记者走去，同他们握手，一起打趣，说说笑笑，那样子真可谓无拘无束，直到法庭上响起铃声为止。于是，所有人各就各位。我的律师走过来，同我握手，嘱咐我回答问题要简短，不可主动发言，余下的都由他来替我打理。

我听见左侧有人往后挪动椅子的声响，扭头看到一个细瘦高挑的男人，戴着夹鼻眼镜，仔细撩起红色法袍坐下去。他就是检察官。执达员宣布开庭。与此同时，两台大电扇开了，嗡嗡转起来。三位法官，两位身着黑袍，另一位身披红袍，拿着案卷走进法庭，快步走向俯瞰大厅的审判台。身披红袍的法官居中坐到扶手椅上，摘下直筒无边高帽，放到面前，拿手帕拭了拭他那窄窄的秃脑门儿，这才宣布开庭审案。

记者们已经执笔在手了，他们人人都是同样一副冷漠的、略带嘲讽的神态。不过，他们当中有一个年轻得多的，身穿灰色法兰绒制服，扎一条蓝色领带，他把笔放在面前，目光凝视着我。从他那张五官不很端正的脸上，我只看见一双非常明亮的眼睛。那双眼睛聚精会神地审视我，却丝毫没有流露出明确的表情。于是，我产生一种奇特的感觉：我这是自我观照。也许正因为如此，还因为我不懂得审案程序，我就不大理解随后所发生的一切了，譬如什么陪审员抽签，庭长向律师提问，向检察官提问，向陪审团提问（每次提问，陪审员的头都转向审判台），快速宣读起诉书，我倒听出了一些地名和人名，然后再次向律师提问。

这时，庭长说要传唤证人。执达员念了几个人的名字，引起了我的注意。从刚才还一片模糊的旁听席人群里，我看见一个一个证人站起来，由边门出去，有养老院院长和门房、托马斯·佩雷兹老头、雷蒙、马松、萨拉马诺、玛丽。玛丽还微微向我打了个焦虑的小手势。我尚在奇怪怎么没有早些发现他们，忽听又念到最后一个名字。塞莱斯特站起身，我认出坐在他身边的那个矮小的老太婆，在饭馆里见过。她仍然穿着那件收腰上衣，仍然一副干脆而果断的样子。她目不转睛地盯着我看。但是，我没有时间细想，庭长就发话了。他说真正的庭辩即将开始，他认为无须要求听众保持安静。他声称自己在这法庭上，就是以不偏不倚的态度，引导一个案件的辩论，并且愿意客观地审查这个案件。陪审团将按照正义的精神做出判决，不管怎样，哪怕出现极其微小的干扰，他也要休庭静场。

审判大厅里越来越热，我看见旁听的人都用报纸扇风。这就形成持续不断的沙沙的纸张摩擦声响。庭长打了个手势，执达员立刻拿来三把草编的扇子，三位法官接到手便扇起来。

随即开始审问我了。庭长向我发问，语气很平和，甚至让我觉得带着几分亲切感。他还是让我报出姓名身份，我虽然颇为恼火，但是心想，其实这是相当自然的，因为把一个人错当另一个人来审判，那后果就太严重了。接着，庭长开始复述我的供词，每念三句话就问我一声："是这样吧？"每次我都回答："是的，庭长先生。"完全按照律师对我的指导。这个过程时间很长，因为庭长复述的内容十分详尽。这段时间自始至终，记者们都在记录。我感觉到那个最年轻的记者，以及那个自动木偶式的矮小女人注视我的目光。有轨电车上一排座的陪审员，脑袋都转向庭长。庭长咳嗽一声，翻阅案卷，摇着扇子转身面朝我。

庭长对我说，现在他要涉及几个问题，表面上看似同我的案子无关，而实际上，很可能关系密切。我明白他又要提起我妈妈，同时感到这事儿让我烦透了。他问我为什么要把妈妈送到养老院。我回答说，那是因为我没钱雇人看护并服侍她。他又问我这样做是否有损个人感情，我便回答，无论妈妈还是我本人，都不再期待从对方得到什么了，也不期望于任何人，况且我们母子二人都已经习惯了各自的新生活。于是庭长说他无意揪住这一点不放，又问检察官是否还有问题要向我提出来。

检察官朝我半转过身，并不正眼瞧我，声称他得到庭长允许，想要了解，我独自一人回到那泉水边，是否蓄意杀害那个阿拉伯人。我答道："不是。""那么，被告为什么带着枪，为什么偏偏又回到那个地点呢？"我回答说那完全是巧合。检察官便阴阳怪气，着重说了一句："暂时就问这些。"随后的情景有点儿杂乱，至少给我这种印象。不过，庭长小声同各方商榷之后，宣布休庭，推迟到下午听取证人证词。

没给我时间考虑，就把我带走，押上囚车，送回监狱吃饭。时间安排得很紧，我刚要喘口气，觉得自己累了，就又来人提我了。一切又重新开始，我又回到原来的大厅，又面对原来那些面孔。只有一点不同，大厅里气温要高得多，仿佛发生了奇迹：每位陪审员、检察官、我的律师，以及几名记者，也都人手一把草编扇子。那名年轻的记者和那位矮小的女士仍坐在原位。但是，他们二人没有扇子，仍旧一言不发地注视我。

我擦了一把流得满脸的汗水，直到听见传唤养老院院长上庭作证时，我才对这地点和自身恢复一点儿意识。有人问他，我妈妈是否抱怨过我，他回答是的，但是他又说，他那里的老人都有点儿这种怪癖，抱怨自己的亲人。庭长请他说具体点儿，妈妈是否指责过我把她送进了养老院。院长还是回答说是的，不过这次，他没有补充什么。他回答另一个问题时，说葬礼那天，他对我的平静态度深感意外。庭长又问他所谓平静是什么意思。这时，院长低头看着自己的鞋尖，说我不愿意看看妈妈的遗体，我一次也没有哭过，下葬之后马上离去，也没有在墓前默哀。还有一件事令他很惊讶，殡仪馆的一名职工曾对他说过，我不知道妈妈的年纪。一时间，大厅里静下来，庭长问养老院院长，他所讲的是不是我。院长没听明白问题，庭长就对他说："这是法律规定。"接着，庭长又问检察官，还有没有什么要问证人的，检察官便朗声说道："噢！没有了，这就足够了。"他的声音极其响亮，朝我瞥来的目光得意扬扬，以致多少年来，我第一次产生了想哭的愚蠢念头，因为我感到我多么受所有这些人的憎恶。

这时，庭长又问陪审团和我的律师是否还有问题，然后听取了养老院门房的证词。同其他所有证人一样，门房作证也重复了同样的程序。他从我面前走过时，瞥了我一眼，随即移开了目光。他回答了向他提出的问题。他说我不想见妈妈最后一面，说我抽了烟，睡了觉，还喝了牛奶咖啡。这时候，我感到生起某种情绪，逐渐弥漫整个大厅，我第一次领悟到自己是有罪的。庭长要求门房把喝牛奶咖啡和吸烟的情形再讲一遍。检察官看着我，眼睛里闪着嘲讽的亮光。这时，我的律师问门房，是否同我一起吸烟了。可是，检察官却猛地站起身，激烈反对这个问题："这里究竟谁是罪犯，而这种方式又多么卑劣；蓄意污蔑案件的证人，贬低证词，但是证词照样不削减其巨大威力！"庭长说反对无效，要求门房回答问题。老人神态窘迫，说道："我完全清楚，当时不该那么做。可是，我不好拒绝先生递过来的香烟。"最后，庭长问我有没有什么要补充的。我回答说没有，只想说证人是对的。当时的确是我递给他一支香烟。门房于是瞧了瞧我，略显惊讶，又带着几分感激。他犹豫了一下，然后才说道，是他请我喝的牛奶咖啡。

我的律师闻听此言，立刻得意得大呼小叫，声明陪审员自会做出判断。检察官岂能容得，在我们头顶响起雷鸣般的吼声："是的，陪审员先生们定会做出判断。他们也会得出结论，一个不相干的人可以请喝牛奶咖啡，但是一个儿子，在生身之母的遗体跟前，就应该谢绝。"门房回到自己的座位。

轮到托马斯·佩雷兹作证时，一名执达员不得不搀扶着，一直把他送到证人席。佩雷兹说，他主要是认识我母亲，只见过我一面，就是在葬礼那天。法官问他那天我的所作所为，他回答说："各位应该理解，当时我痛不欲生，什么也没有看到。是过分伤心，才顾不上看什么。因为，当时我肝肠寸断，甚至还昏厥过去。因此，我不可能看到先生。"检察官问他，至少是否看到我哭过。佩雷兹回答说没有。于是检察官也同样来了一句："各位陪审员先生自会做出判断。"我的律师一听便火了，用一种我都觉得颇为夸张的语气问佩雷兹，他是否看见过我没有哭，佩雷兹回答说"没有"，引得哄堂大笑。我的律师撸起一只衣袖，以不容置辩的语气说道："这就是本案审理的形象：什么都真实，什么也不真实！"检察官板着面孔，拿铅笔连连戳着他案卷上的一个个标题。

庭审暂停五分钟，我的律师趁机对我说，一切都在往最好的方向发展，然后就听见传唤塞莱斯特出庭为辩方作证。辩方，就是我。塞莱斯特不时朝我瞥来一眼，手上不停地卷动着一顶巴拿马草帽。他身穿一套新装，仅仅有几个星期天跟我一起去看赛马时才穿过。但是现在想来，这次他没有戴活领，衬衫的领口只用一个铜纽扣扣住。庭长问他，我是不是他的顾客，他当即回答说："是啊，而且还是朋友呢。"

又问他如何看我这个人，他回答说我是个男子汉；问他这话是什么意思，他就声称人人都晓得这是什么意思；问他是否注意到我这个人很自闭，而他仅仅承认我从不讲废话。检察官问他我是否总能按时付饭钱。塞莱斯特笑了，明确说："这是我们之间鸡零狗碎的事儿。"庭长又问他如何看我所犯的罪行。这时，他双手按住栏杆，看得出来他事先有所准备。他说道："在我看来，这是一件不幸的事。一件不幸的事，大家都知道是怎么回事。这让人无法辩解。没错！在我看来，这是一件不幸的事。"他还要接着讲下去，但是庭长对他说，这样就可以了，并向他表示感谢。然而，他仍站在原地，有点儿发愣，终于声称还有话要讲。庭长要求他简短。他又重复说，这是一件不幸的事。于是庭长对他说："对，当然了。而且我们在这里，正是为了审理这类不幸的事。我们感谢您。"于是，塞莱斯特朝我转过身来，就好像他已经尽心尽力，表现出了极大的善意。我觉得他眼睛放光，嘴唇在颤抖，那样子似乎要问我，他还能做些什么。我呢，什么也没有说，也没有表示什么，但是我有生以来第一次，萌生了想要拥抱一个男人的愿望。庭长再次请他离开证人席，塞莱斯特这才回到旁听席坐下。在随后的庭审过程中，塞莱斯特一直坐在那里，身子微微往前倾，臂肘撑在膝盖上，双手拿着草帽，专心听所有的发言。玛丽进来了。她戴着帽子，还是那么美丽。不过，我更爱她长发披肩的样子。从我所在的位置，我能看出她那乳房的轻盈，也熟识她那微微鼓起的下嘴唇。她显得非常紧张。庭长开口就问她是从什么时候认识我的。她说明那是她在我们这家公司工作时期认识的。庭长还要了解她跟我是什么关系。她回答说是我的女友。她回答另一个问题时，说她的确要跟我结婚。

正在翻阅一份材料的检察官突然发问，她是什么时候同我发生关系的。她说出了日期。检察官若不经意地指出，他觉得那正是妈妈下葬的第二天。接着，他就以讥讽的口气，说他不愿意追问一种微妙的境况，非常理解玛丽的廉耻，然而（说到这里，他的语调更加严厉），他职责在身，不得不超脱世俗之见。因此，他请求玛丽概述我们发生关系那天的经过。玛丽不肯讲，但是顶不住检察官的逼问，就说那天我们去海滩游了泳，去看了电影，又回到我的家中。检察官说，他看了玛丽在预审中提供的证词之后，便察看了那天电影院放映的影片，随即又说玛丽可以亲口说出那场放映的是什么电影。玛丽声音几乎低沉地，如实说了是费尔南德尔主演的一部影片。她讲完了，全场一时间鸦雀无声。这时，检察官便站起身，神情十分严肃，抬手指向我，以一种让我觉得动了真情的声音，一板一眼沉稳地说道："各位陪审员先生，此人在自己的母亲下葬的次日，就去下海游泳，开始不正常的男女关系，还去看滑稽电影寻欢作乐。我不必再对你们说什么了。"检察官坐下了，全场始终鸦雀无声。突然间，玛丽放声大哭，她说事情不是这样的，还有别的情况呢，有人迫使她说了违心的话，她说非常了解我这个人，没有干过任何坏事。这时，执达员在庭长的示意下，将玛丽带走了，庭审继续。

接下来马松出庭作证，几乎没人听了。马松明确说我是个正派人，"甚至要说，是个老实人"。待到萨拉马诺出庭作证，也同样没人注意听了。他回顾说，我对他的狗很好，在回答关于妈妈和关于我的问题时，他说我跟妈妈已无话可说，出于这种缘故，我就把她送进了养老院。"应当理解，"萨拉马诺说道，"应当理解。"然而，似乎谁也不理解。他也被人带下去了。

接着，就轮到雷蒙出庭作证了，他也是最后一名证人。雷蒙向我打了个小手势，他开口就说我是无辜的。但是庭长明确一句：法庭要他讲事实，而不是下判语，请他等着回答问题。法官要他说明他同被害人的关系。雷蒙趁机就说，被害者恨的是他，自从他扇了那家伙姐姐的耳光就恨上他了。庭长却问他，被害者是不是没有理由恨我。雷蒙说我去海滩，完全是一种偶然。于是检察官问他，酿成这个事件的缘起，那封信出自我的手笔，又该如何解释。雷蒙回答说，这也是偶然的。检察官反驳道，在这个事件中，偶然对良心已经犯下累累罪行。他想了解，当雷蒙打他情妇的时候，是不是出于偶然我才没有出面劝阻，是不是出于偶然我才去警察分局为他作证，而我作证时所讲的话显然是纯粹的偏袒，是否也是偶然的呢。最后，他问雷蒙靠什么谋生，雷蒙回答说当"仓库管理员"，检察官立刻向陪审团声明，众所周知，这名证人是个拉皮条的，以色情行当为业，而我正是他的同谋和朋友。这个案件是一个极其卑鄙下流的悲惨事件，更因为有一个道德魔鬼做帮凶而尤其严重。雷蒙想要申辩，我的律师也表示抗议，但是庭长制止他们，要让检察官把话讲完。检察官又说道："我没有多少话要补充的了。他是您的朋友吗？"他问雷蒙。"对，"雷蒙回答，"是我的好哥们儿。"于是，检察官也问了我同样的问题。我瞧了瞧雷蒙，他并没有移开目光。我便回答："是朋友。"检察官这才转过身去，面对陪审团朗声说道："正是这个人，在母亲下葬的第二天，就过起放荡的生活，无耻到了极点，只为微不足道的原因就杀了人，以便摆平一种伤风败俗的纠纷。"

检察官说罢便坐下了。我的律师早已按捺不住，高举起双臂，袍袖滑落下来，露出上了浆的衬衣的褶皱，他高声嚷道："究竟控告他埋葬了自己的母亲，还是杀了一个人？"一语引起哄堂大笑。检察官随即又站起来，身披着法袍，宣称这位可敬的辩护律师一定是太天真了，都感受不到这两件事之间有一种深刻的、悲怆的本质关系。他用力高声说道："是的，我控告这个人怀着一颗罪犯的心，埋葬了一位母亲。"这样一声宣判，似乎大大震撼了全场听众。我的律师耸了耸肩膀，擦了擦满额头的汗水。看来他也动摇了，当即我就明白了，我这案子情况不妙。

庭审结束。我走出法庭上囚车的片刻时间，又领略了夏天暮晚的气息和色彩。在我这流动的监狱的幽暗中，我恍若从疲惫的深渊，一一听出我所喜爱的城市在我偶尔开心的时刻所有熟悉的声响。报贩在已经放松的气氛中的叫卖声，街心花园最后一批鸟鸣，兜售三明治的小贩吆喝声，有轨电车在高坡街道拐弯时发出的呻吟，夜幕降临港口之前天空的这种喧闹，所有这些声响，对我重新构成一条盲人路线，是我入狱前所熟识的路线。不错，正是这种时刻，我曾感到开心，那是很久以前的事了。那时候，等待我的总是连梦也不做的轻松睡眠。可是，情况有所变化，我等待第二天到来时，还是回到我的单人牢房。此情此景，正如夏季天空中划出的熟悉的道路，既可通向监狱，也能通向安眠。

四

即使坐在被告席上,听着别人谈论自己,也总归是很有趣的事。检察官和我的律师进行辩论时,可以说他们滔滔不绝地谈论我,也许更多涉及的是我这个人,而不是我的罪行。然而,控辩双方的言论,真有那么大差异吗?律师举起双臂,做有罪辩护,但认为情有可原。检察官伸出双手,揭发罪行,但认为罪不可赦。不过,有一件事,让我隐隐感到别扭。虽然我心事重重,有时我还真想插言,可是我的律师总对我说:"您不要讲话,这样对您的案子才有利。"在一定程度上,大家好像撇开我来处理这个案件,整个过程都没有我参与。他们并不征求我的意见,就在那里决定我的命运。我不时就想打断所有人的话头,明确说道:"请问,谁是被告呢?成为被告,这是重大的事情。我有话要讲!"但是思虑再三,我又觉得无话可说。况且,也应当承认,把心思放在别人身上的兴趣不会持续很久。譬如说,检察官的控词,很快就让我听腻了。真正打动我的,或者引起我的兴趣的,也只有脱离整体的一些片段、一些手势,或者几段议论。

如果我理解对了的话,检察官思想的深处,就是认为我是预谋杀人。至少,他千方百计要证明这一点。正如他本人所说:"先生们,这一点我会证明的,我会从两方面证实,首先要以事实的耀眼的光芒,其次要借用这颗罪恶灵魂的心理向我提供的微光。"他概述了妈妈死后的一连串事实,历数了我丧母时的冷漠态度,不知道妈妈的年岁,下葬的次日就同一个女人去游泳,又去看电影,看费尔南德尔的片子,最后又带着玛丽回家。检察官总说"他的情妇"，当时我还没有听明白，对我来说，她就是玛丽。随后，他又说到雷蒙的事件。我认为他看事件的方法不乏清晰，他讲的话也挺靠谱。我先是同雷蒙合谋写了那封信，以便把他的情妇引出来，交到一个"品行不良"的男人手里去虐待。在海滩上，是我向雷蒙的对头挑衅，结果雷蒙受了伤。于是，我向雷蒙讨来了手枪，又只身回去使用。我按照心中的盘算，一枪打死了那个阿拉伯人。我等了片刻，"为确保活儿干得漂亮"，我又连开了四枪，从容不迫，万无一失，可以说经过深思熟虑。

"事实就是这样，先生们，"检察官说道，"我在诸位面前重新勾画出事件的线索，此人沿着这条线走下去，在完全知情的状态中杀了人。我要强调这一点，"他说道，"只因这不是一桩普通杀人案，不是一种不假思索的、你们认为有些情节可以减轻罪责的行为。此人，先生们，此人很聪明。你们听到他的发言了，对不对？他善于答辩。他深知词语的分量。真不能说他行动的时候，还不清楚自己在干什么。"

我听他讲，并且听到他认为我聪明。可是我又不大理解了，一个普通人的优点，怎么就能变成控告一名罪犯的重大罪状呢。至少，这让我深感诧异，我也就不再听检察官讲什么了，直到听他说："他是不是稍微表示出悔意呢？从来没有，先生们。在预审过程中，此人对他的令人发指的罪恶没有一点儿痛心的表示，一次也没有。"说到这里，他转向我，用手指着我，继续对我大张挞伐，弄得我实在不明白为什么会这样。当然了，我却不能不承认他说得对。我对自己的行为并不怎么痛悔。但是如此激烈的指控却令我骇怪。我很想好言好语给他解释，几乎怀着些许友爱，说是任何事情，我都从来做不到真正后悔过。

我的心思总是牵挂着即将发生的事情，牵挂着今天或明天。只是他们把我置于这种境地，我当然不能以这种口吻跟任何人说话了。我没有权利表现出友爱，没有权利表现出善意。因此，我还是尽量听听，因为检察官开始谈论我的灵魂了。

他说他曾仔细观察了我的灵魂，应该告诉陪审员先生们，他什么也没有发现。其实，我根本就没有灵魂，毫无人性，而维系人心的道德准则，也没有一条能为我所接受。"毫无疑问，"他补充道，"我们也无法谴责他。既然他接受不了，我们就不能怪他缺乏。然而，在这法庭上，宽容的任何消极作用，都应当化为正义的功用，这不大容易，但是更为高尚。尤其在这个人身上发现的这种心灵黑洞，正转变成社会可能堕入的深渊。"正是在这节骨眼儿上，他又提起我对妈妈的态度，重复他在辩论中所讲过的话。但是，他谈论这个话题，比谈论我的罪行要冗长得多，简直太长了，最后我已经毫无感觉，只觉得这天上午酷热难耐。这种状况，至少一直到检察官停下为止。他沉吟了片刻，接着又说道，这次声音低沉而又坚信不疑："还是这个法庭，先生们，明天就将审判一桩滔天大罪：一件弑父凶案。"依他之见，这样穷凶极恶的谋杀，完全超出了人类的想象。他敢期望人类的正义定会严惩不贷。而且，他要直言不讳，这桩罪恶所引起的他的憎恶，几乎不逊于他面对我丧母的冷漠态度所感到的憎恶。同样依他之见，一个在精神上杀害了自己母亲的人，比起一个亲手杀害生身之父的人，都是以同样罪孽自绝于人类社会。不管怎样，前者为后者的行为做好准备，在一定程度上宣告后者的行为，并且使之合情合理。他提高声音又说道："先生们，如果我说坐在被告席上的这个人，跟这个法庭明天要审判的弑父案同样罪不可赦，我确信你们不会认为我的想法大胆得过分了。他也必须受到应有的惩罚。"说到这里，检察官擦了擦汗水泛光的脸。最后他说，他的职责履行起来很痛苦，但是坚决恪尽职守。他断言我不承认这个社会的基本准则，也就跟社会毫无瓜葛了，我不懂得人心的起码反应，更不可能求助于人心。"我向你们要求这个人的首级，"检察官说道，"而我怀着轻松的心情，向你们提出这个要求。因为这种职业生涯，我从事已久，如果说也时而要求处死罪犯的话，那么今天非同以往，我感到这种艰难的职责获取了报偿，得以平衡，并受到双重启迪：一方面意识到要遵从一种不可抗拒的神圣命令；另一方面，面对一张除了残暴什么也看不出来的面孔，我感到深恶痛绝。"

检察官重又坐下，全场肃静了好半天。我又闷热又惊愕，正自昏头涨脑。这时，庭长轻咳了两声，语调非常低沉地问我，是否有什么要补充说明的。我是很想说几句，站起身来，一开口就没头没脑，说我不是有意要打死那个阿拉伯人。庭长回答说，这是一种表述，可是到现在他也抓不住为我辩护的要领，因此在听取我的律师陈述之前，最好先听听我来说明我的行为的动机。我说得很快，有点儿语无伦次，并且意识到自己挺出丑，我说当时的行为是阳光引起的。大厅里有人笑起来。我的律师耸了耸肩膀，庭长随即就让他发言了。可是，他却声称时间已晚，而他要讲好几小时，请求推迟到下午。法庭同意了他的请求。

下午，大电扇还一直搅动着大厅里浊重的空气，而陪审员手上的五颜六色的小扇子，则全朝一个方向摇动。我的律师的辩护词，在我听来似乎永远也讲不完。不过，有一段时间，我听他讲了，只因他说：

"不错，我杀了人。"接着，他继续以这种口气，每当说到我时，就总讲"我"如何如何。我感到非常奇怪，便朝一名法警俯过身去，问他这是为什么。他让我别说话，过了一会儿，他才解释说："所有辩护律师都这样做。"可是我想，这又是力图把我排除在案件之外，把我压缩成零，在一定意义上取而代之。不过，现在想来，当时我离开那座审判大厅已经很远了。况且，我觉得我的律师未免滑稽可笑。他为挑衅的行为辩护，很快就讲过去，然后也大谈起我的灵魂。但是，他给我的感觉，远不如检察官那么能言善辩。"我也同样，"他说道，"仔细观察了这颗灵魂，然而跟检察院的这位杰出代表截然相反，我却有所发现，可以说我读到了一部翻开的书。"他从中看出我为人正派，按时上班，工作任劳任怨，忠于聘用我的公司，受到所有人的喜爱，而且同情别人的苦难。在他看来，我是一个模范儿子，尽心尽力长期赡养自己的母亲。最后，我把老母亲送进养老院，希望她能过上我的经济条件达不到的舒服生活。"先生们，我实在奇怪，"他又说道，"竟然围绕着这家养老院大做文章。因为归根到底，如果必须证明这类机构的功能与重大价值，那只需指出正是国家本身予以资助的。"他独独不提葬礼的事儿，我就感到这是他辩护词的一个缺失。所有这些长篇大论，所有这些时日，这样一个小时又一个小时，一天又一天，没完没了地谈论我的灵魂，让我产生一种印象：一切都变成我看着眩晕的无色无臭的水流。

到头来，我只记得，在我的律师继续发言的时候，一个卖冰的小贩所吹的喇叭声，穿过法院的一个个厅室，从大街一直传到我的耳畔，引起如潮的回忆涌入我的脑海：在一种不再属于我的生活中，我曾经找到我那些极其可怜、极难忘怀的欢乐，诸如夏天的气味、我喜爱的街区、黄昏时分的某种天色、玛丽的欢笑和衣裙。于是，我在这里所做的无用功，便从心头涌上来，堵住我的喉咙，我只盼望尽快结束，以便回到牢房睡大觉。因此，我的律师最后高声呼吁，我都没有怎么听见：他说一个诚实的劳动者因一时糊涂而失足，陪审员先生们不会不给他留一条活路，他请求考虑减刑的情节，说我已经背负着这桩罪过，要悔恨终身，这是对我最可靠的惩罚。法庭宣布休庭。我的律师坐下来，一副精疲力竭的样子。可是，他的同仁都纷纷走过来，同他握手。我听见他们说："真精彩，亲爱的。"其中一位甚至拉我作证："嗯，怎么样？"他对我说。我表示赞同，不过，我的恭维言不由衷，只因我实在太累了。

这工夫，外面天色渐晚，也不那么炎热了。我听见街上传来的一些声响，就能推断出薄暮的温馨。我们所有人，都在那里等待。而我们一起所等待的事，仅仅涉及我一人。我再次扫视了审判庭。一切如旧，跟头一天相同。我又同那个身穿灰色外衣的记者，以及那位自动木偶女人的目光相遇。这让我想到在审案过程中，自始至终我没有用目光寻找玛丽。我并不是把她忘记了，只是事情应付不过来。我瞧见她坐在塞莱斯特和雷蒙中间。她向我打了个小手势，仿佛表示"总算完了"，我看到她那略显不安的脸上挂着笑容。但是，我感到自己的心扉已关闭，甚至未能回应她那微笑。

全体审判人员回来就座。庭长快速地向陪审团念了一系列问题。我听到有"犯有杀人罪"……"预谋犯罪"……"可减轻罪行的情节"。陪审员都出去了，我也被带到一间小屋等待。我的律师前来看我，他的话特别多，跟我说话表现出空前的信心和亲热的态度。他认为整个案件会完事大吉，我坐上几年牢，或者服几年苦役，事情也就了结了。我问他，万一判得太重，是否有机会上诉撤销原判。他回答说不可能。他的策略是辩方不提出结论性的意见，以免引起陪审团的反感。他还向我解释说，不能随随便便不服判决提起上诉。我觉得这是显而易见的，也就接受了他的观点。冷静地考虑一下，这也是理所当然的事。不如此，那又得无谓耗费多少公文状纸。"不管怎样，"我的律师又对我说道，"上诉的路是通的。但是我确信，一定会从轻判决。"

我们等了很久，估计有三刻钟。终于响起了铃声。我的律师同我分手时说道："陪审长要宣读对控辩双方辩论的评语。要等宣读判决词的时候，才会让您进去。"一阵开关房门的声响。一些人奔跑着上下楼梯，听不出离我远近。继而，我听见审判庭里一个低沉的声音宣读了什么。铃声再次响起，隔离室的门已然打开，迎面袭来的是法庭的寂静，一片沉寂，我看到那个年轻记者避开目光时所产生的奇异感觉。我没有朝玛丽那边望去。时间不容许，因为庭长用一种怪异的方式对我说，以法兰西人民的名义，我将在广场上被斩首示众。我这才觉得明白了我在所有人脸上所看到的表情。我相信那是一种敬重。法警对我的态度格外和蔼。律师的手按住我的手腕。我再也不想什么了。庭长却问我，有没有什么话要讲。我想了想，随后便答道："没有。"于是，就把我带出法庭了。

五

　　我拒绝接见神甫，这已经是第三回了。我跟他无话可说，也不想说话了，反正过不了多久就能见到他了。眼下我所关心的，就是如何逃脱上断头台的命运，弄清楚能否绝处逢生。给我调了牢房。躺在这间牢房里，我能望见天空，也只能看见天空。我就整天整天观望天空的脸色，从白昼到黑夜色彩的衰变。我头枕双手等待着。我心里不知道琢磨了多少回，那些死刑犯中是否有这样的例子：他们在无情的断头机启动之前，忽然逃脱了，冲破了警戒线，消失得无影无踪。于是我责怪自己，当初怎么就没多注意看看描写处决人犯的作品。人生在世，总应该关心这些问题。人有旦夕祸福，真难说会出什么事儿。我同所有人一样，倒是读过报纸上刊登的报道。但是肯定有专著，我却从来没有兴趣找来看看。我在那类书中，也许能看到讲述越狱的章节。那么我就会了解，在转动的轮子至少停止一次的情况下，在这种不可抗拒的预谋中，偶然与运气，仅此一次，就改变了某种事态。仅此一次！在一定意义上，我认为这对我就足够了。余下的事，由我的心去摆平。报纸经常谈论一种亏欠社会的债，主张必须偿还。然而，这并不能启发想象力。一种越狱的可能性才是重要的，要跳出害人的常规，要狂奔，给希望提供全部机会。自不待言，希望，就是在奔跑中，被一颗飞来的子弹击倒在街头。可是，想来想去，这种奢望连一点点可能性都没有，一切都禁止我有这种非分之念，断头台又把我牢牢钳住。

　　我再怎么善良，也不可能接受这种草菅人命的确认。因为，这种确认所依赖的判决，与判决自宣读之时起坚定的执行之间，却存在着一种荒唐的不相称。事实上，判决词不是在十七点钟，而是拖延到二十点钟才宣读的，这就很可能大变样了，而这一判决是由一些更换了内衣的男人做出来的，并且基于法兰西人民（或者德国人民、中国人民）这样一种模糊的概念，我就明显感到，这一系列事实大大削弱了如此重大决定的严肃性。然而我又不得不承认，这种决定一旦做出来，就变得确定无疑了，就跟我的身体狠狠撞击的这面墙壁同样真实存在。

在这种时候，我想起了妈妈给我讲过的关于我父亲的一段往事。我没有见过父亲。我对这个人所了解的全部具体情况，也许只有当时妈妈给我讲的这段往事：他去看处决一个杀人犯的场面。他有了这种想法，就感到不舒服了，但他还是去了，回来便呕吐，吐了上午大半天时间。因此，我有点儿讨厌父亲。现在我才明白，去观看处决犯人是极其自然的事。我怎么就没有看出来，还有什么比处死人更重要的呢，而归根结底，这是一个男人唯一真正感兴趣的事！我若是能有出狱的那一天，只要有执行死刑的场面，一定会去观看。现在我认为，我不该想到这种可能性。因为，这样一种念头，看到自己悠闲自在，一天早晨站在警戒线的外边，也可以说站在另一侧，成为围观者，看了之后就可能呕吐，一想到这些，一种掺了毒的喜悦便涌上心头。当然，这样想并不理智。我不该浮想联翩，做出这类假设，因为片刻之后，我就感到冷彻骨髓，赶紧钻进被窝里，蜷缩成一团，牙齿咯咯打战，怎么也抑制不住。

自不待言，人不可能总那么理智。譬如说，也有那么几回，我还制定起法案来。我改革刑罚制度，特别注意到，关键是给被判极刑的人一次机会。一千次机会哪怕只给一次，这就足以理顺许多事情。因此，我认为可以造出一种化合药剂，死囚（我想到的是死囚）服下去便可毙命，这是十拿九稳的。囚犯了解这一点，这也是条件。因为，我考虑再三，心平气和地权衡，还是看到断头台的缺陷，就是不给受刑者任何机会，绝对不给。总之，一旦判处死刑，就必死无疑了。这便是铁案，一锤定音，公认的协议，不能再翻案。如果断头机意外失灵，那就得重新执刑。因此，令人讨厌的是，受刑者还得祝愿机器运转正常。这就是我所说的缺陷。从某种意义上讲，的确如此。然而，从另外一种意义上看，我又不能不承认，一种好的组织的全部奥秘正在于此。总而言之，死刑犯不得不在精神上进行合作。不出事故，一切正常运转，才符合他的利益。

　　我也不得不指出，在这些问题上，此前我的看法并不正确。有很长一段时间，我以为——也不知道是何缘故——要上断头台，必须一级一级登台阶上去。我想这是受 1789 年大革命的影响，我是指在这些问题上，别人教给我或者让我看到的一切影响了我。但是，有一天早晨，我忽然想起报纸上刊登的一幅照片，报道一次引起轰动的处决场面。其实，设施特别简单，断头机就直接放置在地面，要比我想象的窄小得多。也真够怪的，我怎么没有早点儿想起来。照片上的断头机给我印象很深，像一台精密机器，做工完美，亮晶晶的。人对不了解的东西，总要产生夸张的想法。相反，我就应该看出，一切都很简单：断头机和走过去的人，处于同一水平上。他走到断头机前，就像同一个人会面。这也是令人烦恼的事。登上断头台，仿佛是登天，想象力可以紧紧抓住这种幻觉。然而，又是断头机毁掉这一切：不声不响就被处死了，未免有点丢脸，但是非常精准。

还有两件事时刻萦绕我的心头，即黎明和我的上诉。但我还是保持理智，尽量不去多想。我躺在床上，凝望天空，竭力对天空产生兴趣。黄昏时分，天空变成绿莹莹的。我再次克制一下，以便扭转思路。我倾听心跳声，实在无法想象这心跳声伴随我这么久，竟会戛然而止。我从未有过名副其实的想象力，但我仍然设想，心跳声不再延伸到我的头脑的瞬间情景。然而徒劳。黎明或者我的上诉还是挥之不去。到头来我便心中暗道，最理智的做法就是不要强迫自己了。

我知道，他们通常黎明时分来提人。总之，我这些夜晚，总是专心等待这样一天的黎明。无论什么事，我向来不喜欢猝不及防。一旦出事儿，我更愿意有所准备。因此，除了白天睡一会儿，最终我就不睡觉了，整夜整夜耐心等待天窗上诞生曙光。最难熬的就是天将亮而未亮的时分①，我知道这正是他们采取行动的时间。午夜一过，我就等待并窥伺着。我的耳朵从未捕捉过这么多声响，从未辨别出如此细微的声音。在一定程度上，我甚至可以说，在这段时间里，我的运气还算不错，始终没有听见脚步声。妈妈经常说，人走背字，也绝不会事事倒霉。我身陷囹圄，对妈妈的说法深以为然，只因天空出现了彩霞，新的一天溜进了我的牢房。本来我可以听见脚步声逼近，我就可能紧张得心脏爆裂。即使有最细微的窸窣声，我也急忙冲到门口，耳朵甚至贴在门上，气急败坏地等待，直到听见自己的呼吸，又不免惊

---

① 法国司法惯例，凌晨六点，警察到家里拘捕嫌疑犯，这也是突审犯人的时间。

恐，听出声音那么嘶哑，活像一条狗在喘息，好在我的心脏没有爆裂，我又赢得了二十四小时。

整个白天，就由我的上诉占据。现在想来，我是充分发掘了这个念头。我估量所能取得的效果，从我的思考中获取最大的收益。我总好做出最坏的设想：我的上诉被驳回。"好吧，我就死定了。"比别人早死，这是显而易见的。然而，众所周知，这样活在世上也不值当。说到底，我岂不晓得，活三十岁还是活七十岁，这都无所谓，因为不管是哪种情况，还有别的男男女女将活在世上，几千年就是这样过来的。总之，这再清楚不过了。不管是现在还是再过二十年，反正死的是我。此时此刻，我这样推理思考，让我稍微感到局促不安的是，想到还有二十年要生活，我所感到自身上的这种大跨度的跳跃。不过，这种跳跃我只好遏止，不去想象二十年后还得到死期，我又会有什么想法。既然必有一死，那么如何死，什么时候死，也就无关紧要了，这是显而易见的。因此（难办的就是不要疏忽"因此"这个词所表达的推理的整个逻辑），因此，我就应该接受我的上诉被驳回的事实。

这时，唯有这时，才可以说我有了权利，能以某种方式谈论第二种假设了：我获取了减刑。麻烦的是，我的血液和肉体一阵狂喜，刺痛我的双眼，必须克制一点儿这样剧烈的冲动。我必须竭力压抑这声欢叫，竭力规劝自己。即使做出这种假设，也必须保持放松自然的态度，以便在第一种假设中，我更可能认命顺从。我还真抑制住了冲动，从而赢得了一小时的平静。这毕竟不可小觑。

恰恰在这样的时刻，我再次拒绝接待神甫。我正躺在床上，看天空变成淡淡的金黄色，就猜出临近夏日的黄昏。我刚把上诉抛之脑后，得以感受全身血液正常流动了。我没有必要见神甫。好长时间以来，我第一次想到了玛丽。已有好些日子，她没有给我写信来了。那天晚上，我思考这事儿，心中不免暗道，也许她厌烦了，不想做一名死刑犯的情妇了。我倒是也想到，也许她病倒了，或者死掉了。这样想也符合事物的规律。我们二人的肉体关系，现在已然断绝，除此之外别无任何联系，彼此也不思念，我怎么可能知道她的近况呢。况且，从这一刻起，我再回忆玛丽，也就与己无关了。她已经死了，我也不再关心她了。我觉得这很正常，我也同样完全理解，我死后就会被人遗忘。他们跟我再也没有任何关系了。我甚至不能说，想到这种情况心里会难受。

恰巧这时候，监狱神甫走了进来。我一看到他，浑身不由得打了个冷战。他发觉了，对我说不要害怕。我对他说，他平常不是这个时候来。他就回答说，这次是完全友好的探视，同我的上诉毫无关系。他坐到我的小床上，请我坐到他身边。我谢绝了。不过，我感到他的态度非常和蔼。

他的两只小臂搁在膝上，坐了好一会儿，低头注视着自己的双手。他那双手纤细，但结实有力，让我联想到两只敏捷的野兽。他慢悠悠地搓着双手，头始终垂着，就这样待了许久许久，一时间我恍若忘记他的存在了。

突然，他抬起了头，目光直视我，对我说道："您为什么拒绝我来探望呢？"我回答说我不信上帝。他想了解我对此是否有把握，我便说我没有必要考虑：在我看来这不算个重要问题。于是，他身子朝后一仰，背靠到墙上，双手平放在大腿上。他那样子几乎不是在同我说话，指出人有时候自以为有把握，其实则不然。我却一言不发。他瞧着我，问道："您是怎么想的？"我回答说是有这种可能。不管怎样，也许我把握不准自己真正感兴趣的事，但是，自己不感兴趣的事，却完全有把握。他跟我谈的，恰恰是我不感兴趣的事。

神甫移开目光，但始终没有改变坐姿，他问我是不是因为过分绝望，才这样讲。我向他解释我并不绝望，只是害怕，这也非常自然。"那么上帝会帮助您的，"他指出，"落到您这样境地的人，凡是我认识的，最后全皈依了上帝。"我承认这是他们的权利。这也表明他们有时间去那么做。至于我，我不需要帮助，也恰恰没有时间去关心我并不感兴趣的事。

这时，他有点儿恼火，双手摆了一下，又挺直身子，抚了抚教袍的褶皱。他整理完了，就对我说话，并以"我的朋友"相称，表示他这样同我交谈，并不是因为我被判处了死刑；依他之见，我们世人无不被判处死刑。然而，我却打断了他的话，对他说这不能同日而语，而且，无论如何，这不可能成为一种安慰。"当然了，"他表示赞同，"但是，您今日不死，他日也必死无疑。到那时，还是面对同一个问题。您要如何应付这种可怕的考验呢？"我回答说："到那时，我也会丝毫不差地像此刻这样应付。"

听到这话，他当即站起身，直视我的眼睛。这种把戏我领教多了。我经常跟埃马努埃尔或者塞莱斯特以此取乐，总的来说，是他们先移开目光。神甫也擅长此道，我立刻就明白了这一点：他的眼睛一眨也不眨，他对我说话时，声音也毫不颤抖："难道您就不抱任何希望了吗？难道您活着的时候，就想着您要完完全全死去吗？""对。"我回答道。

于是，他垂下脑袋，重又坐下。他对我说，他是可怜我。他认为一个人这样生活，是不可能忍受的。而我仅仅感到，我开始烦他了。我也移开目光，走到天窗下面，肩头倚在墙上。我不大注意听他讲话了，只听见他又开始问我了。他讲话的声音显得不安而急切。我明白他动了感情，也就多用心听了。

神甫对我说，他确信我的上诉能够获准，但是我必须卸掉一桩罪孽的重负。在他看来，人类的正义微不足道，而上帝的正义才至关重要。我则指出，正是前者判处了我死刑。他回答我说，即便如此，也并不能洗刷我的罪孽。我就对他说，我不晓得什么是罪孽，他们只告诉我是罪犯。我犯了罪，就付出代价，别人就不能再向我提出任何要求了。这时，他又站起来，我便想在如此狭小的牢房里，他若想活动，别无选择，要么坐下，要么站起身。

我两眼盯着地面。他朝我走了一步，又停住了，仿佛不敢往前走了。他那目光透过铁窗望着天空。"您错了，我的儿子，"他对我说道，"可以向您提出更多的要求。也许可以向您提出这样的要求。""什么要求呢？""可以要求您瞧一瞧。""瞧什么？"

神甫扫视一下四周，他回答的声音，让我突然听出十分疲惫了："我知道，所有这些石头都渗出痛苦。每次看到这些石头，我都深感惶恐不安。然而，我从内心深处了解，你们当中最悲惨的人，也看见过从石头的幽暗中出来一张神圣的面孔。要求您瞧的就是这张面孔。"

我上来一点儿情绪，说一连几个月，我都瞧着这些石墙，我所熟悉的程度，远远胜过世上任何人、任何东西。很久以前，也许我曾在这上面寻找过一张面孔。但是那张脸闪耀着阳光的色彩、欲望的火焰：

那正是玛丽的面孔。我寻找过，但是徒劳无益。现在，已经结束了。不管怎样，这石墙只渗出汗来，我没有看见出现任何东西。

神甫一脸忧伤地看了看我。现在我干脆背靠墙壁，额头接住流泻下来的阳光。他讲了什么话，我没有听清，他又急速地问我是否允许他拥抱我。"不。"我答道。他转过身去，走向另一面墙壁，缓缓地抬手按在上面，喃喃说道："您就如此热爱这片大地吗？"我一言不发。

神甫背向我站了许久。有他待在眼前，我感到压抑和恼火。我正要请他离开，不要管我，他却转过身来，突然爆发，冲我高声说道："不，我不能相信您说的话。我确信您一定盼望过另一种生活。"我回答说这是自然，不过，这比起盼望发财，盼望游泳速度快些，或者生有一张更好看的嘴来，也不见得更为重要。都可以归为同一类事。可是，他截住我的话头，想要问问我怎么看另一种生活。于是我冲他嚷道："就是我在那种生活里，能够回忆这种生活。"紧接着又对他说，我已经烦了。他还要跟我谈上帝，可是，我却走到他跟前，试图最后一次向他解释，我剩下的时间不多了。我不愿意把这点儿时间耽误在上帝身上。他还尽量转移话题，问我为什么称他"先生"，而不称他"我的父亲"，这话又把我的火儿拱起来，我回答说他不是我的父亲，他到别人那里充当父亲去吧。

"不，我的儿子，"他把手放在我的肩上，说道，"我和您在一起。但是，您有一颗迷失的心，还认识不到这一点。我将为您祈祷。"

这时候，也不知道为什么，我心中有什么东西爆破了。我开始扯着嗓子叫喊，我还辱骂他，告诉他不要祈祷。我揪住了他那教袍的领口，将我内心里的东西全倾泻到他身上，同时连蹦带跳，掺杂着痛快和气恼。他那样子那么确信无疑，对不对？然而，他确信的那些事，任何一件也不如女人的一根头发。他甚至不能确定自己活在世上，既然他活着跟个死人一样。我呢，看样子两手空空，但是我能把握住自己，把握住一切，比他有把握，我能把握住自己的生命，把握住即将到来的死亡。对，我只有这种把握了。可我至少掌握了这一真理，正如这一真理掌握了我一样。从前我是对的，现在还是对的，我总是对的。我以某种方式生活过，也完全可以换一种方式生活。我干过这事儿，而没有干过那事儿。我没有做某件事儿，却做了另一件事儿。还怎么样呢？我生活的整个过程，就好像在等待这一时刻和这个黎明：终将证明我是对的。无论什么，什么都不重要，我也完全清楚为什么。他也同样了解为什么。在我所度过的这荒诞的一生中，一种捉摸不定的灵气，从我的未来的幽深之处朝我冉冉升起，穿越尚未到来的岁月，而这股灵气所经之处，便抹平了我生活过而并不更为真实的那些年间别人给我的种种建议。其他人死亡，一位母亲的爱，跟我有什么大关系，神甫的上帝，别人选择的生活，他们选中的命运，跟我又有什么大关系，既然唯一的命运注定要遴选我本人，并且随同我也遴选像他那样自称我兄弟的千千万万幸运者。他是否明白呢？所有人都是幸运者。其他人也一样，有朝一日也会被判处死刑。他也同样会被判处死刑。如果说他被指控杀了人，却因为他在母亲的葬礼上没有流泪而被处决，这又有什么关系呢？萨拉马诺的狗抵得上他的妻子。那个自动木偶式的矮小女人，跟马松婆的那个巴黎女人，或者跟渴望我娶她的玛丽，都同样有罪。雷蒙和比他更好的塞莱斯特，都同样是我的好哥们儿，这又有什么关系呢？玛丽今天把嘴递给另一个默尔索，又有什么关系呢？他这个也被判处死刑的人，究竟明白不明白，从我未来的幽深之处……这番话我喊叫出来，已经喘不上气了。不过，看守们已经从我手中拉开神甫，并且向我发出威胁。神甫则让他们冷静下来，并且默默地注视我片刻，满眼都是泪水。接着，他转身离去了。

　　他一走，我也就恢复了平静。我筋疲力尽，扑倒在小床上。想必我睡着了，因为醒来时满脸映着星光。乡野的万籁一直传到我耳畔。夜的气味、大地的气息和海水的盐味，清凉了我的太阳穴。这沉睡的夏夜美妙的静谧，如潮水一般涌入我的心田。这时候，黑夜将尽，汽笛阵阵鸣叫，宣告航船启程，驶往现在与我毫无关系的世界。很久以来，我第一次想到妈妈。我似乎明白了，为什么她到了生命末期还找了个"未婚夫"，为什么她还玩起重新开始的游戏。在那边，在那边也一样，在一些生命行将熄灭的养老院周围，夜晚好似忧伤的间歇。妈妈临死的时候，一定感到自身即将解脱，准备再次经历这一切。任何人，任何人都无权为她哭泣。我也同样，感到自己准备好了，要再次经历这一切。经过这场盛怒，我就好像净除了痛苦，空乏了希望，面对这布满征象的星空，我第一次敞开心扉，接受世界温柔的冷漠。感受到这世界如此像我，总之亲如手足，我就觉得自己从前幸福，现在仍然幸福。为求尽善尽美，为求我不再感到那么孤独，我只期望行刑那天围观者众，都向我发出憎恨的吼声。

流放与王国

——献给法兰西娜

偷情的女人

　　大巴的车窗都摇上去了，却有一只瘦小的苍蝇，在车里飞旋了好一阵。它好怪异，无声地飞来飞去，飞得十分疲惫。雅尼娜忽然失去目标，随即发现，小苍蝇落到丈夫静止的手上。天气寒冷。每阵风沙吹得车窗唰唰作响，苍蝇都要抖瑟。冬日早晨，阳光微弱，在车轴和挡板哗啦哗啦的响声中，车子摇摇晃晃，行驶得很慢。雅尼娜瞧着丈夫。他那低低的脑门上，几绺头发花白了，而宽鼻头下，嘴巴长得不周正。马塞尔那副样子，倒像赌气的农牧神。车子一行驶到洼路，雅尼娜就感到丈夫朝她撞一下。随后，他那滞重的上身又瘫向叉开的双腿，恢复呆滞而茫然的目光。灰色法兰绒上衣袖口很低，盖住衬衣，显得他的肥大光滑的双手更短了。只有他那双手似乎还能活动，紧紧抓住放在两膝之间的一只小帆布提箱，感觉不到苍蝇迟疑的爬行。

　　突然间，听到风声呼啸，只见车子周围，沙尘的雾障越来越浓重了。现在，成把成把的沙子冲击车窗，仿佛由无形的手抛掷来的。苍蝇的翅膀瑟瑟抖动，爪子一弯曲，便飞起来了。车子减速了，眼看要停下来。继而，风似乎和缓下来，沙尘雾障渐渐稀薄，车子重又加速了。被沙尘遮蔽的景物，这时也从多处光洞透出来。三两株发白细弱的棕榈树，从车窗一闪而过，恍若金属皮裁制的道具。

　　"什么地方啊！"马塞尔咕哝一句。

大巴里全是阿拉伯人，都裹着呢斗篷，佯装睡觉。有几个盘坐在椅子上，随着车身摇晃得更厉害。谁也不说话，表情木讷，最终让雅尼娜感到无比沉闷，就好像同这帮哑巴旅行了数日。其实，黎明时分，才从火车终点站换乘大巴，刚刚行驶了两小时。早晨清冷，行进在布满石子的荒凉高原上，至少启程的时候，前路平展展的，一直望见发红的天边。不料狂风骤起，逐渐吞没了辽阔的荒野。乘客再也看不见景物了，一个跟着一个便沉默下来，于是，他们静静地航行在一片白夜中，受不了钻进车中的沙粒，不住揉揉眼睛和嘴唇。

　　"雅尼娜！"她听见丈夫呼唤，浑身一惊抖，再次想到她身体高大健壮，起了这个名字多么可笑。马塞尔问她装样品的小箱子放在哪儿了。雅尼娜伸脚探了探座椅下的空当儿，触到一个物件，认定是那小箱子。她弯腰必会感到憋气。想当年上中学时，她的体操首屈一指，肺活量大得出奇。难道很久远了吗？二十五年了。二十五年并不算什么，她在单身还是结婚之间游移不决，仿佛还是昨天的事，而一想到此身也许会孤独终老就惶恐不安的感觉，也恍若昨日。她并不孤单，当年这个法律系大学生追她，不离左右，此刻就在她身边。最终她还是接受了，尽管嫌他身材略矮，不大喜欢他那贪婪的干笑，也不喜欢他那暴突的黑眼珠。不过，她喜爱他的生活勇气，表现得跟当地的法国人一样，也喜爱他事与愿违或者受人欺骗时的狼狈相。尤其她喜欢有人爱，而他对自己确实关怀备至。他时时让她感受到，她是为他而生存，让她切实感到活在世上。不，她并不孤单。

　　汽车猛按喇叭，从看不见的障碍中间闯出一条路来。在这种时候，车上也没人动一动。雅尼娜忽然感到有人在注视她，便扭头望望过道对面同排的乘客。那乘客不是阿拉伯人，她不免诧异，发车时没有注意到。他身穿撒哈拉法国部队军装，头戴深褐色帆布军帽，半遮住那张黧黑的、长长的、尖嘴巴的豺脸。他神情有几分抑郁，以清亮的目光定睛打量她。她唰地一下羞红了脸，头又转向丈夫。马塞尔始终目视前方，望着风沙雾障。她用大衣严严实实裹住身子，脑海又浮现那法国士兵的身影，又细又长，特别纤细，又穿着合身的军装，就显得他是用一种干燥而细碎的材料制成的，是沙粒和骨头的混合体。这时她才看清眼前这些阿拉伯人，手掌都瘦骨嶙峋，脸都呈焦褐色，还注意到他们衣袍虽然肥大，在座位上却很宽绰，而她和丈夫才勉强挤下。她往身上紧了紧大衣下摆。其实，她并不肥胖，只是个儿高，身子丰满，很性感，现在还秀色可餐，从男人的眼神里，她就能感到这一点。面相还带点儿稚气，眼睛清澈明亮，这与她高个儿头形成反差：她知道自己这身子温暖，是人休憩的港湾。

不，实际情况根本不像她原以为的那样。马塞尔这趟跑生意，想要她随行，她却不肯。他早就打算安排这趟旅行了，正是战争结束之后，生意恢复正常的好时机。战前，他放弃修法律的学业，从父母手上接过来小店，日子过得还蛮不错的。住在海边，青春的岁月应该过得很快活。然而，他不大爱动，时过不久，就不再带妻子去海滩了。每星期天，开着小轿车出去游玩。平时，他就愿意待在五光十色的布料店里。布店门前有遮阳的长长柱廊，而这个街区的居民，土著人和欧洲人各占五成。他们就住在店铺楼上的三间屋里，屋墙都糊了阿拉伯图案壁纸，室内摆设着巴贝斯成套家具。夫妇二人没有孩子。百叶窗半开半关，他们就守在阴影里打发掉岁月。夏天、海滩、散步游玩，甚至天空都显得很遥远。除了自己的买卖，马塞尔对什么都没兴趣。雅尼娜倒认为发现了他真正的爱好：金钱。不知为什么，她不喜欢这一点。说到底，她总归是受益者。马塞尔并不吝啬，正相反，尤其对雅尼娜，他常说："我真有个三长两短，你也衣食无忧了。"的确，衣食有着落，这很有必要。然而除了衣食，不是最基本的需求，着落又在何处呢？正是这个问题，她时而隐隐约约有些感慨。眼下，她就帮马塞尔记账，有时也代替他照看店铺。最难熬的还是夏天，燥热难耐，连寂寞的一点点温馨感觉都给扼杀了。

恰恰在盛夏，战争突然爆发，马塞尔应征入伍，随后又复员。布料货源匮乏，生意停顿，街头空荡荡的，仍然热得像烤炉。丈夫若真有个三长两短，今后的日子，雅尼娜就没着落了。这就是为什么一旦有了货源，马塞尔就盘算，跑遍高原和南方的所有村落，避开中间商，直接卖给阿拉伯商贩。他想要携妻子同行，而她知道路上交通不便，自己呼吸也困难，宁愿守家等候。然而，马塞尔一再坚持，她就答应了，因为再拒绝要具备极大的毅力才行。现在他们就在路上了，老实说，一路丝毫也不符合她行前的想象。她特别害怕暑热、成群的苍蝇，害怕油腻腻而弥漫着茴香气味的客栈，没承想这么寒冷，寒风刺骨，这高原近似北极地带，堆满了古代冰川的冰碛石。她也幻想到处能有棕榈树和柔和的细沙，现在却看到荒漠并非想象的景色，只有石头，满目全是石头，就连天空也由石粉主宰，呼啸而冰冷，地面也同样，乱石缝间仅仅长出干枯的禾本科植物。

车子猛然停下。司机向全车人讲了几句话，那语言雅尼娜听了一辈子也始终不懂。"怎么回事？"马塞尔问道。这回司机用法语回答，说沙子堵住了油门。马塞尔又咒骂一声这鬼地方。司机哈哈大笑，说这不算什么，他这就去清除堵塞，然后继续赶路。他打开车门，冷风一下子灌进来，卷着无数沙粒，击打乘客的面颊。所有阿拉伯人都蜷缩身子，将脸埋进斗篷里。"关上车门！"马塞尔吼了一声。司机笑呵呵的，返身回车，不慌不忙，从仪表盘下方取了几件工具，又走进沙雾中，身形渐小而消隐，照样没有关上车门。"可以肯定，他这一辈子也没见过发动机。"马塞尔叹道。"算了！"雅尼娜说了一句。她猛一惊抖，只见靠近车子的斜坡上，一动不动站着紧裹斗篷的身影，在风帽下边，只露出一道面纱遮护的双眼。不知他们从哪里冒出来的，一声不响注视着旅客。"都是牧羊人。"马塞尔说道。

大巴里鸦雀无声，所有乘客都耷拉着脑袋，仿佛倾听在连绵不断的高原上撒欢的风声。雅尼娜忽然惊讶地发现，车上几乎没有什么行李。在火车站换乘汽车时，司机只将他们的箱子和几个包裹搬上车顶。而车内行李网兜上，只放着几根多节疤的棍子和扁形篮子。这些南方人，看起来都空着两手出门旅行。

这时，司机回来了，动作总是那么麻利。他的脸也罩了面纱，上面露出的双眼还笑眯眯的。他宣告可以走了，这才关上车门，隔住风声，沙雨击打车窗的声响反而听得更清楚了。发动机咳嗽几声。起动器开动许久，马达才终于运转了，司机便连踩加速器，随之马达吼叫起来。车子打了个大饱嗝儿，重又开动了。在那群衣衫褴褛、一直伫立不动的牧羊人中间，突然扬起一只手，随后便消失在车后的沙尘中了。车子几乎立刻驶到越发凹凸不平的路段。在颠簸中，阿拉伯人都不停地摇来晃去。雅尼娜觉得渐渐上来睡意，眼前却突然出现一只黄色小盒子，装满了口香糖。那豺脸士兵正冲着她微笑。她略微迟疑，取了一块，表示谢意。那人揣起小盒，当即收敛笑容。现在，他直视前方的道路。雅尼娜扭过头去，只瞧见马塞尔结实的脖颈。他正隔着车窗，凝望乱石坡上升起的浓雾。

车行驶了好几小时，乘客都累得没了一点活力，忽然外面喊声四起。一帮披呢斗篷的孩子，像陀螺一样打着旋儿，拍着巴掌，连蹦带跳围着汽车奔跑。大巴现在驶进一条长街，两旁排列着低矮的房舍：来到一片绿洲。风还是刮个不停，但是屋墙阻挡了沙尘，天光就不那么昏暗了。不过，天空仍然一片阴霾。在喊叫声中，车子急刹发出吱吱的噪声，停到一家客栈门前。客栈圆拱形干打垒门脸，玻璃窗脏兮兮的。雅尼娜下了车，一踏上街道，便感到身子摇摇晃晃，望见房屋上方，高高矗立一座黄色清真寺尖塔，秀美而挺拔。绿洲第一片棕榈树，已经在左侧突显，她真想走过去看一看。可是，尽管时已近午，寒风仍然凛冽，冻得她瑟瑟发抖。她转身要走向马塞尔，却首先瞧见那士兵迎面走来，本以为他会微笑，或者打声招呼，不料他看也不看她一眼，径直走过去了。马塞尔正忙着，要从车顶上卸下装满布匹的黑色旅行箱。这活儿不容易。只有司机一人管行李，这时他已经站到车顶上，正给在车前围了半圈儿的孩子们训话。雅尼娜周围这些儿童，都瘦得皮包骨，连连发出喉音浓重的喊声，她顿时感到疲倦，便对马塞尔说了一句："我上去了。"马塞尔则不耐烦地招呼司机。

雅尼娜走进客店。店主迎上来，他是个干瘦的法国人，寡言少语，将女顾客带上二楼一条临街的长廊，走进客房。客房里似乎只摆设一张铁床、一张漆过白磁漆的椅子，还有一个没挂遮帘的壁橱，由一道芦苇编织的屏风隔出的洗脸间，水池上覆盖一层细沙。店主关上房门之后，雅尼娜觉出寒气来自刷了白灰的光秃秃的墙壁。她不知道手提包该放在哪儿，自己该在哪儿休息。不是上床躺下，就得站在地上，这两种情况都冻得发抖。她拎着手包，站在那里，凝望棚顶旁边开的天窗。她等待着，却又不知晓等待什么，只觉得孤独和浸入骨髓的寒冷，心情越发沉重了。其实她陷入了梦想，两耳几乎听不见街头升起的喧闹，以及混杂在其中的马塞尔的喊叫，反而更专注于从天窗传入的哗哗的河水声，那是风入棕榈林发出的声音，现在听来离得很近。继而，风势加大了，哗哗的流水变成怒吼的浪涛。她想象屋墙外面，挺拔而柔韧的棕榈海洋，在风暴中汹涌澎湃。这丝毫也不符合她的期待，不过，这种看不见的波涛，倒缓解了她双眼的疲惫。她耷拉着胳臂，伫立在原地，身子滞重，后背略微弯曲，寒气沿着沉甸甸的小腿升起。她幻想挺拔而柔韧的棕榈，也是追忆前尘，她曾经的少女时代。

他们梳洗之后，下楼到餐厅。光秃秃的四壁上了粉红和淡紫的底色，画了几匹骆驼和一片棕榈。拱形窗户透进可怜巴巴的光亮。马塞尔向店主打听这一带商贩的情况。接着，给他们上菜的是个年迈的阿拉伯人，粗布工作服佩戴着一枚军功章。马塞尔急着办事，拿起面包就撕着吃。他不让妻子喝水。"这不是开水。你还是喝葡萄酒吧。"雅尼娜不爱喝酒，一喝酒就上头。套餐里还有猪肉。"《古兰经》禁食猪肉。可是《古兰经》却不知道，吃煮熟的猪肉不会生病。我们呢，善于烹调。你想什么呢？"雅尼娜什么也没想，或许她在想厨师这就胜过先知了。不过，她得赶紧吃饭。次日早晨，他们又要启程，继续南行。今天下午，务必走访镇上每个有头有脸的商家。马塞尔催促那个阿拉伯老人快些上咖啡。对方点了点头，脸上没露笑容，踏着小碎步出去了。"早晨不紧不慢，晚上不慌不忙。"马塞尔笑道。咖啡终于端上来了，他们三口两口喝下去，便出了客店，来到尘土飞扬而寒冷的街道。马塞尔叫来一个阿拉伯青年帮他提货箱，但是照规矩讨价还价。他再次告诉雅尼娜，他们有潜规则，总是要双倍的钱，然后接受四分之一的还价。雅尼娜跟在两个抬箱子的人后面，走起来很不自在。她那大衣本来肥大，又加了件毛衣，真不该穿得这么厚实。猪肉虽说烧得很烂，又喝了点儿酒，她也觉得脚步不大听使唤了。

他们沿着一座小公园走去，园中的树木都灰头土脸。迎面碰到的阿拉伯人纷纷让路，搂紧了斗篷的下摆，却又不正眼瞧他们。雅尼娜觉得这里的阿拉伯人，哪怕穿得很破烂，也都趾高气扬，那种神气，是她同城的那些阿拉伯人所没有的。雅尼娜跟在后面，货箱就在人群中给她开路。他们通过一道赭土围墙的门，来到一座小广场。广场上长着同样灰不溜秋的树木，尽头最宽敞，排列着拱廊和店铺。他们就停在广场上，面对一座刷成蓝色的炮弹形状的小房。小房里是独室，仅仅由门采光照亮。有一位白胡子阿拉伯老者，坐在一块亮晶晶的木板后面，正在倒茶，在三只彩花小茶碗上面，拿着茶壶抬起又放低。不待他们看清昏暗的店铺里别的什么东西，一股薄荷茶的清香就扑鼻而来，迎向要进门的马塞尔和雅尼娜。马塞尔刚跨进门，只见锡制茶壶、茶碗和托盘摆得琳琅满目，穿插着陈列明信片的旋转货架，对面正是柜台。雅尼娜停在门口。她略微闪开身，以免挡住光线。这时她才看见，在老店主的身后，昏暗中还有两个阿拉伯人微笑着注视他们，坐在占满后半边店的鼓鼓的货包上。墙上挂着红色和黑色地毯、绣花的领巾，地上则堆满装香料种子的口袋和小木箱。柜台上摆放一架铜托盘锃亮的天平、一把刻度磨掉的旧米尺，周围还排列着圆锥形糖块，有一块已经拆开的蓝色粗包装纸，尖头儿咬掉了。茶香后面，从店里又飘出羊毛和香料的混杂气味。那老店主将茶壶放到柜台上，问了声好。

马塞尔像每次谈生意那样，声调低沉，说话很急促。接着，他打开箱子，展示布料和领巾，又推开天平和米尺，货品摊在老商人面前。他情绪急躁，提高了嗓门儿，不适当地笑起来，活像一个要讨人欢心而又不自信的女人。现在，他大大摊开两只手掌，模仿卖货和买货的姿势。老商人摇了摇头，他将茶盘交给身后那两个阿拉伯人，仅仅讲了几句似乎让马塞尔泄气的话。马塞尔收回布料，放进箱子叠好，然后擦了擦额头不由自主沁出的微汗。他招呼提箱子的青年，他们走向长廊，进了头一家店铺。虽然店主也摆出不屑一顾的神态，他们的运气还稍好些了。马塞尔说道："他们个个自以为是上帝，然而，他们也得做生意啊！这年头，大家生活都够艰难的。"

雅尼娜也不搭腔，只是跟着走。风差不多停了。天空有几处放晴，在厚厚的云层间，仿佛挖出一口口蓝色深井，射下清亮的寒光。现在他们离开了广场，走在小街巷，两侧是土墙，墙上挂着十二月份霉枯的蔷薇花，偶尔也有蛀空干瘪的石榴。这个街区飘浮着尘土和咖啡的香味、烧树皮的烟气、石头和绵羊的气味。店铺设在土墙里的窑洞，彼此相距甚远。雅尼娜感到两腿越来越沉重。她丈夫的情绪倒是渐趋平静了，货物开始出手，他也变得更加随和了。他管雅尼娜叫"小妞"，说这趟买卖不会白跑。"当然了，"雅尼娜应声说道，"最好还是直接跟他们洽谈好。"

他们沿着一条街返回镇中心。已是下午晚半晌了，天空差不多全晴了。他们在广场停住脚步。马塞尔搓着双手，以深情的目光端详着眼前的手提箱。"瞧哇。"雅尼娜说道。广场另一边走来一个阿拉伯人，瘦高个子，身体健壮，披着天蓝色呢斗篷，脚下一双轻便黄皮靴，戴着一副手套，长着鹰钩鼻子，古铜色面孔高高扬起。唯有他那缠头巾，能将他与土著事务局的法国军官区别开来，而雅尼娜从前挺欣赏那些军官。那人迈着沉稳的步子，径直朝他们走来，边走边缓慢地脱下一只手套，目光似乎越过他们几人直视前方。"哼，"马塞尔耸耸肩膀，说道，"这家伙，还自以为是将军呢！"不错，这里人人都傲气十足，可是这老兄，也实在过分了。他们四周那么大空场，他偏偏要往货箱上走，既目无货箱，也目无他们这伙人。距离很快缩小，那阿拉伯人眼看要到跟前，马塞尔急忙抓住提手，将箱子猛地往后一拽。对方却若无其事，扬长走过去，以同样的步伐走向围墙。雅尼娜瞥了一眼丈夫，见他那样子挺狼狈。"现在，他们认为可以为所欲为了。"马塞尔说了一句。雅尼娜就没有答言。那个阿拉伯人傲慢的态度很愚蠢，她非常憎恶，而且突然感到自己很可怜。她想离开，不免思念自家那小套住房。一想到还得回客店，回到那间冰冷的客房，就心灰意冷了。她猛然想起，店主曾建议她登上要塞的平台，一览荒漠的风光。她对马塞尔讲了这个建议，说箱子可以撂在客店里。可是，他说累了，晚饭之前想睡一会儿。"随你便吧。"雅尼娜答道。马塞尔突然凝视她，随即又说道："当然要去了，亲爱的。"

雅尼娜在客店前的街上等他。身穿白袍的人群越来越多，其间一个女子也不见，雅尼娜觉得，从未见过如此多的男人。然而，没有一个人瞧她。倒有几个人，将那张干瘦黧黑的脸转向她，却又好像视而不见；而在雅尼娜看来，他们全都一模一样，如同汽车上法国兵那张脸，如同那个戴手套的阿拉伯人的脸，全是一张既狡猾又傲慢的面孔。他们这张脸转向这个外国女人，但又视而不见，接着，他们脚步轻快，无声无息地从她周围走过去。她感到自己的脚腕肿胀，浑身越发不舒服，越发渴望离开了。"我干吗到这儿来呢？"好在这时，马塞尔已经下来了。

他们登上要塞的台阶时，已是下午五点钟了。风完全住了。乌云散尽，天空一片湛蓝。空气更加干冷，扑在脸上感到刺痛。登到台阶半腰，一个年迈的阿拉伯人倚靠在墙上，问他们要不要导游，可是一动也不动，仿佛先已料到他们不会要。台阶中间虽设了几处土垒的小平台，但还是显得又长又陡峭。不过，爬得越高，视野越开阔，越来越登临依然干冷却更加寥廓的清明世界，而绿洲的各种响动，传到耳畔也尤为真切了。阳光照耀的空气似乎在他们周围震颤，随着他们攀登，震波也越来越长，就好像他们所经之处，冲开晶莹的光域，荡漾开一圈圈声波。他们终于登上天台，目光越过棕榈林，望不到天边。雅尼娜立时感到，一种洪亮而短促的音律响彻整个天宇，回声渐渐弥漫她头顶的空间，接着戛然而止，丢下她默然面对无边的空旷。

她的目光由东向西，缓慢地推移，追随一条完美的弧线，的确没有碰见一点遮拦。下面阿拉伯城区，蓝色和白色平台鳞次栉比，点缀着斑斑的血红色，那是晒太阳的深红色辣椒。不见一个人影，但是从内院升腾起烤咖啡豆浓香的烟气，还升起欢声笑语，以及难以理解的脚踏声响。稍远一点儿，便是棕榈林，由黏土墙分割成大小不等的方块，风吹树冠飒飒作响，可是在天台上已感觉不到风了。再放眼量，一直到天边，全是石头王国，一望无际赭色和灰色，没有任何生命的迹象了。在棕榈林西侧的干涸河道里，距绿洲不远处，只见支起一些宽大的黑色帐篷。帐篷四周围着一群静止不动的单峰驼，远远望去显得极小。整个场景，在灰色的地面上，构成了一种奇特文字的晦涩符号，其中深意待人破解。荒漠的上空，无边的寂静。

雅尼娜身子完全靠在护墙上，一时无语，难以摆脱眼前张开的空虚。马塞尔在一旁待不住了，手脚乱动，觉得很冷，想要下去。这儿有什么好看的呢？然而，雅尼娜却目不转睛，凝望天际。在那边，再往南行的地方，天地连成纯净的一线，她猛然感到，那边有什么东西在等待她，迄今她虽不知晓，却是她一直所缺少的。时近黄昏，阳光渐趋柔和，由晶体化为流质。与此同时，一个仅由偶然引到这里的女人，因岁月、习惯和烦闷所形成的心结，现在缓慢地解开了。她凝望着那些游牧人的宿营地，即使没有看见住在那里的人，也没有看见帐篷之间活动之物，她却不由自主，一心想他们，而时至今日，她几乎不知道他们的存在。他们没有家园，又与世隔绝，一小群人游荡在她极目发现的这片广袤土地上，而这片土地，仅仅是更为广阔的空间的一小部分。这空间令人目眩地延展，向南数千公里开外，直到第一条河流滋润森林才终止。古往今来，在这寥廓的地方，土地干涸，榨取得只剩下骨头，却总有几个人无休无止地迁徙，他们一无所有，但也不受制于人，穷苦而自由，在一个奇特的王国当家做主。雅尼娜不知何故，这个念头让她心中充满一种温馨的、无限的忧伤，不由得闭上眼睛。

她仅仅知道一直以来，这个王国是许诺给她的，但始终没有，也永远不会属于她了，也许这倏忽的一瞬间除外：就在这一瞬间，她睁开双眼，只见天空戛然静止不动，阳光凝固不流了，阿拉伯城升起的喧声蓦地沉寂了。她就觉得世界停止了运转，从这一刻起，谁也不会衰老，谁也不会死去了。从此以后，无论在哪里，生命都中止了，唯独在她心中，有个人在同一时刻，因痛苦和惊喜而哭泣。

然而，阳光开始流动了，一轮夕日那么清晰，却失去热力，渐渐西沉，微微染红天边；与此同时，苍茫暮色已在东天生成，势欲缓慢地蔓延到整个空间。第一声犬吠，那叫声从远处升上更为寒冷的天空。雅尼娜这才发觉，自己冷得牙齿打战了。"能把人冻死，"马塞尔说道，"你这么死心眼儿。"说着，他笨拙地拉起她的手。现在，雅尼娜很温顺，离开护墙，跟随他走了。那位阿拉伯老人，还在台阶上一动不动，看着他们下去回城。她一路上不看任何人，突然感到特别疲惫，驼着背。身子往下沉，现在几乎支撑不住了。满怀的激情过去了，此刻她感到，自己的身体太高大，太肥胖，也太白净，不适合她刚才进入的这个世界。唯独一个小孩子、年轻姑娘、瘦干男子、那个鬼鬼祟祟的豺脸士兵，才可以悄悄地踏上这片土地。从今往后，她到这里来能怎么样呢，还不是拖着沉重的躯壳，直到昏昏睡去，直到死亡吗？

她的确是拖着躯体，一直走到餐厅，面对突然沉闷起来，要不就说他如何累的丈夫，而她本人还在无力地抵御一场感冒，只觉得开始发烧了。她又拖着身子上床躺下，马塞尔也跟着上床，什么也没问她就关了灯。房间冷冰冰的。雅尼娜觉得浑身发冷，同时高烧来得凶猛。她呼吸困难，血液流动温暖不了身子，心里不免越来越恐惧。她翻了个身，体重压得旧铁床吱咯作响。不，她可不想病倒。丈夫已经睡着了，她也应该入睡，这是必须的。市井喧闹声从小天窗进入，已经减弱，一直传到她的耳畔。摩尔人咖啡馆老式留声机吱吱呀呀，放出她依稀辨识的曲调，随着缓慢的嘈杂人声传过来。必须睡觉。然而，她却数着那些黑帐篷；她的眼睑里面，一动不动的骆驼正在吃草；头脑中旋转着无限的孤寂。是啊，她干吗来呢？她就带着这个问题入睡了。

　　睡了没多久就醒来，周围一片寂静。不过在城边，几条狗在静夜中嘶哑地吼叫。雅尼娜打了个冷战。她又翻了个身，感到肩膀挨着丈夫坚实的肩头，在半睡半醒中，突然蜷缩起身子，偎依到丈夫怀里。她没有睡实，漂浮在蒙眬的状态，以一种下意识的渴望，抓住这个肩头，仿佛是她最可靠的避风港。她在说话，可是她的嘴没有发出一点声音。她在说话，可是连自己都听不清说什么。她只感觉到马塞尔的体温。二十多年来，每夜都如此，在他温暖的怀中，二人总睡在一起，哪怕生了病，哪怕是在旅途中，像现在这样……再说了，她独自留在家中，又能做些什么呢？没有孩子！她缺少的难道不是孩子吗？她也说不清。她就是跟随马塞尔，仅此而已，满足于有人需要她的这种感觉。他只是让她知道自己必不可少，除此没有给她别的乐趣。不消说，马塞尔并不爱她。爱情，即使生恨的爱，也没有怏怏不快的这张脸。真的，他那张脸是什么样子呢？他们是在黑夜里，摸索着相爱，谁也看不见谁。除了漆黑的夜晚，还有另一种爱吗，还有大白天呼号喊叫的爱吗？她不知晓，只知道马塞尔需要她，而她也需要这种需要，并且日夜赖此生存，尤其是夜晚，每天夜里，他不愿意孤单时，不愿意衰老，也不愿意死去时，就换上这种负气的神态，而这种神态，她有时也从别的男人脸上认出来。这些疯子唯一共同的神态，平时他们用通情达理的表情来掩饰，到时候疯狂起来，就不顾一切扑向一个女人，根本没有欲望，只为往女人体内埋藏孤独和黑夜向他们显示的恐怖。

马塞尔动了动身子，仿佛要躲避她。不错，他并不爱她，只是恐惧除她之外的一切；而她与他，早就应该分开了，单独睡觉，直到终老。然而，谁又能常年独眠呢？有些人这么做，使命或者不幸将他们同世人隔绝，于是每天夜晚，他们就和死神同床共眠了。马塞尔这个人，尤其是他，永远也做不来，他是个懦弱的、毫无防护能力的孩子，一直畏惧痛苦，他恰恰是她的孩子，需要她这个人。恰巧这时，马塞尔发出一声呻吟。于是，她又贴紧了一点儿，手抚他的胸口，在心中用爱称叫他：她从前给他起的爱称，他们彼此时而还用一用，但是不再去想其中的爱意了。

她却完全由衷地这样称呼他。归根结底，她也同样需要他，需要他的力量，他那些小小的怪癖，她也同样怕死呀。"若是能克服这种恐惧心理，那我就会幸福了……"然而，一种无名的惶恐，立时又侵袭她的心头。她脱离不开马塞尔。不，她什么也克服不了，她不会幸福的，将来必死，最终也难解脱。她心口作痛，让巨大的重负压得喘不上来气，这才猛然发现，这重负她拖了二十年，现在就拼命在这重压下挣扎。她想要得到解脱，纵然马塞尔，纵然其他人永远解脱不了！她完全醒来，从床上起身，侧耳细听似乎近在咫尺的呼唤。可是，从黑夜的遥深处，只传来绿洲上不知疲倦的、声嘶力竭的犬吠。刮起微风，她听见风掠棕榈林的潺潺流水声。南风，来自重又凝固不动的苍穹下，现在荒漠和黑夜交融的地方：在那里，生命停顿了，谁也不再衰老，不再死去了。继而，流水似的风声止息了，她甚至不能确定听见了什么，除了一种无声的呼唤，随其舍弃或收取，如不当即回应，她就永远也不能了解其含义了。是的，当即回应，至少这一点确定无疑！

她轻手轻脚下了床，站在床边一动不动，注意听丈夫的呼吸。马塞尔睡得正香。不大工夫，她就散失了床上的温暖，浑身发冷。她借着路灯透进百叶窗的微光，寻找自己的衣服，慢腾腾地穿上了。她拎起鞋子，走到门口，在昏暗中又等了一会儿，这才轻轻地开门，撞锁咯吱一声响，她的心狂跳起来，竖起耳朵谛听，没有一点动静，便又拧了拧门把手，觉得门锁转动无休无止。门终于开了，她溜出去，重又小心翼翼地关上门。接着，她面颊贴到门板上，稍等一等。过了一会儿，她听见马塞尔仿佛很远的呼吸声。她转过身，正迎着夜晚的寒气，沿着走廊跑去。客店的正门关闭了。她正拉门闩，睡眼惺忪的守夜人出现在楼梯口，用阿拉伯语问她什么。"我这就回来。"雅尼娜回了一句，便投入夜色中。

在棕榈林和房舍上面漆黑的夜空，悬挂着一串串星星。通到要塞的林荫路不长，现在空寂无人，雅尼娜沿街跑去。寒风不必再同太阳搏斗，完全侵占了黑夜，冰冷的空气吸进去刺痛她的肺。然而，她半摸黑不停地跑。这时，从坡上林荫路的尽头出现亮光，接着曲里拐弯朝她冲下来。她停下脚步，听见一群昆虫振翅的声响，亮光越来越大，终于看清后边几件张大的斗篷，而斗篷下面闪闪发亮，则是自行车纤弱的轮子。呢斗篷擦身而过，从她身后黑暗中出现的三盏小红灯笼，也很快就消失了。她又拔腿朝要塞跑去，上到台阶的当腰，寒气入肺如刀割一般，她真想停下来，最后还是猛一冲，连滚带爬上了天台，现在腹部紧紧压在护墙上。她上气不接下气，眼前一片模糊。奔跑身子也没有暖和，四肢仍然瑟瑟发抖。她大口大口吞下的凉气，很快在体内均匀散开，在战栗中间，开始微微生出一股暖流。她的双眼终于睁开，眺望黑夜的空间。

　　一丝风也没有，也没有一点声响，只是偶尔传来细微的毕剥声，那是石头渐渐冻裂化为沙粒的声响，打破包围雅尼娜的孤独和寂静。可是过了片刻，她头顶的天空受力滞重地回旋起来。干燥而寒冷的夜深不可测，不断地生成千万颗星星。寒光零乱，随即脱离星体，开始无声无息滑向天边。这流光星火，吸引住雅尼娜的凝眸。她与星斗同旋共转，沿着同样亘古不变的行程，逐渐进入自身最幽深的存在，而寒冷和欲望，正在这幽深处交战。星星一颗接着一颗，就在她面前陨落，在荒原的乱石堆中熄灭，每落一颗星，雅尼娜就又向黑夜敞开一点心扉。她畅快地呼吸，忘掉了寒冷、人生的负担，也忘掉了放浪的或固定的生活、生与死的无穷忧虑。多少年来，为了逃避恐惧，她狂奔乱跑，漫无目的，现在终于停下来了。与此同时，她似乎又找到自己的根，生命的汁液重又在体内上升，浑身不再发抖了。她的腹部完全压在护墙上，身子探向运转的苍穹，只待这颗还慌乱的心也平静下来，只待自身重归缄默。最后一批星辰，将其珠串撒得更低，落在荒漠地平线之下不动了。夜阑时分，露水以难以承受的温柔，开始浸透雅尼娜，淹没了寒冷，从她身体隐秘的中心逐渐上升，汇成连绵不断的波涛，漫溢出来，直到她满口发出呻吟。片刻之后，整个天宇在她的上方延展，她仰面躺在冰冷的地上。

　　雅尼娜同样蹑手蹑脚回到客房。马塞尔还未睡醒。不过，当她躺下时，他却咕哝两声。几秒钟之后，他一翻身猛地坐起来，叽里呱啦说话，雅尼娜不明白他说什么。他下床打开电灯，灯光迎面晃花她的眼睛。他踉踉跄跄走向洗脸间，拿起放在那里的矿泉水瓶，喝了好半天。他一只膝盖搭上床，正要钻回被窝，瞥了妻子一眼，不免莫名其妙。妻子哭成了泪人儿，眼泪收不住。"没事儿，亲爱的，"妻子说道，"没事儿。"

叛　逆　者

——一颗混乱不清的头脑

"一脑子糨糊，一脑子糨糊！"我这脑袋真该清理清理了。自从他们割掉了我的舌头，也不知怎么搞的，另有一条舌头，就在我的脑壳里不停地走动，有什么东西，或者什么人在说话，突然又住声了，随后，一切又周而复始，唔，我听到的事情太多太多，却又说不出来，满脑子糨糊！我若是开口说话，那就像乱石子儿滚动一样，发出稀里哗啦的声响。条理，要有个条理，舌头这样说，不过同时，舌头又讲了别的事儿，不错，我一向渴望有条理，至少，有一件事确定无疑：我在等待来替换我的传教士。我就在他来的路上，离塔加沙一小时的路程，躲在一堆乱石中间，坐在一支老枪上。荒原上日出，天气还很冷，过一会儿又太热了，这片土地能让人发疯，而我一待多少年，都算不清了……不，再忍耐一下！传教士应该今天上午到，要不就是傍晚。听说他要带着一名向导，他们俩可能骑一头骆驼。一定得等待，我等待着，寒冷，只是因为太冷，我才发抖。还要耐心点儿，下贱的奴才！

我耐心等待这么久。我在老家的时候，住在中央高原，父亲粗鲁，母亲愚昧，天天喝葡萄酒、肥肉浓汁汤，尤其是葡萄酒，又酸又凉；还有漫长的冬天，寒风刺骨，到处积雪，草料气味难闻。噢！我想出走，一下子抛开这一切，到有阳光、有清水的地方，总算开始生活。

我相信了本堂神甫的话，他向我介绍神学院，每天都关照我。那里当地人信奉新教，因此他有闲工夫，经过我们村子时，总是溜着墙根儿走。他给我谈未来，谈阳光，说天主教就是阳光；他还教我读书识字，硬往我这榆木脑袋里灌拉丁文："这孩子聪明，可就是头犟驴。"我这脑壳是够硬的，一生摔打过多少次，从未头破流过血。"就是个牛头。"我父亲那头猪常这样说。在神学院里，他们个个都得意非凡，从信奉新教的地方招募来学员，这是一大胜利，他们把我的到来，视为奥斯特里茨升起的太阳①。这太阳，苍白色，不错，只因酒喝得太多，他们喝酸葡萄酒，生的孩子长龋齿，父亲该杀，这是首先要干的，而且毫无危险，其实，他身负使命去了，就是说他早已死了：酸酒最终把他的胃穿了孔。那么剩下来，就只有杀掉这个传教士了。

　　我要跟他算账，跟他那些老师，跟骗了我的老师算账，跟肮脏的欧洲算账：所有人都欺骗了我。传教，他们开口闭口就是这句话，到野蛮人那里去，告诉他们："这就是我的上帝，你们瞧瞧，他从来不打人，也不杀人。他发号施令声音温和，半边脸挨了打，他就伸过去另半边脸②，他是主子中最大的主子。选择他吧，你们看呀，他把我变成多优秀的人；侮辱我吧，你们就能证实。"对，我相信了鬼话，感到自己很优秀了，我发了福，几乎像模像样了，需要受人侮辱。夏天，我们身穿黑袍，排着紧紧的队列，走在格勒诺布尔街上，遇见穿着轻纱薄裙的姑娘们，我鄙视她们，眼睛根本不转过去，只等待她们

---

① 暗指拿破仑。1805年12月2日，拿破仑在捷克斯洛伐克村庄奥斯特里茨大败俄奥联军。当天有晨雾，故称苍白色的太阳。
② 典出《新约·马太福音》第五章。

来侮辱我，而她们往往咯咯笑起来。于是我心想："但愿她们打我，唾我的脸。"不过，她们大笑的样子，老实说，就相当于侮辱，同样是尖牙利爪撕咬我，这种凌辱，这种痛苦，多么甜美啊！当我痛斥自己的时候，我的导师还不理解，他说："不然，您身上也有好的一面！"好的一面！我身上有酸葡萄酒，仅此而已；这样恐怕更好：如若不坏，又如何变好呢。在他们对我的全部教诲中，我理解透了这个核心。甚至可以说，我只理解这一点，唯一的念头，作为聪明的犟驴，我要一条道跑到黑，我迎着赎罪而上，极力削减平庸，总之，我要成为楷模，也让人瞧瞧我，让人看到我时，就会称颂将我变成优秀的东西，并且通过我膜拜我的上帝。

野蛮的太阳！升起来了，荒漠当即变样，丧失了仙客来花①的色彩，我的高山哟，还有那积雪，温柔的雪，软绵绵的，不，那是略微发灰的黄色。正是阳光灿烂之前难受的时刻。什么也没有，从我面前，直到地平线，还什么也没有，只见远方，高原消失在色彩还相当柔和的光晕中。在我身后，上坡路一直通向那座沙丘，沙丘后面便隐藏着塔加沙，这响亮的名字，在我的头脑里回荡了多少年。第一个向我提及的，是一位半失明的老教士，他退隐在修道院；可是，为什么说第一个呢，他是唯一跟我谈的人，而在他的讲述中，打动我的并不是这座盐城、烈日下的白墙，不是的，而是野蛮居民的残忍。这座封闭的城市拒绝所有外来人，据他了解，凡是企图进城的外来人，唯独他，能够讲述他的所见所闻。他们曾鞭打他，往他的伤口和嘴里塞盐，然后将他赶

---

① 仙客来花：一种山花，又称兔子花。花为紫色，法语中有仙客来紫色连衣裙；提取的香精，制成仙客来香水。

进沙漠；他在沙漠中，难得遇见好心的游牧人，不幸中的大幸。而我呢，听了他的讲述，就向往盐和天空的火焰，向往神像堂及其奴隶们，还能找见比这更野蛮、更有刺激性的事情吗？不错，这就是我的使命，我应该前去，向他们指明我的上帝。

可是，在神学院里，他们喋喋不休，总是给我泼冷水，说什么必须等待，那还不是传教的地方，说我还不成熟，必须经过特别的准备，要有自知之明，而且，我必得经受考验，然后再定夺！然而，总是等待，噢！不行，也好，既然要经过特别的准备，要经受考验，那是在阿尔及尔进行，我总算是接近了目的地，再说别的，我就摇着榆木脑袋，重复同样的话：到最野蛮的人那里，同他们一样生活。就在他们家里，乃至在物神庙，现身说法，给他们指明，我主的真谛无比强大。他们当然要侮辱我，可我不怕，受侮辱是现身说法必不可少的，我以承受侮辱的方式，显示一颗太阳的威力，从而降服这些野蛮人。威力，对，这就是我在舌头上滚来滚去的词儿。我幻想绝对的权力，能让人扑地跪拜，迫使对手投诚，最终使之改宗的权力；而且，对手越盲目，越残忍，越自信，越顽固不化，那么他自白改宗，就越能彰显胜利者的威权。促使一时迷途的老实人改弦更张，这是我们那些传教士多么可怜的理想，他们拥有那么大的权力，做事却谨小慎微，实在让我鄙视。他们并没有信仰，而我却有，我就是想要那些刽子手心悦诚服，让他们投地跪拜，并且亲口说："主啊，这就是你的胜利。"总之，仅凭话语，就统御一支恶人大军。啊！我确信在这个问题上，我考虑得十分周全，还从来没有这样自信过。我这念头，一旦有了，就紧紧抓住，再也不放了：这便是我的力量，我的独特力量，只是他们全都不胜怜悯。

太阳升高了，开始烧灼我的额头，周围的石头毕毕剥剥，发出低微的爆响，只有枪管还是凉的，好似凉爽的草场、凉爽的夜雨，就像从前那样，小火烧着肉汤，我父亲和母亲，他们等我回家吃饭，有时他们还冲我微笑，也许我爱他们。不过，这是老话了，现在，路径上，开始升腾起热浪；来吧，传教士，我恭候你呢，现在我知道该如何答复使命了，我这些新老师给我上了课，我也知道他们说得对，必须清算爱了。我从阿尔及尔神学院逃出来的时候，把这些野蛮人想象成别的样子，而在我的梦想中，只有一个情况千真万确：他们很凶恶。我呢，偷了财务钱箱里的钱，脱掉教袍，穿越北非阿特拉斯高原和沙漠。穿越撒哈拉大沙漠的客车司机，就跟我开玩笑："别去那儿啦。"他也一样，他们都怎么了，数百公里瀚海、黄沙的惊涛骇浪，随风推进，继而后撤；接着又到高山，一片黑黝黝的峭壁，像铁器一般锋利的山脊。翻过了山，需要一名向导，以便踏上褐石海。褐石海洋茫无涯际，滚烫滚烫，灼热得像千万面火镜，一直到黑人领土和白人国度交界的地方，那便是拔地而起的盐城。我总是那么天真，给向导看了身上带的钱，向导抢走我的钱，打了我一顿，把我扔在这里的路上，还丢下一句："你这条狗，幸会，去吧，去那里，他们会教训你。"唔，对，他们教训了我，他们就像除了夜晚，终日暴晒的太阳，又灿烂又傲慢，此刻就暴晒我，如烧红的长枪刺我，仿佛从地里突然冒出来，噢，快躲开，对，趁着还没有乱成一团之前，我先躲到大石头下面。

这里挺阴凉，盐城坐落在那个小盆地里，热到白炽程度，怎么能生活呢？笔直的屋墙，一面面全是用镐凿出来的，墙面很粗拉，留下条条道道的毛茬儿，真像明晃晃的鳞片，还附着金黄的细沙，看上去微微发黄，只待大风清扫墙壁和平台之后，重又一片明晃晃的白色，十分耀眼，而天空也扫尽浮云，完全袒露蓝色的肌肤。在这种日子，我眼睛晃得什么也看不见了，静止不动的天火，发出毕毕剥剥的声响，连续多少小时，燃烧着白色屋顶平台。平台似乎都连成一片，就好像从前有那么一天，他们齐心协力，铲平一座盐山，铲平之后，又就地挖掘街道，掏空出屋舍房间，开设窗户，或者，说得更准确些，是的，就好像他们使用沸水的水龙，喷射切割出他们火热的白色地狱，这恰恰表明他们能住在任何人也受不了的地方。这沙漠中央的洼地，离任何生物都有三十天的路程，白天酷热，人际之间根本无法接触，彼此间竖起了无形火焰和沸腾水晶的隔墙，而且没有过渡，随着夜晚降临的严寒，又冻得他们一个个蜷缩在岩盐壳里。他们是旱浮冰上昼伏夜行的居民，是在立方体雪屋里浑身打战的黑色爱斯基摩人。黑色，对，只因他们身穿黑色长袍。盐，一直塞进他们的指甲缝儿里，就是在北极般严寒的夜晚睡眠，他们也咀嚼着盐的苦涩；喝的水中也有盐，唯一的水源，是从一处闪亮的豁口流出的泉水，溅在黑袍上，留下一条条痕迹，好似雨后蜗牛爬行的线路。

雨，上帝啊，唯一真正的雨，下得长久而猛烈，正是你这天空降下来的雨！总而言之，骇人的城市，逐渐被蚕食，缓慢地败落，不可逆转了，要完全融化在稠糊糊的湍流中，将它的凶残居民冲向沙漠。唯一的雨，上帝啊！哦，对了，什么上帝，他们就是上帝！他们统治着他们贫瘠的家、他们的黑奴，让黑奴累死在盐矿。在南部这地方，每个盐块，挖出来就要一条人命。他们披着黑纱丧服，悄无声息地走过白色矿井的街道；到了夜晚，整座城市活似一个丑陋的鬼魂，他们就弯着腰，走进幽暗的屋子，只有盐壁闪着微光。他们睡觉，但是觉很轻，一旦睡醒，就开始发号施令，动手打人，他们说他们是独一无二的族群，他们的上帝是真正的上帝，必须唯命是从。他们是我的主子，他们不知何为怜悯，当主子就是孤家寡人，独来独往，独裁统治，因为唯独他们才有这种胆量，在盐山和沙漠中，建起一座冰火兼容的城市。

气温上升，蒸腾起来，我出汗了，他们却从不出汗；现在，我待的这阴凉地儿也热了，感觉到我头顶上岩石上方的太阳：太阳在击打，就像大锤击打所有岩石，而这就是音乐，中午的宏大音乐，数百公里的大气和岩石都在震颤，一如从前，我听到寂静。对，还是几年前的那种寂静；当时守卫把我带到他们面前，迎接我的正是这样一片寂静；烈日当空，我被带到广场中央，而广场四周的平台，一层层扩散升起，直到这盆地的边沿儿，正好被严酷的青天这顶盖子给盖住。我就在那里，跪在那地盾的洼兜里，从所有墙壁击出的盐和火的利剑，刺痛我的双眼，我疲惫不堪而脸色煞白，耳朵被守卫打得流着血。而他们，牛高马大，身披黑袍，他们注视着我，一句话也没有说。正午时分，在太阳铁锤的击打下，天空这块白热化的铁板久久回响；那是同样的寂静，他们注视着我，时间一分一秒过去，他们没完没了地看着我，我受不了那种逼视的目光，呼吸越来越急促了，终于哭泣起来。他们还是默默无言，猛然转过身去，全朝同一方向走掉了。我跪在那里，只看见他们黑红色凉鞋里，沾着盐的亮晶晶的脚撩起黑长袍，脚尖略微翘起，脚后跟稍重着地，发出轻微的咔嗒声响。等到广场上人走空了，我就被人拖到神像堂。

就像今天蹲在岩石下面这样，太阳的烈火穿透了厚厚的岩石，我在神像堂昏暗的角落，一连待了好几天。神像堂比民舍高大一点儿，四周有盐垒的围墙，没有窗户，室内弥漫着闪光的夜色。好多天，他们只给我一碗发咸的水，往我面前的地上撒一把米，就像喂小鸡似的，我就拾起来吃下去。白天，房门一直紧闭，但是屋里不那么暗了，就好像锐不可当的阳光，透进了厚厚的盐层。没有灯，我沿着墙壁摸索着往前走，触碰到了装饰墙壁的干枯了的棕榈叶，到里端碰着一扇做工粗糙的小门，用手指触摸找到门闩。好多天了，许久之后，我也算不清有多少天，也不知时辰了；不过，给我撒米有十来次。我挖了个坑埋自己的粪便，但是怎么也盖不严，总飘浮着兽穴的气味。很久之后，是的，两扇门打开了，他们走进来。

我蹲在角落里，一个人朝我走来。我感到面颊贴在盐火上，闻到棕榈枯叶尘土的气味，看着他走近，到相距一米处站住。他默默地盯着看我，打了个手势，我站起。他那双金属般发亮的眼睛凝视我，那张棕褐色马面毫无表情。接着，他抬起一只手，始终面无表情，揪住我的下嘴唇，缓慢地拧，几乎要把我的肉撕下去；他手指不放松，逼得我旋转，一直退到屋子中央，他再往下拉我的嘴唇，扯着我跪倒在地，不知所措，满嘴流血。随后，他回到那些人中间，同他们一起沿墙排列。房门大开，日光照进来，没有一点遮拦，他们就看着我在难忍的火热中呻吟。在这光照中出现巫师，满头酒椰纤维发，身披珍珠铠甲，裸露的双腿上边围着一条草编裙，头戴芦苇和铁丝编的假面具，有两个方孔露出眼睛。巫师身后跟随着乐师和女人，女人穿着花花绿绿的沉重袍子，看不出形体来。他们在屋里端那扇门前跳舞，舞姿很拙劣，没有什么节奏，他们只是扭动身子而已。巫师终于打开我身后的小门。主人们一动不动注视我，我转过身去，瞧见了神像。神像长着斧形的双头，铁皮的鼻子扭曲着，好似一条蛇。

他们把我带到神像基座下，让我喝一种黑水，苦啊，苦极了，我的脑袋随即开始火烧火燎，我哈哈大笑，这就是凌辱啊，我受了凌辱。他们又扒光我的衣服，剃光了我的头发和身上的毛，用油净了我的身，再用浸泡过盐水的绳子抽我的脸，我还是大笑不止，扭过头去。可是，两个女人揪住我的耳朵，每次都把我的脸扭回来，给巫师抽打，而我只能看到巫师方孔的眼睛。我满脸满身血，还一直在笑。他们住了手，除了我，谁都不讲话，我的头脑已经成了一锅糨糊。他们把我拉起来，强迫我抬眼看神像，我不再笑了，知道我现在注定要为它效劳，对它顶礼膜拜；不，我不再笑了，恐惧和疼痛令我窒息了。就在这间白屋，在这太阳持续烧烤的墙壁之间，我仰着脸，记忆消失殆尽，对，我力图祈祷这尊神像，也只有拜他了，就连他那张狰狞的面孔，比起世间其余的一切，也不那么狰狞了。这时，有人用一根绳子捆住我的脚踝，只留够迈步的长度。他们又跳起舞来，不过这回，他们是面对神像跳舞，主人们鱼贯出去了。

他们随手关上了门。重又响起音乐，巫师点燃一堆树皮，围着火堆踩脚蹦跳，他那高大的身影在白墙上晃动，碰到墙角变了形，满屋子全是舞影。他在一个角落画出个长方框，我被女人拖进框里，感到她们的手干瘦而温柔。她们在我身边放了一碗水、一小堆谷粒，向我指了指神像，我便明白我必须凝望着神像。这时，巫师一个接着一个将女人叫到火堆旁，打了几个女人；她们挨打时呻吟着，然后跪到神像——我的上帝面前；与此同时，巫师又跳了一通舞，接着，他让女人全出去，只留下一个非常年轻的，她蹲在乐师们旁边，还没有挨着打。巫师揪住她一条发辫，往他拳头上缠，她身子往后仰，眼珠往外突，终于仰面摔倒了。巫师丢开她，又大喊大叫，从那方眼睛面具后面发出的叫声大得出奇；这时，乐师们已经面壁，而那女人在地上打滚，好像歇斯底里症发作，终于四肢扑在地上，合臂抱住脑袋，也嗷嗷叫起来，但是声音低沉。巫师不停地吼叫，注视着神像，敏捷地一伸手，恶狠狠地抓起那女人，看不见那女人的脸，现在裹在厚重的袍子里了。这工夫，我受不了孤独，完全昏了头，我不是也号叫起来了吗？对，冲着神像发出恐怖的吼声，直到被人一脚踹到了墙根，闹个嘴啃盐壁，如同今天，我没了舌头的嘴啃岩石，等待我必杀之的那个人来。

现在，太阳稍微过了中天。从石缝望出去，只见天空这块炽热的金属板上，被太阳穿了一个洞，就像我这张滔滔不绝的嘴，朝失色的沙漠不断地倾泻火流。我面前这条路，一直到天边，什么也没有，连一星点儿尘土都不见；在我身后，他们大概在寻找我，不，还没有，那得到傍晚，他们才开门，让我出来走走。一整天我就是打扫神像堂，更换祭品，晚上举行礼拜仪式，我有时挨打，有时不挨打，不过，我始终侍候神像，那神像在我的记忆中，如同镂刻在铁板上。此时还存在于我的希望中。哪一尊神也从来没有如此控制我、支配我，我这一生，日日夜夜都奉献给这尊神。无论是痛苦还是不痛苦，而不痛苦不就是快乐吗，甚至欲望，对，欲望，全都得之于这尊神，只因差不多每天，我都参加这种无人性而凶残的祭拜，但是现在我必须面壁，否则就要受体罚，因而只能听到而看不见。我的脸贴在盐壁上，受到满墙乱晃的兽影的震慑，听着长长的嘶叫，我的嗓子眼儿发干，一种非性欲的欲望，火辣辣的，钳住我的太阳穴和肚腹。就这样日复一日，我难以分辨清楚了，就好像这一天天，都融化在酷暑和盐壁阴险的反射中了，时光无非是一种不定型的汩汩流淌，只是间隔固定时间爆发出痛苦和占有的喊叫。没有年代的漫长的时日，神像统治着，犹如这暴虐的太阳照耀我的石屋，而此刻还像当时一样，我为不幸和欲望而哭泣：一种恶意的愿望燃烧起来，我要反叛，我舔着我的枪管及其里面的灵魂，枪的灵魂，唯独枪有灵魂，唔！对，割掉我舌头那天，我学会了崇拜仇恨的不朽的灵魂。

多么混乱，多么疯狂；热昏了，气昏了。我匍匐在地，卧在我的枪上。这里有谁在喘息呢？这种无休无止的酷热、这种等待，我实在忍受不了，必须杀掉他。没有一只飞鸟，没有长一株草，只有石头，一种无果的渴望，以及沉寂，石头和沉寂的呼喊，这条舌头在我心中说话；自从他们割掉我的舌头，便是漫长的痛苦，枯燥乏味，孤单一人，夜晚没水喝，我梦想的夜晚，与那尊神一起关在我的盐穴里。只有黑夜，以其清爽的星辰和幽隐的水泉，才可能拯救我，最终把我从人类的恶神魔掌中解救出来；然而，我一直遭禁闭，不能观望夜空。如果那个传教士还迟迟不来，那我至少能看到夜色从沙漠升起，弥漫整个天宇，而金色的一串串冰凉葡萄从幽幽的中天垂挂下来，我可以畅饮，湿润我这再也没有灵活的肌肉润泽的干瘪的黑洞，最终忘掉疯狂割我舌头的那一天。

真热呀，这么热，盐都融化了。至少我这样认为，空气啄食我的双眼。巫师没戴面具进来了，身后跟着我未见过的一个女人，她几乎赤身裸体，只披着一块灰不溜丢的破布，满脸刺了花纹，酷似神像的面具，没有表情，完全是一副偶像的惊愕呆相，唯独她那纤细扁平的腰身还有活力。巫师打开神龛的门，她便扑倒在神像的脚下。接着，巫师看也不看我一眼就出去了。气温升高，我一动不动，神像在注视我，而它脚下纹丝不动的躯体，肌肉开始微微动了，当我走近时，女人刺成偶像的脸毫无变化，只是睁大眼睛盯着我。我的脚触碰到她的脚，偶像女人一直睁大眼睛凝视我，一句话不说，这时气温高得吼叫起来，她一点点翻身仰卧，慢慢地收拢双腿，抬起来又开两膝。可是，该死的巫师在窥伺我，他们立刻一拥而入，把我从那女人身边揪走，狠狠击打罪孽的部位。罪孽！什么罪孽，我大笑，罪在何处，道德又在哪里！他们把我按在墙上，一只钢钳似的手掐住我的下颚，另一只手掰开我的嘴，拽出我的舌头，硬拉出血，那是我吗，发出野兽般的号叫，接着，一下锋利而清凉的抚摸，对，就是清凉，抚摸一下我的舌头。等我苏醒过来，已是黑夜了，身子贴着墙壁，满是凝结的血，嘴里塞了一团味道很怪的干草，不流血了，可是嘴里空落落的，填进来只有撕肝裂胆的剧痛。我想要站起身，重又跌倒，一阵欣喜，欣喜到极点，死期终于来临：死亡也是清爽的，死的阴影下不躲避任何神。

我还是没死。那天，我站起身来，一种新仇也随之确立。我走向里门，打开，进去并随手关上。我恨自己的同胞，神像仍在原位，我身处这洞穴的底部，不只向这尊神祈祷，而是做得更好，我信奉了，否定我此前的一切信仰。致敬！这神便是力量和强权，可以摧毁而不可以改变。两只茫然而迟钝的神眼，从我的头顶望过去。致敬！他就是主人，唯一的主，他的天性就是残忍。无可辩驳，根本就不存在善良的主人。这回算受尽了侮辱，周身只为一处疼痛而呼喊，我第一次归顺，赞同他的以恶为本的秩序，崇拜他所体现的行恶的世界观。他的王国，在盐山里雕刻出来的不毛之城，远离自然万物，没有沙漠原本就稀少而短暂的繁荣，也摆脱了种种偶然或者种种温情，如一块诡云、一场瞬间的急雨，就连烈日或沙漠都能见识到的自然现象，总之，一座秩序井然的城，全是直角形、方屋子、僵硬的人，我做了这王国的俘虏，我自由地变成这座城受尽折磨而满怀仇恨的公民，我否认别人曾经教授我的漫长的历史。他们欺骗了我，唯有恶的统治才坚不可摧，他们欺骗了我，真理就是方方正正的、沉重而密实的，真理容不得些许差异；善是一种梦想，是一项竭力追求又不断推延的计划，是一种永远达不到的极限，善的统治维持不下去。唯独恶能够直达极限，能够绝对统治，就应该为恶效力，建立起看得见的恶王国，然后再考虑，然后，究竟是什么意思，唯有恶是现时存在，打倒欧洲，打倒理性，打倒荣誉和十字勋章。是的，我应该皈依我的主人们的宗教，不错，不错，我是奴隶，不过，我若是也狠毒起来，便不复为奴了，尽管我脚上捆了绳索，这张嘴也成了哑巴。噢！这么热，简直要我发疯。这烈日不堪忍受，晒得沙漠无处不喧响，而另一位，和善的上帝，一听到他的名字我就反感，现在我既已认清，就否认他了。他耽于幻想，还要说谎，因此就割了他的舌头，不再让他讲假话骗人，甚至用钉子钉穿他的脑壳，他那可怜的脑袋，就像此刻我这脑袋一样，全是糨糊。真累啊，可以肯定，并没有地震，杀掉的不是一位义人，我不认为他是正义者；没有正义者，只有推行无情的真理统治的恶主子。唯独这尊神像具有威权，他是人世唯一的上帝，仇恨便是他的指令，是一切生命的源泉，是清冽的泉水，犹如爽口烧胃的薄荷茶。

　　我就这样变了，他们也明白了，我遇见他们时就吻他们的手，我成为他们的人，没完没了地赞赏他们。我也信任他们，希望他们像弄残我一样，也割掉我同胞的舌头。我一得知传教士要来，便胸有成竹，知道自己该怎么办。这天同往日一样，同样明晃晃的太阳，已经持续了多久！傍晚时分，有人望见一名守卫奔跑在盆沿儿上，几分钟之后，我就被拖到房门紧闭的神像堂前。他们当中一个人把我按倒在阴凉处的地上，用十字形的腰刀威胁我，这寂静的场面持续很久，直到一种陌生的喧声充斥平日宁静的城，传来的人声，我好半天才听出来，原来讲的是我的语言。然而，那种声音一响起来，刀尖就逼近我的眼睛，守卫默默地盯着我。两个人说话的声音越来越近，现在还回响在我耳畔：一个人问这座房子为何有人把守，要不要破门而入，我的中尉；对方回答"不"，语调干脆，过了片刻又补充说，已经达成了协议，当地接受二十名士兵守城，条件是驻扎在城外，尊重当地风俗。那士兵笑了，那军官还不知道，当地人停止了反抗，不管怎样，他们接受一个外人给他们孩子看病，这还是第一次，来人大概是随军神甫，然后再解决领土问题。那士兵又说，没有守军在场，他们就会处处阻挠神甫。军官回答说："嗳！不会，即使神甫比守军先到，那也是两天之后的事了。"我一动不敢动，在刀尖下吓傻了，再也没有听见什么，只觉得疼痛难忍，一个安满钢针和钢刀的轮子在我身上滚来滚去。他们都疯了，他们都疯了，竟然让人扰动这座城，扰动他们不可战胜的强权、真正的上帝，而且另一个，就要到来的那家伙，他们还不会割掉他的舌头，他不付出一点儿代价，没有遭受任何凌辱，就可以炫耀他那狂妄的善意了。恶的统治就将推迟，大家仍心存疑虑，还要浪费时间，去梦想那种不可能的善，还要白白耗尽精力，而不是推进唯一可能的王国的建成，我注视着威胁我的刀锋，唯一统治人世的强权啊！噢，强权，城里的喧声渐渐止息，神像堂的门终于打开，我一个人留下独伴神像，浑身受烧烤，心中苦涩难言。我向神像发了誓，一定要拯救我这新信仰，拯救我的真正主人，我的专制的上帝，一定要叛逆，不管付出多大代价。

哦，暑热消了一点儿，石头不再震颤了，我可以走出我的洞穴，观望沙漠相继覆盖一层黄色、赭石色，很快又化为淡紫色了。昨天夜晚，我等他们进入梦乡，便将门锁卡死，以脚上绳索限量的同样步子走出来。我熟识街道，也了解哪儿能获取这支老枪，哪座城门无人把守，我到这里时，天色已经泛白，星光稀疏了，而沙漠夜色深了些。现在我觉得蹲守在这乱石中间，已经有好多好多天了。快点儿，快点儿，噢，让他快点儿来呀！过一会儿，他们就要开始寻找我了，他们会跑遍四面八方的路径。他们无法了解，我是为了他们出走的，以便更好地为他们效劳；我的两条腿很虚弱，因饥饿和仇恨而不听使唤了。噢，噢，那边，喏，喏，路的尽头，两匹骆驼渐行渐大，以侧对步快跑。已经伴随矮矮的影子了，那是骆驼奔跑的一贯姿势：梦游一般急速。他们终于来啦！

枪，赶快，我迅速压子弹上膛。神像啊，我的上帝在那边，愿你的威权得以维护吧，愿侮辱层出不穷吧，愿仇恨决不宽容地统治这罪恶世界吧，愿恶永当主人，愿王国终于到达一座盐与铁的城市，在这独一无二的地方，披黑袍的暴君们将无情地奴役和占有！现在，哈，哈，向怜悯开火，向无能及其仁慈开火，向拖延恶的到来的一切东西开火，打两枪，他们就仰身跌下去，那两匹骆驼便直奔天边：那明净的天空飞起一大群黑鸟。我大笑，我大笑，穿教袍的那个可鄙的家伙扭曲着身子，他勉强抬起头，看见我，我，脚上套着绳索，他的万能的主人，为什么他冲我微笑，我这就砸烂这微笑！枪托砸到仁慈的脸上，声音多美妙，今天，今天终于大功告成，此后几小时，空嗅沙漠之风的豺狼，从各处开始进发，以稳健的小跑奔向等待它们的腐肉宴。胜利啦！我振臂向天，天也为之动容，只见遥遥对面一片紫影，欧洲的夜哟，祖国、童年，在胜利的时刻，为什么我还要洒泪呢？

　　他动弹了，不对，声音来自别处，来自那边，那是他们，我的主人们，黑压压像一群黑鸟飞奔而来，直接扑向我，抓住我，啊！啊！打吧，他们害怕了，怕他们的城被攻陷，呼号连天，怕我招来的军队，对这座神圣的城市进行报复，而这恰恰是我的目的。现在，你们自卫吧，打吧，先打我吧，你们掌握了真理！我的主人们哟，他们随后能战胜那些士兵，能战胜空话和博爱，他们能返回沙漠，渡过海洋，用他们的黑面罩覆盖住欧洲的光明，打吧，往肚子上打，对，打眼睛，把他们的盐播向欧洲大陆，让所有植物、所有青春都灭绝：到那时，一群群的哑巴，双脚绑着绳索，将同我并肩，走在这世界的沙漠，在真正信仰的毒太阳下，我就不再孤单一人了。恶啊！他们对我施的恶，他们的狂暴就是善，他们把我捆在这匹战马上，要五马分尸，真是大慈大悲，我大笑，我喜欢将我钉在十字架上的一击。

　　沙漠这么寂静！夜幕已降临，我孤单一人。我口渴，还在等待，那座城在哪儿，远处喧声，那些士兵也许大获全胜。不，不该如此，即使那些士兵攻占了城，他们也不够凶狠，他们不善于统治，又要说必须改邪归正，总归还有数百万人身陷善恶之间，不断挣扎，无所适从。神像啊，你为什么抛弃我？全完了，我干渴，浑身火烧火燎，夜更加黑暗，蒙住我的双眼。

这悠长、悠长的梦，我醒来了，不对，我要死了，天已拂晓，第一缕阳光，新的一天，是为别的活人，而对于我，只有无情的烈日和苍蝇。谁在说话，一个人也没有，老天没有开口，上帝对沙漠没有话说。可是，这声音发自何处，正在说："如果你肯为仇恨和强权而死，那么谁来宽恕我们呢？"是我身上的另一条舌头，还是在我脚下，一直不甘死去的这个家伙，反复地唠叨："鼓起勇气，鼓起勇气，鼓起勇气？"噢！万一我又错了呢！孤寂的，从前讲博爱的人，唯一的救星啊，不要抛弃我呀！来了，来了，你是谁，满口流血，遍体鳞伤。"是你呀，巫师，士兵们打败了你，盐在那边燃烧起来，是你呀，我亲爱的主人！摘下这副仇恨的面孔，现在你要做善人，我们都错了，我们要从头开始，我们再重新建造慈悲之都，我想要回家。对，帮帮我，就这样，伸出你的手，给……"

一把盐塞满饶舌的奴隶的嘴。

缄默的人

时值隆冬季节，然而，在这座已经开始忙碌的城市上空，升起了灿烂的一天。在防洪堤的尽头，海天一色，融为一片华彩。不过，这种景象，伊瓦尔却视而不见。他费力地骑着自行车，沿着俯临港口的林荫路行驶。一条残腿动弹不了，放在固定的脚蹬子上，另一条则格外吃力，要战胜夜露湿滑了的铺石马路。他身材瘦小，低着头骑车，极力躲开废弃的电车轨道，时而猛一刹闸，避让超他的汽车，还不时一拐臂肘，将菲尔南德为他装午饭的挎包推向后腰。他想到挎包里的食物，心里不免一阵酸楚：这回餐盒里两大片面包中间，夹的不是他爱吃的西班牙式摊鸡蛋，也不是油炸牛排，而只是一块奶酪。

他从未觉得，上班的路有这么远。他也渐渐老了，年已四十，虽然还像葡萄藤一样精干，但是肌肉没有那么快活动开了。他看体育报道，有时读到三十岁的运动员就被人称为老将，不免耸耸肩膀。他对菲尔南德说："这就算老将了，那么我呢，早就该躺在停尸间了。"当然，他知道记者这样讲并不全错。到了三十岁，不知不觉，中气就不足了。四十岁上，倒未必挺尸，不过也在早早做准备，虽说稍微提前了点儿。不正是因此之故，他穿城去另一头制桶工厂上班，一路上早就不再观赏海景了？他二十岁的时候，大海总也看不够。大海提供海滩，保证让他度个愉快的周末。尽管他腿瘸了，或许正因为这条残腿，他早先总喜爱游泳。后来，年复一年，时光流逝，有了菲尔南德，又生了个男孩，为了养家糊口，星期六他就在制桶厂加班，星期天也到私人家打点儿零工。他逐渐丢弃了老习惯，没有了从剧烈运动中得到满足感的日子。他的家乡别无乐趣，只有清澈的深水、强烈的阳光、姑娘们、躯体享受的生活。这种乐趣随着青春消逝了，伊瓦尔依然爱海，但只是到了傍晚，海湾的水色加深一点儿的时候。这是温馨的时刻，劳作一天之后，他坐在自家的平台上，穿着菲尔南德熨得平展的干净衬衣，面对还冒着气泡的茴香酒杯，心中十分惬意。天黑下来，短暂的恬静在天空逗留，跟伊瓦尔聊天的邻居，声音也顿时放低了。在这种时刻，他拿捏不准自己是不是幸福，或者是不是想要潸然泪下。至少，他在这种时刻心有契合，什么也不必做，只需等待，平静地等待，却已不大清楚等待什么。

每天早晨重又上班的路上，伊瓦尔反而不再喜欢看海了，而海倒始终不爽约，但是要等到傍晚，才能再次见面。这天早晨，他低头骑车，比往常更显吃力了：心情也同样沉重了。昨天晚上开会回来，说他们要复工了，菲尔南德还快活地说道："这么说，老板给你们涨工资啦？"老板根本没给涨工资，罢工失败了。应当承认，这次搞得不好。一时气愤罢了工，工会跟得不紧不慢，也自有道理。毕竟只有十五六个工人参加，成不了大气候；工会考虑到，其他制桶厂经营也都不景气，怪不得他们。制桶业受到船泊和油罐卡车制造业的威胁，前景难以乐观。做一般酒桶和波尔多酒酒桶的订单越来越少，主要还是修理现有的大桶。老板们看到他们的生意受到影响，这也是实情，不过，他们总归要预留利润的空间，认为最简单的办法就是冻结工资，不理睬物价上涨。一旦制桶业消亡了，桶匠还能干什么呢？学一门手艺不容易，不能随便改行；况且制桶手艺很难，要学很长时间。一名好桶匠非常难得，善于装配弧形桶板，用火烤并用铁箍箍紧，能做到严丝合缝，绝不填塞棕毛麻屑之类。这是伊瓦尔的拿手好活儿，他也引为自豪。改行也不算什么，不过，放弃自己熟练的手艺，自己的老本行，就不那么容易了。一行好职业，却没了事做，可就进退两难了，不得已忍气吞声。忍气吞声也不容易，难就难在要闭上这张嘴，该争辩的不能真正地争辩，只能每天早晨走老路。积劳一周，到周末只好给多少拿多少，挣的钱越来越不够花了。

于是，他们愤怒了。有两三个人还犹豫不决，但是初步同老板讨论之后，他们也气愤了。老板讲的话确实噎人：不想干就走人。话总不能这么说。埃斯波西托就表示："他想得美！一句话就能让人俯首帖耳？"按说，老板那家伙也不算坏。子承父业，他就是在作坊里长大的，多年来几乎认识每一个工人。有时，他还请工人在制桶间吃顿快餐，就地点起刨花烤沙丁鱼或者猪血肠，葡萄酒一下肚，他真的很平易近人。每逢新年，他总是给每名工匠发放五瓶好葡萄酒；哪个工人有了病，或者有点什么大事儿，如结婚或者领圣体之类，他也往往送上一个红包。他得了女儿时，向所有人散发了酒心糖。他还邀请过伊瓦尔两三回，去他那海滨庄园打猎。不用说，他相当爱自己的工人，经常提起他父亲当初也当过徒工学手艺。然而，他从未走访过工人家庭，根本想不到这一点。他只考虑自己，因为他只了解他自己。现在，不想干就走人，换句话说，现在是他犯起了倔脾气。不过，他还有这个资本。

他们向工会施加了压力，工厂终于关门了。老板却说："你们就别折腾了，组织什么罢工纠察队。作坊不开工，我还省了钱呢。"情况当然不是这样，但是事情总归没有摆平，因为他劈面对工人说，他让他们干活是发善心。埃斯波西托气疯了，当场回敬他不是人。对方也火冒三丈，不得不把双方拉开。不过，与此同时，他们也受到了极大的触动。罢工二十天，老婆在家愁眉苦脸。有两三个人气馁了，最后，工会建议让步，充当仲裁，保证用加班来弥补所误的工时。他们决定复工了。当然嘴上还很硬，说什么这事儿没完，以后等着瞧吧。可是今天早晨，一种疲惫的感觉，仿佛罢工失败所受的重压，午饭只带奶酪而没有肉食，不可能再抱幻想了。太阳这么灿烂也没用，大海也不再给任何指望。伊瓦尔踏着唯一的脚蹬子，觉得每蹬一圈，自己就又老了一点儿。只要想到工厂，想到又要见面的伙计们和老板，他的心情就不免又沉重一点儿。菲尔南德惴惴不安，问他："你们要对他怎么说呢？"伊瓦尔骑上车，摇了摇头："什么也不说。"他咬紧了牙，他那张秀气的、有了皱纹棕褐色的小脸，已经完全板起来了："大家干活儿就是了。"他现在骑着车，一直咬紧牙，憋着一肚子窝囊气，就觉得天空也暗淡下来了。

他下了林荫路，离开海边，拐进西班牙老区的潮湿街道。街道尽头便是一片厂区，设有车库、废钢铁堆放场和修车厂。制桶厂就坐落在那里，原来是座大工棚，四周砌了半截水泥墙，上面镶着大玻璃窗，连着瓦楞铁皮的顶棚。这座厂房对着旧制桶厂，那座大院分割成几个小院，企业扩大后，便废弃而破旧了，现在只堆放些旧机器和旧木桶。过了那座院子，隔着一条上有瓦顶的过道，便是老板的花园了。花园另一端矗立一座房子，大而丑陋，好在满墙是爬山虎，户外楼梯也围着细弱的忍冬，看上去倒也蛮喜人的。

伊瓦尔一眼就瞧见，制桶厂的大门紧闭，门前默默地站着一群工人。自从他到这里干活以来，上班吃闭门羹，这还是破天荒头一遭。老板还要显示一下胜利。伊瓦尔拐向左边，将自行车放进连着厂房搭出来的车棚里，然后走向工厂大门。他远远认出埃斯波西托，那是挨着他干活的高个子青年，棕褐头发，浑身寒毛很重；还有工会代表马尔库，长着一颗假声男高音的脑袋；还有赛义德，工厂里唯一的阿拉伯人，以及所有其他工人，他们谁也不说话，看着他走过去。未待他走到近前，他们都猛然转过身，面向刚开一条缝的厂门。门缝里出现工头巴莱斯特，他背对着工人，沿铁轨缓慢地推开一扇沉重的大门。

巴莱斯特在工人中年纪最长，他一开始就不同意罢工，但是埃斯波西托一冲他说，他是为老板争利益，他就不再吭声了。此刻，他站在大门旁边，矮粗的身材，穿着他那件海蓝色毛衣，已经打赤脚了（唯独他和赛义德光着脚干活），他看着工人一个个走进厂，那双眼睛特别清亮，仿佛没有颜色，而那张老脸晒得很黑，嘴呈现一副苦相，浓密的胡子垂下去。工人们都沉默无语，因失败复工而感到耻辱，又因自己的沉默而气恼，随着沉默时间拖长，越来越难打破了。他们走过去，看也不看巴莱斯特一眼，心里清楚他在执行命令，以这种方式让他们进厂，他那副忧伤的苦相也向他们表明他的心思。伊瓦尔倒是看了他一眼，巴莱斯特很喜欢他，冲他点了点头，什么也没说。

现在，他们全到了厂门右侧的小更衣室：用白木板隔开的小间全敞着，隔板两侧分别挂着带锁的小柜。从入口算起，最里面的小间紧贴厂房的墙壁，已经改成淋浴室，夯实的地面开了一条排水沟。厂房中央，分成操作区，只见已经做成的波尔多葡萄酒酒桶，还剩一道箍紧的工序，再烘烤加固，还有开了长口子的刨床长凳（有些刨床豁口，已经插入桶底圆板材，等待刨光），再就是几堆熏得黑乎乎的灰烬。入口左侧，沿墙安装一溜儿工作台，工作台前堆放着待刨光的木桶板。靠右侧墙壁离更衣室不远处，有两台大电锯，功率很大，上了油，闪闪发亮，静静地立在那里。

就这么一点儿工人干活，这座厂房早就显得太大了。暑热天倒是好过，冬季可就冻人了。不过今天，这么大空间，活计全丢在那儿，木桶乱堆在角落，还是在桶下方只上了一道箍，上面桶板散开，酷似一朵朵盛开的大木头花；厚木料、工具箱和机器，都覆上一层锯末子，整个厂房给人废弃的景象。工人现在都换上厚毛衣、打满补丁并褪了色的长裤，他们目睹此情此景，都迟疑不决了。巴莱斯特拿眼观察他们，说道："怎么着，动手吧？"他们谁也不说话，各就各位。巴莱斯特挨个儿查看，简短地提醒应开始或者做完的活计。谁都不答言。不久，第一锤声响起，打在固定桶腰圆箍的楔销钉上；一把刨子碰到木结发出吱吱声；埃斯波西托开动了一台电锯，响起尖利刺耳的声音。赛义德按照要求，抱来板料，或者点燃刨花，在火上烤木桶，使桶壁隆起，箍得更紧了。没人叫他的时候，他就将生锈的宽铁箍放到工作台上，用锤子猛力地敲打。刨花燃烧的气味开始弥漫整个厂房。伊瓦尔刨光并搭配埃斯波西托破出的板材，他又闻到了熟悉的木香味，心情稍好了一点儿。大家都在默默地干活，不过，一种热烈的气氛、一种活力，又在厂房里渐渐复苏了。明媚的阳光照进大玻璃窗，厂房里亮堂堂的。

金黄色的空气中青烟缭绕，伊瓦尔甚至听见有只小虫在身边鸣叫。

这时，通旧制桶厂的那扇后门打开了，老板拉萨尔先生停在门口。他身体瘦溜，棕褐色头发，三十岁刚出头，一身米色花达呢服装，上衣敞着怀，露出白衬衣，浑身上下神态自若。他的脸庞虽如刀削，突显瘦骨，但往往给人好感，正如大部分搞体育的人那样，有一种洒脱的范儿。不过，他进门时神情还是有点儿尴尬。他道早安的声音，没有往常那么爽朗，反正没有一个人答话。锤声迟缓了，有点混乱，既而又更加起劲地响起来。拉萨尔先生迟疑地迈了几步，随即走向小瓦莱里，进厂才一年的青工。他在电锯旁边，离伊瓦尔几步远。正给一只波尔多酒酒桶上桶底。老板看着他干活，瓦莱里没有停手，一句话也没讲。"怎么样，孩子，"拉萨尔先生说道，"还好吧？"小伙子干活的动作突然笨拙起来，他瞥了埃斯波西托一眼。埃斯波西托就在他身边，正往粗壮的胳臂上放一大摞桶板，准备给伊瓦尔送去。埃斯波西托没有停下手中的活儿，也瞟了瓦莱里一眼，小伙子便一头扎进酒桶里，根本不理睬老板的问话。拉萨尔不免怔住了，在这年轻人对面愣了一会儿，他这才耸耸肩膀，转身走向马尔库。马尔库骑在长凳上，正一下一下，动作缓慢而精准，削薄桶底的周边。"你好，马尔库。"拉萨尔问候的声调干巴些了。马尔库没有应声，一心只顾从桶底板刮下薄薄一片。"你们怎么啦？"这回拉萨尔转向其他工人，提高嗓门儿说道，"大家没有达成一致意见，这没错。然而，这不该妨碍大家一起干活呀。这样子，又有什么用呢？"马尔库站起身，举起桶底，用手掌摩挲，检查周围的薄边，然后眨了眨忧郁的眼睛，显出一种极为满意的神情，但他始终默默无言，走过去送给另一个装配酒桶的工人。整个厂房里，只听见锤声和电锯声响。"好。"拉萨尔说道，"等这阵情绪过去，你们就让巴莱斯特告诉我一声。"说罢，拉萨尔脚步沉稳，走出了厂房。

几乎紧接着，在车间的嘈杂声中，响了两次铃声。巴莱斯特刚坐下来，想卷支烟抽，又得费力地站起身，走向小后门。他一走，锤子敲打得就不那么重了。一名工人甚至停下手，正巧巴莱斯特回来了。他从门口只讲了一句话："老板叫你们，马尔库和伊瓦尔。"伊瓦尔第一反应是要去洗洗手，可是马尔库一把抓住他的胳臂，他便一瘸一拐地跟了去。

出了厂房，到了院子，阳光特别明媚，清亮如水，伊瓦尔感到洒在他脸上和赤臂上。他们登上户外楼梯，头上忍冬掩映，已经开了几朵花了。他们进入走廊，只见两边墙壁上挂着各种文凭，还听见孩子的哭声，以及拉萨尔先生说话："吃完午饭，你哄孩子睡觉，还不行就叫医生。"接着，老板就来到走廊，把他们让进他们熟识的小办公室；室内摆放着仿乡村风格的家具，墙上装饰着体育竞赛的奖品。"请坐吧。"拉萨尔说着，便坐到办公桌后面。他们却依然站着。"我请两位来一趟，是因为你们，您，马尔库，是工会代表，而你，伊瓦尔，是仅次于巴莱斯特的这里最老雇员。谈判已经结束，我不想重提。我不能，绝对不能答应你们的要求。事情已经解决了，我们一致得出结论：必须复工。看得出你们对我有气，这让我心里难受，我怎么感觉就怎么对你们说。现在只想补充一点：今天我办不到的事，等生意有了起色，也许就办得到了。我若是能办到，不等你们提出来就去办了。眼下，大家就齐心协力干活吧。"他住了口，似乎在考虑，继而，抬眼看他们，问道："怎么样？"马尔库望着外面，伊瓦尔紧咬着牙，本想说话，又说不出来。"听我说，"拉萨尔又说道，"你们都这么固执。这一阵儿过去就好了。等到理智起来了，你们不要忘了我刚才对你们讲的话。"他站起身，走向马尔库，伸出手去，说了声："再见。"马尔库顿时面失血色，他那张有魅力的男歌手脸庞冷峻起来，刹那间变得很凶了。接着，他猛一掉头，扬长而去。拉萨尔的脸也唰地白了。他瞧了瞧伊瓦尔，没有伸出手，嚷了一句："你们都见鬼去吧！"

　　他们返回车间，工人们正在吃午饭。巴莱斯特出去了。马尔库只讲了一句"空头支票"，便回到自己的岗位。埃斯波西托正啃面包，停住嘴问他们怎么回答的。伊瓦尔说他们什么也没有回答，随后他便去取挎包，回来坐到自己干活的刨床凳上，开始吃饭。他正吃着，忽然瞧见不远处，赛义德仰卧在刨花堆上，出神地望着大玻璃窗，天空隔着泛蓝的玻璃，显得不那么明亮了。伊瓦尔问他吃过饭没有。赛义德说他吃了无花果。伊瓦尔就不吃了。他和拉萨尔见面之后，一直不自在的感觉，现在突然化为乌有，让位给一种热心肠了。他站起身，掰了一块面包给赛义德，见赛义德不要，就说下周一切都会好起来，"到那时你再请我吃好了"。赛义德露出笑容，现在他吃起伊瓦尔给的夹奶酪的面包，一小口一小口，就好像不饿似的。

　　埃斯波西托拿过来一只旧锅，用刨花和木屑点起一小堆火，热一热他用瓶子带来的咖啡。他说他常光顾的那家食品杂货店，老板得知罢工失败，就让他把咖啡当作礼物送给制桶厂。一只盛芥末的杯子从一只手传到另一只手。每传一个人，埃斯波西托就往杯里倒加过糖的咖啡。赛义德一口喝下，比吃面包兴趣还浓。埃斯波西托端起滚烫的锅，直接喝了剩余的咖啡，他咂咂嘴，还骂骂咧咧。这时，巴莱斯特进来，宣布继续干活。

　　大家都起身，收起废纸餐具，装进各自挎包里；这时，巴莱斯特却来到他们中间，突然说道，这次对大家，也对他本人，都是个沉重打击，不过，也不能因此就耍起小孩子脾气，赌气毫无益处。埃斯波西托手上拿着锅，朝他转过身去，他那张厚实的长脸一下子涨红。伊瓦尔知道他要说什么，知道所有人跟他的想法一样，他们不是赌气，而是被人堵住了嘴：不想干就走人。愤怒和无能为力，往往让人难受到极点，又不能叫喊出来。他们毕竟是男子汉，不能去给人赔笑脸，作媚态。然而这番话，埃斯波西托一句也没有讲，不过，他紧绷的脸终于放松了，他轻轻拍了拍巴莱斯特的肩头，而其他人都回去干活了。锤声重又回荡起来，偌大的厂房立即充满熟悉的嘈杂喧响、刨花和旧衣服浸了汗水的混合气味。大电锯隆隆作响，吃进埃斯波西托缓慢推进的新鲜桶板料。锯开的口子喷射出潮湿的锯末，像面包屑似的，覆盖了在发红利齿两侧抓紧木料的两只毛茸茸大手。木料破开之后，就只听马达的空转声了。

　　伊瓦尔现在俯身手推长刨，就感到腰背酸痛了。往常，不会这么快就累了。显而易见，他几周未干活，这方面的锻炼就欠缺了。不过，他也想到年龄，这种手工活儿，不仅仅要求准确性，体力更加吃不消了。这种酸痛也向他明示年纪老了。靠耍肌肉的行当，最终要受到惩罚，他未死先亡，一天重活干下来，晚上睡眠恰恰跟死了一样。儿子想当小学教师，想法也对，那些夸夸其谈，讲解体力劳动的人，恐怕是不知所云。

伊瓦尔正直起腰来，想喘口气，也想驱散这些悲观的念头，铃声又响起来。这次特别奇怪，持续按铃，短暂间歇，又急促响起，工人都停下手中的活儿。巴莱斯特听着也大惑不解，终于决定去瞧瞧，缓步走向后门。他出去几秒钟之后，铃声终于停止了。大家又接着干活。门又猛烈打开，巴莱斯特跑向更衣室。他从更衣室出来时，已经穿上了帆布鞋，边走边穿外衣，经过伊瓦尔面前说了一句："女娃发病了，我去叫热尔曼来。"热尔曼是照看这个工厂的大夫，家住在城郊。伊瓦尔传布了这个消息，没有加以评论。大家围拢过来，面面相觑，都显得挺尴尬，只听得见电锯空转的声响了。"也许没什么事儿吧。"一名工人说道。大家回到原地干活，车间里重又响声四起，但是他们动作慢下来，仿佛在等待什么事。

过了一刻钟，巴莱斯特又进来了，撂下外衣，一句话未讲，又从后门出去了。日光斜照，映在大玻璃窗上。过了半晌，在电锯没放木料的间歇，能听见救护车低沉的铃声，渐行渐远，驶到地点，铃声现在静止了。过了一会儿，巴莱斯特回来，大家都走过去，埃斯波西托也关了电锯。据巴莱斯特说，孩子在自己房间脱衣服时，一下子跌倒，就好像被人砍了一刀。"啊，出了这事儿！"马尔库说道。巴莱斯特摇着头，朝整个厂房茫然地打了个手势，看神态他心慌意乱了。大家又听见救护车的铃声。厂房一片寂静，他们全在那儿，映着玻璃窗透进来的黄色光涛，帮不上忙的粗手耷拉在沾满锯末的旧长裤两侧。

晚半晌拖拖拉拉。伊瓦尔只感到浑身疲惫，一直揪着心。他早就想说一说，却又无话可说，而其他人也同样。他们缄默的脸上，只流露忧伤和某种倔强。在他心里，不幸这个词有时刚刚生成，随即便消失了，犹如旋生旋灭的气泡。他就想回家，回到菲尔南德和孩子身边，回到那平台上。恰好这时，巴莱斯特宣布收工。机器停下来。他们不慌不忙，开始熄灭火堆，收拾好工作台，这才一个一个去了更衣室。赛义德留在最后，他要清扫干活场地，洒水浇满是尘土的地面。伊瓦尔到更衣室时，埃斯波西托这个毛茸茸的大块头，已经站到淋浴喷头下了，他背对着大家，擦肥皂弄出很大声响。往常，大家都取笑他那么怕羞：这头大熊确实总要遮住下体。不过今天，似乎没人注意了。埃斯波西托倒退着出来，用一条长浴巾当缠腰布围住臀部。其余的人也陆续冲一冲，马尔库正用力拍打赤裸的腰身，大家听见大门在铁轨上滑动的声响，拉萨尔走了进来。

他还是头一次来看他们的那身服装，只是头发有些乱。他停在门口，扫视空荡荡的厂房，走了几步又站住，望了望更衣室。埃斯波西托转过身去，他还光着身子，只缠着浴巾，一时很尴尬，身躯不觉左右晃荡。伊瓦尔认为，马尔库应该说点儿什么。可是，不见他人，马尔库完全隐没在喷头的雨幕中了。埃斯波西托赶紧抓起衫衣，利落地穿上。这时，拉萨尔说了句："晚安。"嗓子有点儿破音了，说罢便走向后门。伊瓦尔想到应当叫住他时，后门已经关上了。

伊瓦尔没有冲澡，穿好了衣服，也道了声晚安，但是发自内心，他们都以同样的热情回礼。他快步出了厂门，推出自行车，一骑上去，就又感到腰酸背痛了。已是傍晚时分，他骑车穿过拥挤的市区，尽量加快速度，回到老宅和平台，先去洗衣房洗一洗，然后坐下来休息，目光越过林荫路的栏杆，眺望已经伴随他一路、水色比早晨深了的大海。不过，那小女孩的身影也时时伴随，他不由自主地想到她。

儿子放学回家了，正在看画报。菲尔南德问伊瓦尔，是否一切顺利。他什么也没说，进洗衣房洗了洗，回头靠小护墙坐到平台小凳子上，头顶就晒着打补丁的衣物，天空变得透明了。越过护墙，望得见傍晚柔和的大海。菲尔南德拿来茴香酒、两只杯子和凉水瓶，坐到丈夫身边。还像他们结婚初期那样，丈夫拉着她的手，对她讲述了所有情况。他说完，就转向大海，一动不动了，只见海面上，暮色从海平线一边飞速铺展到另一边。"噢，就怪这大海！"他说道。他多想自己还年轻，菲尔南德也同样年轻，他们就可以漂洋过海，到那边去了。

来　客

　　小学教师望着两个男人上山来了。一人骑马，一人步行，他们还没有走到直通学校的那段陡峭山坡，学校就坐落在半山腰上。一片空旷的高原，他们艰难跋涉，行进在积雪的乱石中。望得见马不时打滑，还听不到马的嘶鸣，但能看见马鼻喷出的热气。至少有一个人识路，他们所走的小径，已被脏兮兮的白雪覆盖数日了。小学教师计算了一下，半小时之内，他们还走不到这山峦。天气很冷，他回到校舍找件粗毛线衣穿上。

　　他穿过冷清清的教室。黑板上用四种彩色粉笔，画了法国的四条河流，流注各自的入海口已有三天了。干旱了八个月，没下一场雨缓解旱情，到十月中旬，却突然下起雪来，二十来名学生，散居在高原各村庄，都不能来上学了，只好等待天晴起来。达吕只在一个屋生火取暖，即他在教室隔壁的住宅，这间屋另一道门则开向高原东边。有一扇朝南的窗户，跟教室的窗户同向。往南眺望，几公里开外，高原开始向南倾斜。天气晴朗时，能望见一道淡紫的仞壁，那是山梁的余脉，开向沙漠的门户。

　　达吕身子暖了一点儿，又回到他初次发现那两个人的窗前。现在看不见了：他们正在攀登那面陡坡。天空不那么阴沉了，雪在昨天夜里就停了。天亮时，光线暗淡，随着云层升高，仍未怎么显得明亮。

直到下午两点钟，就仿佛白天才刚刚开始。但这总算好多了。一连三天，大雪弥漫，天空始终黑沉沉的，阵风时而摇撼教室的双重门。时日漫长，达吕只好耐心待在屋里，仅仅出去到偏厦喂喂鸡，取点儿煤炭。幸好在变天的前两日，北面最近的塔吉德村的那辆小卡车送来了给养。再过四十八小时，小卡车还会来。

况且，即使大雪封山，他也对付得了。他这小房间堆满一袋袋小麦，是政府存放在这里，要分发给遭受旱灾家庭的学生。其实，他们所有人都没躲过灾难，只因他们全是穷苦人。每天，达吕都把口粮分给孩子们，他也完全清楚，天气恶劣这几天，他们肯定没吃的了，也许今天傍晚，就会有学生的父亲或哥哥前来，他就可以把粮食给他们了。总之，一定要顶到下一次收成。从法国发来运小麦的船已经抵达，最艰难的阶段已经挺过来了。但是，这场灾难，却让人难以忘怀：烈日下的饥饿大军，如同衣衫褴褛的游魂；连续数月干旱，高原成了烧过的石灰，土地也像焙烧过似的，石块脚一踩上去，就咔嚓化为齑粉。绵羊成千成千只饿死；有些地方也饿死了人，但始终无从了解。

他面对这场灾难，身处这偏僻的学校，几乎像修道士一样生活，安贫乐道，过着艰苦的日子，有这刷了白灰的四壁、这张狭小的沙发、这些白木书架、这口水井，以及每周供给的饮用水和粮食，就觉得自己跟土财老爷一般。哪里料到，事先毫无预警，也没有下场雨缓解一下，就突然下起大雪。这地方原本如此，不适于生存，即便没有人居，而有人定居也丝毫没有改变生存环境。

达吕出门迎候，来到学校前面的平台上。那二人已经爬上半山坡，他认出骑马之人正是巴尔杜奇，相识已久的老警察。巴尔杜奇牵着一根绳子，绳子另一端绑着一个阿拉伯人，低着头跟在后面。老警察举手打招呼，达吕没有回应，他正全神贯注地打量那个阿拉伯人，只见那人身穿褪了色的蓝长袍，脚下一双便鞋，但是穿了一双粗毛袜子，头上扎的缠头巾又窄又短。他们渐行渐近。巴尔杜奇现在拉住缰绳徐行，以免伤了那个阿拉伯人，两个人往前走得很缓慢。到了能听见声音的距离，巴尔杜奇嚷道：

"从埃尔·阿莫尔到这儿，才三公里远，就走了一个钟头！"

达吕没有应声。他穿上厚厚的毛衣，愈发显得短粗胖了，他注视他们上山。那阿拉伯人一次也没有抬头。等他们上了平台，达吕说道：

"你们好，进屋里暖和暖和吧。"

巴尔杜奇下马还挺费劲儿，并没有放开绳子。他那胡子上翘，冲小学教师微笑。他那对黑色的小眼睛，深陷在晒黑的额头下方，嘴的四周布满皱纹，给人一种专心致志的神态。达吕接过缰绳，将马拴到偏厦回来，来客已进教室等他。他将两人让进卧室，说道：

"我去教室生起火。我们在那里宽敞些。"

达吕回到卧室时，只见巴尔杜奇已经坐在沙发上了，那个阿拉伯人的捆绳已解开，正蹲在炉子旁边。不过，他的双手仍然绑着，缠头巾现在推到脑后了，两眼望着窗外。达吕开头只看到他那厚嘴唇，又丰满又光滑，类似黑人的样子，鼻梁却很直，目光沉郁，充满焦灼的神色；缠头巾下露出固执的额头，晒得黑黑的皮肤，又因寒冷而发白了。阿拉伯人一转过脸，直视着达吕，整张脸显示的既不安又倔强的神情，大大触动了达吕。

"你们到隔壁去吧，"小学教师说道，"我来给你们烧薄荷茶。"

"谢谢，"巴尔杜奇答道，"真是苦差事！赶紧退休算了。"他又用阿拉伯语对他的囚犯说："来吧。你。"

阿拉伯人站起来，绑住的手腕举在前面，慢腾腾走进教室。

达吕端着茶，还拎来一把椅子。这时，巴尔杜奇已经端坐在第一张课桌上了。那阿拉伯人则背靠讲台蹲着，面对安在讲桌和窗户之间的火炉。达吕将茶杯递给犯人时，见他双手被缚，不免迟疑了：

"也许，可以给他松绑吧？"

"当然了，"巴尔杜奇说道，"这只是为了路上押解。"

巴尔杜奇说着，正要起身，达吕已经将茶杯撂到地上，跪到阿拉伯人身边。阿拉伯人一言不发，焦急的眼神注视着给他解缚。他双手自由了，相互揉着勒肿的手腕，然后拿起茶杯，小口快速地喝起滚烫的茶水。

"对了，"达吕问道，"你们这是要去哪儿啊？"

巴尔杜奇从茶杯里抽出胡子，答道：

"就到这里呀，孩子。"

"好奇特的学生！你们要在这里过夜吗？"

"不。我还要回埃尔·阿莫尔。你呢，你得将这伙计送交廷吉特。混合区政府那儿等着接人。"

巴尔杜奇面带友好的微笑，看着达吕。

"你胡说些什么呀，"小学教师说道，"你在耍弄我吧？"

"哪里，孩子。这是命令。"

"命令？我又不是……"达吕犹豫了，他不想让这个科西嘉老头儿为难，"总之，这不是我干的事儿。"

"嗳！怎么能这样说呢？战争期间，什么事都得干。"

"那好，我就等着宣战啦！"

巴尔杜奇点了点头。

"是啊。不过，有命令在此，也关系到你。看来要有动乱。据说近来要发生叛乱。在一定意义上，我们都在应召之列。"

达吕依然固执己见的样子。

"听我说，孩子。"巴尔杜奇说道，"我很喜欢你，一定得理解。我们在埃尔·阿莫尔仅有十二人，要巡逻的地方，赶上一个小省份大了，我必须返回。给我的任务，就是把这怪家伙交给你，立马儿就回去。不能把他放在那边看守。他们村里闹起来了，想要把他夺回去。明天白天，你必须把他送到廷吉特。跑二十来公里路，吓不倒你这壮实的小伙子。送到之后，就完事大吉，回来再教你的学生，过安宁的生活。"

墙外传来马的鼻息声音和蹄踏声响。达吕望望窗外，天气转晴无疑了，皑皑披雪的高原，已经阳光普照了。等积雪完全融化之后，太阳就会重新发威，再次烤焦遍地的石头。又要一连多少天，晴空万里，晒干万物的阳光，就要投射在这片渺无人迹的荒原。

"归根结底，"达吕转过身，对巴尔杜奇说道，"他究竟干了什么？"不等警察开口，他又问道："他会讲法语吗？"

"不会，一句话也不会讲。追捕他有一个月了，他们把他藏起来了。他杀害了表兄弟。"

"他敌视我们吗？"

"我不这么认为。不过，还真难说。"

"他为什么杀人呢？"

"想必是家庭纠纷。好像是一个欠了另一个粮食。搞不清楚。总之，咔嚓，他一砍柴刀，就杀了表兄弟。要知道，就像宰羊一样，嚓的一声！……"

巴尔杜奇做了个抹脖子的动作。那个阿拉伯人注意力被吸引过去，颇为不安地注视他。达吕突然气愤填膺，憎恨这个人，憎恨所有作恶的人，憎恨他们冤冤相报的仇恨、他们动辄血拼的疯狂。

这时，炉子上的茶壶咝咝作响。达吕又给巴尔杜奇倒了茶，接着犹豫一下，也给阿拉伯人满上了。他再次贪婪地往下喝，抬起手臂时，袍襟微微张开，小学教师便看见他胸脯精瘦，但是有肌肉。

"谢谢，孩子，"巴尔杜奇说道，"现在我开溜了。"

他站起身，走向阿拉伯人，从兜里掏出一根绳子。

"你要干什么？"达吕不客气地问道。

巴尔杜奇不免怔住，向他举了举绳子。

"没有这个必要。"

老警察举棋不定：

"随你的便吧。不用说，你有武器喽？"

"我有把猎枪。"

"放在哪儿啦？"

"放在箱子里。"

"应该放在床头。"

"为什么？我没什么可担心的。"

"你可真糊涂，孩子。他们若是造起反来，谁也甭想活命，我们可是同舟共济呀。"

"到时候我会自卫。看见他们来了，我再准备也来得及。"

巴尔杜奇笑起来，接着，他那胡须忽然又遮住还算洁白的牙齿。

"来得及？很好。我就说过，你总是有点迷里马虎。也正因为如此，我才喜欢你，我儿子就这样子。"

他说着，拔出手枪，放到桌上。

"留着吧。从这里到埃尔·阿莫尔，我用不着两件武器。"

手枪在黑漆课桌上闪闪发亮。警察转向他时，让他闻到一股皮草和马体的气味。

"听我说，巴尔杜奇，"达吕突然说道，"这些都让我讨厌，首先就是你送来的这个小子。不过，我不会把他交出去的。要我打仗，如有必要，可以。但是这种事，没门儿。"

警察站在他对面，神态严肃地看着他。

"你别干蠢事，"巴尔杜奇缓缓说道，"我也一样，不喜欢这种事。捆绑一个人，干了多少年了，也还是不习惯，甚至可以说，对，还感到丢人。然而，又不能放任不管。"

"我不会交人的。"达吕重复道。

"这是命令，孩子。我再向你重复一遍。"

"没错。你也向他们转述我对你说过的话：我不会交人。"

巴尔杜奇显然费了思索。他打量着阿拉伯人和达吕，终于把心一横。

"不，我什么也不会对他们讲。你若是丢弃我们，那就随便吧，反正我不会告发你的。我奉命交了犯人：完成了任务。现在，你给我签个收条吧。"

"没必要。我也不会否认你把人交给了我。"

"别跟我耍坏心眼儿。我知道你会讲真话。你是当地人，是个男子汉。但你得签收，这是规定。"

达吕拉开抽屉，取出一小方瓶紫墨水、一支红木杆的蘸水钢笔，安的是上士牌笔尖，用来书写示范字的，他正式签了字。警察接过收条，仔细折好，放进公文包里，随即走向门口。

"我来送送你。"达吕说道。

"不必了。"巴尔杜奇说道，"客气也没用了，你已经对我无礼了。"

他瞥了一眼，只见阿拉伯人还在原地，一动不动，只是愁眉苦脸，直抽鼻子，他这才又转向教室的门，说了声："再见，孩子。"随手啪地把门带上。巴尔杜奇从窗前一闪而过，便消失了。他脚踏雪地的声音听不见了。马在墙外骚动，鸡群受惊，过了片刻，巴尔杜奇牵着马又从窗前走过，头也不回走向陡坡，首先身影消失，随后马也不见了，只听见块石头缓缓滚落的声响。达吕回头走过来，犯人没有动地方，眼睛却一直盯着他。小学教员用阿拉伯语说了句"等着"，便朝卧室走去，刚要跨过门槛，又改了主意，回头走向讲桌，操起手枪，揣进兜里。然后，他再也没有回身瞧，径直进了自己的房间。

他躺在小沙发上，久久望着暮色逐渐弥漫的天空，倾听周围的一片寂静。战后，他初来当地的日子，最不堪忍受的就是这静寂。当初，他要求派他到这小城任职。小城地处山岭余脉脚下，坐落在沙漠和高原之间。这里一道道石壁，北侧呈绿色和黑色，南侧为粉红色或淡紫色，标志着永恒夏季的分野。后来，又派他到更北的地方赴任，就到高原上了。在这只有石头的不毛之地，又孤独又寂寞，起初他着实度日如年。有时看到地下有些垄沟，他还以为种过庄稼，其实，那只是为了挖出适合盖房子的石头。在这里耕耘，只能收获石头。还有时候，村民刮起一点土层，堆进坑里，就算给村里贫瘠的园子施肥了。如此地质，这地方四分之三覆盖着石头。城镇建起，兴旺一阵子，然后消失了，人便是这里的过客，在这里相爱，或者相互残杀，最后都一命呜呼。在这片荒漠，无论他还是来客，都无足轻重。然而，达吕也明白，出了这荒漠，他们无论哪个，都不可能真正地生活。

达吕站起身来，教室里一点儿动静也没有。一想到阿拉伯人可能逃走，他又独自一人，无须做任何决定了，他很奇怪油然而生一种新鲜的喜悦。可惜那犯人还在，只是变了个姿势，直挺挺躺在火炉和讲桌之间。他瞪着眼睛望天花板，这姿势更突显了他那厚嘴唇，形成一种赌气的样子。

"过来吧。"达吕说道。

阿拉伯人站起来，跟在他身后，进了卧室。小学教师指了指窗下靠桌子的一把椅子，阿拉伯人便坐下，眼睛却始终盯着达吕。

"饿了吧？"达吕问道。

"嗯。"犯人回答。

达吕摆了两套餐具。他取了面粉和油，在托盘上和面摊成饼，点燃了罐装小天然气炉。趁着烤饼的工夫，他又去了偏厦，拿来奶酪、鸡蛋、椰枣和炼乳。他将烤好的饼放到窗台晾着，又倒了炼乳兑水加热，接着还摊了鸡蛋。他在做饭时，触碰到了揣在右边兜里的手枪，便放下锅，去了教室，将手枪放进讲桌的抽屉里。他回到房间时，天黑下来，便开了灯，给阿拉伯人端上食物，说了一声："吃吧。"对方拿起一块饼，急忙送到嘴边，忽然停住了。

"你呢？"他问道。

"等你吃完了，我再吃。"

阿拉伯人厚嘴唇微微张开，迟疑了一下，随即毅然决然，大口吃饼了。

他吃完了饭，瞧着小学教师。

"法官，就是你吗？"

"不是，我看着你，直到明天。"

"你怎么跟我一起吃饭？"

"我饿了呗。"

对方不说话了。达吕起身出去，从偏厦搬来一张行军床，安放在桌子和火炉之间，同他的床铺构成直角。他又从立在墙角当文件架用的大箱子里，取出了两床被子，铺到行军床上。然后，他停下手，觉得无事可做了，便坐到自己床上。看看确实没什么可干的，也没什么要准备的，现在该仔细瞧瞧这个人了。于是，他端详起来，力图想象这张因狂怒而扭曲的脸，可是想不出来，仅仅看到这种沉郁而明亮的眼神、这张动物似的厚唇的嘴。

"你为什么杀了他？"达吕问道，声调里所含的敌意，连自己都深感意外。

阿拉伯人移开目光。

"他逃跑了。我随后追他。"

他又抬眼看达吕，眼神里饱含一种痛悔的探问。

"现在要怎么办我呢？"

"你怕了吗？"

对方梗起脖子，移开了目光。

"你后悔了吗？"

阿拉伯人张口结舌，只是看着他：显然他没听明白。达吕又恼火了，同时也感到自己笨手笨脚，滚圆的身子夹在两张床之间。

"你睡在这儿，"他不耐烦地说道，"这是你的床铺。"

阿拉伯人没有动弹，却招呼达吕：

"说说看！"

小学教师注视他。

"警察明天还来吗？"

"不知道。"

"你跟我们一道去吗？"

"不知道。问这干吗？"

犯人站起来，直接躺在被子上，双脚伸向窗户，赶紧闭上眼睛，受不了直射下来的电灯光。

"问这干吗？"达吕立在床前，重复问道。

阿拉伯人睁开眼睛，在炫目的灯光下看着达吕，竭力不眨眼睛。

"你跟我们一道去吧。"他说道。

直到半夜，达吕也没有睡着。他脱光了衣服上床躺下：他光身子睡觉习惯了。这回，在房间里一丝不挂，他不免犹豫，感到这样容易受攻击，又想穿上衣服，随即耸了耸肩膀。这种情况他见得多了，如有必要，他能把对手劈成两半儿。他躺在床上，也能监视，只见那人仰卧着，一直未动弹，在强烈的灯光下紧闭双眼。达吕关了灯之后，黑暗仿佛立时凝结在一起。渐渐地，夜在窗外又复活了：没有星斗的天空在轻微活动。不大工夫，小学教师就看清躺在他眼前的躯体了。阿拉伯人始终一动不动，但他似乎睁着眼睛。一阵微风，在学校周围游荡。也许能风过云开，阳光又回来。

深夜，风大了。鸡窝开始骚动，继而都静下来。阿拉伯人翻身侧卧，背对着达吕了，仿佛发出呻吟之声。此后，达吕窥听他的呼吸，鼻息声变大，也变均匀了。他倾听这近在咫尺的喘息，浮想联翩，睡不着觉了。这一年来，他一室独居，现在多了个人，就觉得很别扭。别扭还有一层原因：住在同室，就强加给他一种友爱之情，这是当前形势下他所不能接受的。而他完全了解，无论士兵还是囚徒，人但凡同室而居，就必然结成一种特殊的关系：每天晚上，脱掉衣服如卸去甲胄，他们从而超越了彼此间的差异，相聚在梦幻和疲惫的古老群体中了。这时，达吕晃了晃身子，他不喜欢这样胡思乱想，也该睡觉了。

过了一阵，阿拉伯人不易觉察地动弹一下，小学教师一直没有睡着。犯人第二次动弹了，达吕浑身一紧，警觉起来。阿拉伯人用胳臂缓慢地撑起身子，那种动作近乎梦游。他坐到床上，并不回头看达吕，一动不动地等待，似乎在全神贯注地谛听。达吕没有动：他刚想到手枪就放在他讲桌的抽屉里。最好立即行动。然而，他继续观察，看见犯人以同样悄无声息的动作，双脚下地了，又等了一会儿，这才慢慢站起身。达吕正要喝住他，阿拉伯人却走了，这回动作就很自然了，但又格外悄无声息。他走向对着偏厦的后门，小心翼翼地拉开门闩，出去后又推上门，但是没有关严。达吕还是没有动，只是心中暗道：

"他逃了。丢掉包袱啦！"他侧耳倾听。鸡窝没有骚动，估计那小子走上高原。忽然传来细微的流水声，不待他弄明白，那阿拉伯人又出现在门框中，极小心地关上门，重又躺下睡觉，没有弄出一点儿响动。达吕转身背对着那人，终于睡着了。后来，在深沉的睡梦中，他仿佛听见学校周围有鬼鬼祟祟的脚步声。"我这是做梦，是做梦！"他在心里反复念叨，随后便睡着了。

达吕醒来时，天空完全晴了。从窗缝儿透进来的空气，又寒冷又清新。阿拉伯人还在酣睡，张着嘴，身子现在蜷缩在被子里了。达吕摇醒他时，他却猛然惊起，看着达吕而认不出来了，眼神那么慌乱，表情那么恐惧，倒把小学教师吓退了一步。"别怕，是我，该吃饭了。"阿拉伯人晃了晃脑袋，应了一声"对"。他那张脸又恢复了平静，但是神不守舍，表情茫然了。

咖啡煮好了。两人同坐在行军床上，边喝咖啡边啃烤饼。喝完咖啡，达吕又领阿拉伯人到偏厦，指了指水龙头，让他洗脸。他则回到房间，叠好被子，收起行军床，再整理好自己的床铺，收拾好房间。然后，他穿过教室，出门来到平台。太阳已经升上蓝天，柔和而明亮的阳光沐浴着荒凉的高原。陡坡上的积雪，多处开始融化，又要露出石头了。小学教师蹲在高地边缘，观赏荒野，想到了巴尔杜奇。达吕实在难为了人家，就那么把人打发走，就好像不愿意被扯进来似的。警察那声告别言犹在耳，不知为什么，他现在尤为感到空虚和脆弱。恰巧这时，从学校另一边传来犯人的咳嗽声。达吕一听，几乎情不由己，又怒火中烧，拾起一块石头，嗖的一声投出去，扎进了雪中。那个人愚不可及的罪行，也确实可恨，但是把他交出去，又违背良心：哪怕想一想，都要羞愧难当。他心里同时痛骂把这个阿拉伯人送来的同胞，以及这个胆敢杀人而不知逃跑的家伙。达吕站起身，在土台上转悠一阵，这才回学校。

阿拉伯人弯腰对着偏厦的水泥地，正用两根手指刷牙。达吕瞧了一眼，说道："过来。"他走在犯人前面，回到房间，在毛衣外面套上猎装，再换上旅行鞋。他站在那儿，等着阿拉伯人缠上头巾，穿上他那双便鞋。二人经过教室，小学教师指着门对同伴说："走吧。"对方却不移动脚步。"我也走。"达吕又说道。阿拉伯人这才出去。达吕回到房间，拿了面包干、椰枣和白糖，打了一包；他走出教室之前，对着讲桌犹豫一下，这才出去，锁上了校门。"走这边。"他说着，朝东向走去，犯人则跟在后面。出学校没走出多远，他仿佛听见身后有动静，便掉头回去，察看了校舍周围：不见有人。阿拉伯人望着他，一副不解的样子。"我们走吧。"达吕说道。

他们走了一小时，到一处石灰岩尖顶附近歇歇脚。积雪化得越来越快了，太阳很快就吸干了水洼，清扫了高原，地面逐渐干了，变得像空气一样开始震颤。他们继续赶路，脚下果然咔咔喧响了。前面不时有只小鸟儿划破天空，发出欢快的叫声。达吕深呼吸，畅饮明媚的阳光。湛蓝的天盖下，面对熟悉的广袤空间，现在几乎一片金黄，他的内心油然而生一股激情。他们向南下坡，又走了一小时，来到一片酥脆岩石构成的平坦高地。高原自此下行向东，延伸到一片低处的平原，几棵干瘦的树木依稀可见；往南眺望，则乱石堆陈列，景象诡异而凶险。

达吕观望这两个方向。一望无际，直到远天，不见一个人影。达吕转向阿拉伯人，对方正不解地看着他。达吕递过去包裹，说道：

"拿着，包里有椰枣、面包、白糖，够你坚持两天的了。这还有一千法郎。"

阿拉伯人接过包裹和钱，但是双手捧在胸前，好像拿了不知该怎么办。小学教师指着东方，对他说道：

"现在你看，那是去廷吉特的路，你走两小时就到了。廷吉特那里有乡政府和警察局，他们正等着你呢。"

阿拉伯人望望东方，还一直将包裹和钱捧在胸前。达吕一把抓住他的胳臂，硬拉他转了四十五度，面向南方。在他们所处的高原脚下，隐约可见一条小路。

"那就是穿越高原的路径。你从这里走一天，就能找见牧场，看到游牧人了。他们照规矩会接待你，收留你的。"

现在，阿拉伯人却转向达吕，脸上显现惊慌的神色。

"听我说。"他说道。

"不。"达吕摇了摇头，"住口。现在，就随你便了。"

达吕转身，朝学校方向跨了两大步，又以迟疑的神情，瞥了瞥伫立不动的阿拉伯人，又毅然走了。他走了几分钟，只听见自己脚踏冰冷地面的清脆声响，坚持不回头。然而，过了一阵，他还是回头望了望。阿拉伯人一直站在山丘边缘，现在双臂垂下了，他注视着小学教师。达吕感到喉头发紧，他不耐烦而骂了一句，使劲挥了挥手，又接着赶路。他走了很远，再次停下张望：山丘上已空无一人了。

达吕犹豫了。现在太阳已升高，烧灼他的额头了。他折回几步，开头还有点游移不决，随后便毅然决然了。他走到山丘脚下时，已经浑身冒汗了。他急速登上山丘，气喘吁吁到了山顶。晴空下，南面乱石场一目了然；再看东方，平野上已经升腾起一片热气。达吕心头一紧，发现那阿拉伯人在薄雾中，正缓步走上入狱之路。

不久回到学校，达吕伫立在教室窗前，却视而不见那青春怒放的阳光从高空蹿下来，在整个高原上撒欢儿。在他身后的黑板上，在弯弯曲曲的法国河流之间，有一只笨拙的手留下一行粉笔字："你交出了我们的兄弟，要偿还这笔债。"达吕望着天空、高原，以及高原那边，一直延伸到海边的看不见的大地。在这片他曾无限热爱的广袤土地上，他形影相吊。

约 拿 斯

——或工作中的艺术家

> 将我投进大海吧……因为我知道，正是我把这场大风暴给你们引来。
>
> ——《旧约·约拿书》[①] 第一章第十二节

画家吉勒贝尔·约拿斯相信自己的福星，而且只相信这颗福星。这并不排除他尊重甚至赞赏他人的信仰。不过，他自己的信念并不与品德相左，因为他隐隐约约地认为，获得多少都理所当然。因此，大约到他三十五岁的时候，十来位批评家突然各不相让，争夺发现他这个天才的荣耀，而他却毫无惊诧之色。他那样宠辱不惊的态度，有些人归之为自负，其实恰恰相反，完全可以解释为一种自信的谦虚。约拿斯将这归功于高照他的福星，而不是他才华出众。

于是有位画商向他提议签约，按月付酬，让他摆脱一切后顾之忧，他倒颇感意外了。建筑师拉多，上中学时就喜爱约拿斯及其福星，这回劝阻他，说每月的工钱只能保他温饱，画商绝不会吃亏，可是怎么

[①] 《旧约》十二小先知书的第五卷。此书记述的不是先知约拿的言论集，而是他的一段事迹：上帝召唤约拿做先知，以谴责尼尼微城的罪恶，而约拿逃避了这种任务。

劝说也没用。"总归有所得呀。"约拿斯说道。拉多干什么成什么，全凭着吃苦耐劳，他不免责备他这位朋友。"什么，总归有所得？一定得争一争。"白费唇舌。约拿斯心中感激自己的福星。"就照您的意思办吧。"他对画商说道。就这样，他放弃了在父亲经营的出版社的工作，全身心投入绘画，还感叹道："这就是一种运气。"

他的真实想法却是："这种运气能持续下去。"他所能追忆起来的早年，就觉得这种好运在起作用，因而深情感念他的父母双亲，首先是他们抚养孩子漫不经心，给了他充分幻想的闲工夫，其次是他们离异了，缘由是通奸。至少这是他父亲提出的事由，但是忽略说明一点，这一奸情相当特殊：丈夫不能容忍妻子的慈善事业，妻子是一位在俗的女圣人，不必曲解地说，她的整个人献给了受苦受难的人类。然而，丈夫硬要支配妻子的品行。"我受够了，"这位奥赛罗说道，"总受穷人的欺骗。"

这种误会，约拿斯倒受益匪浅。父母一准读过，或者听说过，有多少残忍的谋杀案例，其源起正是父母的离异。因此都竞相溺爱他，要把后果如此严重的变化扼杀在萌芽状态。在他们看来，精神上遭受这种打击的孩子，表露得越不明显，就越是令他们不安。心灵上受到的最深的伤害，往往是看不见的。约拿斯只要稍微表示一下，他对自己和这一天挺满意，父母平时的担心当即就达到惊慌失措的程度。于是，他们就加倍呵护照顾，结果孩子什么意愿都没有了。

假设的这种不幸，倒是为约拿斯赢得一个忠诚的兄弟，就是他的好友拉多。拉多的父母特别同情他的遭遇，经常邀请儿子念中学的这个小伙伴。他们深表同情的话语，激发起爱运动的健壮儿子萌生愿望，一定要保护这个他已经赞赏不用功就取得好成绩的同学。既赞赏又放下身段，这两种态度配合默契，约拿斯也就接受了这种友谊，像接受其他东西那样，真挚得令人鼓舞。

约拿斯无须特别努力，就完成了学业，还顺顺当当进入父亲经营的出版社，得以安身立命。而且通过间接的途径，发展他绘画的志趣。约拿斯的父亲是法国最大的出版商，正因为文化危机之故，他更加确信书籍代表未来。他常说："历史表明，人越不读书越买书。"因此，他极少阅读投给他的书稿，出版不出版，全凭作者的名望或题材的现实性来决定（以这种角度取舍，永远具有现实性的唯一题材，便是性了，这位出版商最终就专门出版这类书了），他就一门心思找到新奇的装帧设计，安插毫无价值的广告。约拿斯接过审稿部的同时，也就有大把大把可派用场的闲暇时间。他就是这样同绘画不期而遇了。

他还是头一次发现，自己身上有一种意想不到的，但又乐此不疲的热情；每天的时日，他很快就用来作画了，而且轻轻松松就得心应手了。他一门心思绘画，除此似乎对什么都没兴趣，到了成家的年龄，总算马马虎虎完了婚。他在日常生活中从不操心，只是怀着善意，微笑地对待人和事。倒是一起车祸成全了婚姻：好友拉多有一次驾驶摩托带着他，开得太快把他摔伤；约拿斯右手骨折打上石膏，操不了画笔，闲极无聊，才得以关注爱情。就是从这次严重事故中，他也看出是福星高照，否则的话，他哪儿有闲工夫看上一眼路易丝·普兰这样有魅力的姑娘。

不过，拉多却不以为然，认为路易丝不中看。他是个矮胖子，却只喜欢身材高大的女人。他说："真不知道，你怎么就相中了这只小蚂蚁。"路易丝也确实身材娇小，但是黑黑的皮肤，黑头发，黑眼睛，模样秀气俊美。约拿斯偌大个头儿，身体健壮，对这只小蚂蚁却动了感情，尤其觉得这姑娘心灵手巧。路易丝生性好动，这与约拿斯的懒散恰好相得益彰，而且对他大有好处。路易丝首先热衷于文学，至少她确信出版物能引起约拿斯的兴趣。她阅读杂乱无章，什么都看，没过几星期的工夫，她就什么都能谈了。约拿斯非常叹服，最终认为，既然路易丝能让他了解足够的情况，通报给他当今的主要发现，他就大可不必看书了。路易丝明确告诉他："不要再说谁是坏人，或者谁丑陋了，而应当说他故意坏，或者故意丑陋。"这种区分很重要，正如拉多所指出的，稍一疏忽就会否定全人类了。路易丝则断言，这是普遍的真理，不容置辩，同时为言情报刊和哲学杂志所证实。"随你们怎么说吧。"约拿斯则来了一句，他很快就将这种残酷的发现置于脑后，还是幻想他的福星了。

路易丝一旦弄明白约拿斯的兴趣只在绘画上，她就抛开文学，随即转而热衷于造型艺术，出入于博物馆和画展，拉着约拿斯一起跑。约拿斯看不大懂同代人画的是什么，身为艺术家，这么单纯不免有点尴尬。不过，他颇为宽慰的是，有关他这门艺术的情况，他无不了然于胸了。不错，他刚刚看到的画作，到了明天，他甚至连画家的名字都会忘掉。然而，路易丝说的也在理，斩钉截铁地提醒他，她早在热衷于文学期间，就确信一点：其实人什么也不会忘记。毫无疑问，福星又在保佑约拿斯可以问心无愧，既信赖记忆，又得遗忘之便。

当然，路易丝的无私奉献，在约拿斯的日常生活中，发出奇珍异宝的最绚烂的光辉。这位善天使免除他购置鞋子和衣物之苦：对任何正常的男人来说，购物势必缩减本来就极为短暂的生命。她毅然决然，独自承受消磨时间的机器千百种发明，从晦涩难懂的社会保险单，一直到不断变换花样的纳税条例。"是啊，"拉多说道，"这没得说。可是，她总不能代替你去诊所看牙吧。"她替代不了，然而，她打电话约诊，选定最方便的看牙时间；她还清理四马力的小轿车，预订去度假的旅馆客房，购买家用煤，亲自去选购约拿斯渴望馈赠的礼品，挑选并分送给人鲜花；有时晚上还抽出时间，趁约拿斯不在，去他房间给他铺好床。

如此这般，她就同样兴冲冲地上了这张床，随后又同区长安排会面，早在约拿斯的天才得到公认的两年前，就带他见了区长；接着便组织蜜月旅行，一路安排参观所有博物馆。而且未雨绸缪，在住房特别紧张时期，事先找好了一套三室的公寓房，旅行回来便安了家。接下来，她几乎一连生了两个孩子，一男一女，照她的计划还要生第三胎，在约拿斯离开出版社专攻绘图之后不久，这个计划就完成了。

不过，路易丝一生下头胎，接着二胎三胎，就一心照料孩子了。她还想帮帮丈夫，可就是腾不出时间来。自不待言，她疏忽了约拿斯，心中不免愧疚，但是她性格果断，不会沉迷这种心事。"爱咋咋吧，"她说道，"反正各有各的一摊。"这种说法，约拿斯听了倒喜出望外，只因他像同时代所有艺术家那样，巴不得被人视为工匠。且说这位工匠少了关怀，只得亲自跑出去买鞋。本来这是自然而然的事，约拿斯还力图引为幸事。他当然要费点劲去逛商店，但是出力也有回报，单独外出一小时，这给夫妻的幸福生活增添很大价值。

然而生存空间的重要性，远远超过家庭的所有其他问题，因为在他们周围，时间和空间都同样在紧缩。生了儿女，约拿斯从事新的行业，三室套房显得狭小了，而每月收入微薄，根本买不起一套更大的房子，路易丝和约拿斯只好凑合，挤在狭窄的空间里活动。他们住在一栋十八世纪公寓的二楼，位于京城的老街区。许多艺术家都住在这一区，遵循"艺术要在旧环境寻求创新"的原则。约拿斯也抱着这种信念，为能住在这个街区深感欣慰。

他这套房子，要说陈旧还真够陈旧的。不过，楼房有几处设计不失为现代化，从而别开生面了。主要体现在面积虽狭小，却能向住户提供足够的空气：房间顶棚特别高，大窗户也很壮观，从其超大的比例来判断，肯定是用来招待宾客和常办盛宴的。但是，城市人口聚集，需要住房，而房源又很紧张，不断接手的房主出于无奈，就打了隔壁墙，将过分宽敞的大房隔成小间，再将增加数倍的单间高价租给蜂拥而至的房客。所谓空气的大容量，他们也短不了夸耀。这种好处毋庸置疑，不过也亏了房主无法将上面的空间也隔成小间。否则的话，他们绝不会犹豫，一定做出必要的牺牲，多为新生的一代提供栖身之所，而当年那一代人特别迷恋于结婚和繁衍后代。说起来，空间大也并非有利无弊。不便之处就是房间冬季很难取暖，房东就倒霉了，不得不增加取暖补贴。夏天，由于玻璃窗面积大，却没百叶窗，房间就成为阳光肆虐的地方。当初房东疏忽，没有安装百叶窗，无疑是因为窗户太高，造价太贵，也就打了退堂鼓。挂上厚窗帘，毕竟也有同样效果，而且毫无成本问题，反正要由房客负担。房东们倒是乐得帮忙，由他们的商店提供不能再低廉的窗帘。房地产业主的乐善好施，的确是他们的业余爱好。这些新贵们，通常都经营布匹呢料。

约拿斯对这套房间的优点赞不绝口，轻易地接受了不便之处。谈到取暖补贴费，他对房东说："随您怎么定吧。"至于窗帘，他也同意路易丝的见解：只需遮挡卧室，别的屋窗户全部裸露。"我们没什么要掩饰的。"这颗纯洁的心说道。最大的那间屋，特别让约拿斯着迷，棚顶那么高，也不好安装顶灯。另两间屋小得多，由一条窄过道同大房间串联起来。尽头有厨房，挨着厕所，使用起来方便；旁边还有一小间，号称"淋浴室"。如此称呼亦无不可，但是要直上直下自行安装淋浴设备，站在里面一动不动，方可淋个痛快。

顶棚的确高得出奇，各房间又十分狭小，整套房子便组合成了几乎全镶玻璃的平行六面体：无处不是门窗，根本找不到家具依靠的位置，而且人淹没在白炽的强光里，好似立式水族馆中的浮沉子。此外，所有窗户部朝向天井，也就是说，对着相距不远的同类风格的窗户，透过那些玻璃窗，几乎一眼就能瞧见另一些高窗对着第二个天井。"这真是镜子厅堂。"约拿斯不胜欢喜地说道。他们采用拉多的建议，夫妇睡在一小间，另一间小屋留给即将出世的孩子。大房间，白天约拿斯用作画室，晚间和吃饭的时候则共用。实在不行，也可以在厨房里吃饭，只要约拿斯或者路易丝有一个人肯站着。拉多真帮忙，设计了许多灵巧的设施。正是借助于旋转门、活动书架、折叠桌，他竟然弥补了家具的缺失，可也把这套房装饰成另类，好似一个魔术盒子了。

不过，等几间屋全让画幅和孩子占满了，就事不宜迟，该另外想辙了。第三个孩子出生之前，约拿斯在大房间里作画，路易丝在画室打毛线，两个孩子占用了最后一间屋：小家伙在屋里闹得欢实，还可以到处乱跑。因此他们决定，新生儿就安置在画室的一个角落，约拿斯用画布间隔开，如同挡了一道屏风：这样安置有好处，能听见孩子的动静，能马上回应孩子的呼叫。况且，从来用不着打扰约拿斯，路易丝总能料事在前。不等孩子哭闹，她就走进画室，而且万般小心，总是蹑手蹑脚。约拿斯见她如此谨慎，深为感动，有一天就向妻子保证，他并不那么敏感，有脚步声照样可以工作。路易丝则回答说，这也是怕惊醒孩子。约拿斯满心钦佩她怀着一颗母爱之心，开心大笑他误解了。这样一来，他真不敢实话实说，路易丝小心翼翼地走进来，比径直闯入还要碍事。首先因为，这样会拖长时间，其次是她那哑剧式的动作，不能不引人关注：手臂大大张开，上身微微后仰，脚则抬得老高。这种谨慎的方式，有时反倒适得其反：画室摆满了画作，路易丝随时可能挂掉一幅。于是，孩子被响动惊醒，以自己的方式表示不满，而且表达得相当有力。儿子的肺活量让父亲大为惊喜，他跑过来哄孩子，妻子很快接过儿子。约拿斯这才拾起画幅，随后他便手持画笔，入迷似的聆听儿子那持续而洪亮的声音。

也正是这一时期，约拿斯事业有成，交了许多朋友。这些朋友爱打电话问候，或者突然登门拜访。经过反复掂量，电话就安装在画室。电话铃经常响起，总是惊扰孩子的睡眠，孩子的哭声和急切的铃声便响成一片。这工夫，路易丝如正巧在照料其他孩子，她就会带着他们跑过来，而且多半会看到约拿斯一只手已经抱起孩子，拿着画笔的手又拿起话筒：电话里传来与他共进午餐的盛情邀请。有人请吃饭，约拿斯很高兴，尽管谈话索然无味；不过，他喜欢晚间出门，以便保证一天完整的工作时间。可惜的是，大部分时间，朋友只请吃午饭，而这顿午餐无拘无束，是特意留给亲爱的约拿斯的。亲爱的约拿斯接受了："悉听尊便！"随即挂断电话。"这个人可真热情！"说着把孩子交给路易丝。他又接着作画，但是很快被午饭或者晚饭打断。必须挪开画布，打开折叠桌，同孩子们一起坐下来。吃饭中间，约拿斯还不时瞥一眼正在绘制的作品；有时，至少开头阶段，他觉得孩子咀嚼和吞咽太慢，每顿饭都拖很长时间。不过，后来他从报上看到，要细嚼慢咽才好消化吸收，于是从此以后，每餐饭他就有理由慢慢享用了。

有时候，他新交的朋友前来拜访。拉多只能晚饭后过来，白天他坐办公室，况且也了解画家要在阳光下作画。约拿斯的新朋友，几乎全是艺术家或批评家之类。有些已经完成了画作，另一些则即将作画；至于批评家们，就关注已经画出或即将画出的作品。自不待言，他们全把艺术工作看得很高，抱怨当代世界组织不完善，致使艺术工作举步维艰，艺术家也难以静下心来思考，而这是必不可少的。好几个下午，他们都用来发牢骚，还恳求约拿斯继续工作，就当他们不在跟前，对待他们不必拘礼，他们又不是资产阶级，懂得一位艺术家的时间多么宝贵。有这样让主人工作而无须陪着的朋友，约拿斯很高兴，便回到画架前，不过，他得不断地回答向他提出的问题，听他们讲奇闻趣事也大笑不止。

如此随意，让他的朋友们越发没了拘束感。他们的兴致那么高，那么实在，竟然忘了吃饭的时间。孩子们记性可好，他们跑过来，掺和到客人中间，大喊大叫，客人们纷纷逗弄，让他们在膝上跳来跳去。天井上的一方青空阳光终于偏西，约拿斯放下画笔，只好请朋友们吃顿便饭，又一直交谈到深夜，话题当然是艺术，尤其谈论那些没有天分的画家，那些不在场的剽窃者和追名逐利者。约拿斯爱早起，好利用清晨的阳光。但是他知道这很难,早饭来不及做好,他本人也会疲倦。不过,一个晚上了解这么多事情,他也很高兴,这些情况对他不可能没有助益,只是在艺术上还看不出来。"在艺术上,也如在自然界里,"他说道,"这是福星效应。"

不仅朋友,有时门徒也参与进来:约拿斯现在自成一个门派,起初还深为惊诧,不明白别人能从他的身上学到什么,他自己还要全面发现呢。他作为艺术家,仍在黑暗中摸索,怎么能给别人指出正道来呢?不过,他醒悟得相当快:一名弟子,未必就是渴望学到什么的人。恰恰相反,自称后学晚生者,往往是要教诲老师,以求那种无私的乐趣。这样一来,约拿斯就可以谦恭地接受这份额外的荣誉了。弟子们长时间向约拿斯解释他画作的内容及其动机。于是,约拿斯在他的作品中,发现许多颇令他惊讶的意图、大量他没有画进去的东西。他自觉构思贫乏,多亏了这些弟子,他才一下子感到充实了。面对这么多此前没有认识的财富,一丝骄傲的情绪,有时就掠过他的心头。"这毕竟是真的,"他心中暗道,"这张面孔,从远景看突显出来。我不大理解人们所说的间接人物化是什么意思。不过,我的画作显示这种效果,可见有相当的进展。"然而,这种不受用的高超技巧,他很快归功于他的福星。"大有进展的是我的福星,"他又自言自语,"我呢,还是老样子,待在路易丝和孩子们的身边。"

这些弟子还别有功绩:他们迫使约拿斯更加严于律己。他们在言谈中,将他捧得极高,大肆赞扬他的敬业精神和工作强度。结果他不能再有丝毫软弱懈怠的表现了。他有一种老习惯,每当完成一处难画的部分,重新投入工作之前,总要嚼一块糖或巧克力,现在只好改掉了。

然而，他独处的时候，还是不管那一套，偷偷地向这种嗜好让步。好在弟子和朋友们几乎总是陪伴左右，帮助他巩固这种进步；况且，当着他们的面嚼巧克力，他不免有点难为情，更不能为这种小小的嗜好，打断了有趣的谈话。

此外，弟子们还要求他忠于自己的美学。约拿斯长久绘画，固然时而闪现一道灵光，于是现实呈现在眼前一片纯净的光亮中。至于自己遵循什么美学观，他实在模糊不清。弟子们则相反，他们有好多见解，既矛盾又武断，在这方面绝不开玩笑。约拿斯有时很想提出随心所欲，这是艺术家的谦卑朋友。可是，弟子们面对几幅偏离他们观点的画作皱起眉头，这就迫使他多考虑一点自己的艺术，总归大有益处。

最后，弟子们还以另一种方式帮助约拿斯，即硬要他评价他们的作品。事实上，每天都有人拿来绘画草图，置于约拿斯和他正在绘制的作品中间，以便彰显在最明亮的阳光中。必须拿出看法。直到这个时期，约拿斯始终暗自羞愧，不能深刻地评价一件艺术作品。除了少数几幅令他激动的作品，以及那些明显涂鸦的粗劣之作，其余的创作，他都同样觉得既有趣，又无所谓。因此，迫于无奈，他便组建一座武器库，搜罗五花八门的评语，用以应对他的弟子，须知他们同首都所有艺术家一样，多少都有点儿才华，他当着他们的面，必须讲出有相当差异的看法，才能满足每个人。这种难能可贵的义务，也就迫使他对绘画艺术形成一套见解和辞令。不过，他天性善良，并没有因此而变得尖酸刻薄。他很快就觉悟到，人家索求，并不是用不上的批评，而仅仅是他的鼓励，如有可能，乃至于赞扬。如若赞扬，只需因人而异。约拿斯不再像往常那样，只是善气迎人，现在能十分巧妙地运用和善之道了。

约拿斯在朋友和门徒的簇拥中作画：他的画架四周，现在排列了一圈椅子，时光就是这样流逝了。邻居有时好奇，也隔窗观望，增加了观众的阵势。约拿斯同大家讨论，交换看法，审视向他求教的画稿，还冲从旁边走过的路易丝微笑，哄一哄孩子，热情地应答打来的电话，手中的画笔从不放下，不时往新开始的画幅添上一两笔。从某种意义上讲，他的生活很充实，光阴没有虚掷，他也感谢命运不给他无聊的空闲。可是，从另一种意义上讲，要多少笔触才能完成一幅画，有时他就想有无聊的空闲也好，总可以用拼命工作来逃避。情况恰恰相反，朋友们越是变得趣味盎然，约拿斯的创作越显得迟缓。即使有少许时刻完全独处，他已感到疲惫不堪，根本无力加倍拼搏。在这种时候，他只能梦想一套新的安排，调和友谊的乐趣和空闲无聊的功效。

他向路易丝敞开了心扉，路易丝则另有担心：眼看头两个孩子长大，他们的房间太狭小了。她提议将两个大孩子换到大房间，床铺用屏风隔开，小的移到小房间，也免得受电话惊扰。由于婴儿不占什么地方，小房间也可以充当约拿斯的画室。大房间白天可以接待客人，约拿斯就来回走动，出来看朋友，或者回屋工作，大家肯定能理解他需要离群独处。再者，要安置两个孩子睡觉，就可以敦促晚间聚会早些结束。约拿斯想了想，便说道："好极了。""而且，"路易丝又说道，"你那些朋友如果走得早，咱俩单独还能多待一会儿。"约拿斯注视她，一丝悲哀的神色从路易丝脸上掠过。约拿斯深为感动，一把抱住她，满怀深情地亲吻。路易丝也情意缠绵，一时间，夫妻俩恩爱如初，像新婚那样幸福。她忽然想道：约拿斯用作画室的房间也许太小了。路易斯抓起折尺，他们量了之后发现，大房间摆满了他的画作，以及多得多的弟子们的作品，他平素绘画的场地，并不比今后安排的空间大多少。约拿斯说干就干，马上开始搬迁。

说起来真走运，他画得少了，名气反而越大。每次画展都受人期待，事先就发文赞美。不错，倒是有少数批评家，其中两位是他画室的常客，持一定的保留态度，稍微抵消他们的热捧。弟子们便义愤填膺，又将这小小的差误超量地找补回来。他们强调指出，他们当然把第一阶段的作品置于一切之上，但是目前的探索正在酝酿一场真正的革命。每次听人激赏他初期的作品，约拿斯就自责微微感到不快，并且忙不迭地道谢。唯独拉多咕哝道："真是一帮怪物……他们喜欢你，把你当作一动不动的雕像。跟他们在一起，没你的活路！"可是，约拿斯却为弟子们开脱："你理解不了。"他对拉多说道："你呀，是我画的你全喜欢。"拉多则笑道："见你的鬼。我喜欢的不是你的画作，而是你的绘画艺术。"

不管怎么说，他的画作继续讨人喜欢。举办一次大受欢迎的画展之后，画商主动提出给他涨月薪。约拿斯接受了，还感激地逊让。"听您的意思，"画商说道，"好像您挺看重金钱的。"如此直率，赢得了画家的心。然而，他请画商允许他义卖一幅画时，画商便关切地询问，义卖是否"有收益"。约拿斯一无所知。于是，画商便提议严格按合同条款办事。"合同就是合同。"他又说道。在他的合同里，慈善义卖没有写进条款。"随您怎么办都成。"画家便说道。

这种新的安排，仅仅让约拿斯满意了。的确，他可以经常躲进小屋，以便回复他现在收到的许多信件；他特别讲礼貌，来信不能不答复。

那些信函，有些谈到约拿斯的艺术，其余的数量多得多，则是关于通信者个人的情况，或者想要在自己的绘画生涯中得到鼓励，或者想要求教乃至资助。随着约拿斯的姓名出现在报纸杂志上，他也不例外，往往应邀签名，揭露异常令人气愤的不公正事件。约拿斯回信，写写艺术上的见解，感谢对方的盛情，给人出个主意，省下一条领带的钱资助，也在送到他面前的主持正义的抗议书上签名。"你现在搞起政治来啦？这种营生，还是让作家和丑姑娘去干吧。"拉多对他说。不对，他只签署那些声明与党派政见无涉的抗议书。不过，所有抗议书都声称完全独立。一周连着一周，约拿斯口袋里鼓鼓囊囊装满信件，被疏忽的不断更新。他答复的最急件，通常是陌生人写来的；至于友人的来信，他就留待有时间再从容作答。这么多要尽的义务，总归侵吞了漫步的时间，侵扰了心中的无忧无虑。他总觉得延期误时，总有负罪感，即使在绘画中，也不时出现这种情况。

路易丝越来越被孩子们给拴住了，还得接过约拿斯原先本可以分担的家务，每天累得筋疲力尽。约拿斯看在眼里，疼在心中。他工作繁忙，毕竟还是乐在其中，而她却承担了最糟糕的部分。当妻子总是小跑时，他就意识到这一点。"电话！"大儿子嚷道。约拿斯丢下画幅，接了电话回来，心情很平静，是提醒他一次约会。"煤气！"一名办事员在门口吼道，是一个孩子给他开的门。"来啦，来啦！"等约拿斯离开电话，或者从门口回来，一位朋友、一名弟子，往往两者同时，跟进了小房间，以便谈完开了头的话题。所有人也都熟悉了这条过道。他们待在过道闲聊，时而远远招呼约拿斯作证，或者干脆闯进小房间。"至少在这里，"他们边进屋边感叹，"可以见见您，而且也从容地说说话。"约拿斯深受感动，他说道："的确如此。最终，大家都见不着面了。"他也同样感到，他让那些见不着面的人失望了，不由得黯然神伤。那往往是些老友，极欲晤面，可是时间安排不上，他不可能什么都答应。因此就影响了他的名声。有人就说："他一成了名，架子就大起来了，什么人都不见了。"或者："除了他自己，他不爱任何人。"不对，他爱自己的绘画，也爱路易丝，爱他的孩子，爱拉多，还有几个人；而且，他对所有人都怀有善意。然而，人生短促，时光飞逝，他本身精力有限。既描绘世界和世人，同时又和他们一起生活，这谈何容易。再者说，他又不能抱怨，不能解释种种碍难。否则，人家就会拍拍他的肩膀："幸运的小伙子！这是荣名带来的后果！"

且说信件越积越多，而弟子们又容不得丝毫松懈，上流社会人士现在也蜂拥而至：约拿斯倒是认为，他们很可能跟常人一样，热衷于英国王室或者各地美食，那么也会对绘画产生兴趣。事实上，登门者主要是社交界女士，她们都特别随意，本人并不买画，仅仅把她们的男友带给画家，指望他们慷慨解囊，不过，这种期望经常落空。她们倒也肯帮帮路易丝，尤其是给客人烧茶倒水。一杯杯茶水，从一只手传到另一只手，起自厨房，穿越走廊，一直传到大房间，然后再折返，抵达小房间，那里面有可容得下的少数朋友和客人，约拿斯在中间正继续绘画，这时他不得不放下画笔，十分感激地端起茶杯，这是一位魅力四射的女士特意为他斟满的。

约拿斯喝着茶，审视一名弟子刚放到他画架上的画稿，同朋友们谈笑，又突然中断，求在场的一位朋友跑一趟邮局，将他昨夜写的一包信投出去，他随手扶起跌倒在他两腿之间的老二，以便摆出照相的姿势，接着："约拿斯，电话！"他举着茶杯，连声道歉，从挤满走廊的人群中闯出一条路，再返回来，在画幅的一角添了几笔，又停下来回答那位迷人的女士，肯定要给她画肖像，再次回到画架前，继续作画。不料："约拿斯，签个字！""是什么呀？"他问道，"是邮差吗？""不是，是关于克什米尔的苦役犯。""来啦，来啦！"他答应着，随即跑向门口，接待一位年轻朋友和抗议书，关切地询问是否涉及政治，得到完全放心的回答，同时又聆听艺术家地位特殊，义不容辞之类，劝导之后，他签了名，刚回画室又得出来，由人引见给他一名刚获胜的拳击手，或者某国最著名的剧作家，而他连对方的名字都没有听清楚。剧作家面对面注视他足有五分钟，以激动的目光表达因不懂法语而不能更清楚表明的情感，约拿斯则连连点头，由衷地表示幸会。这种无法收拾的局面，幸好被突然闯入的最负盛名而迷人的讲道者所打破，此公执意要认识这位大画家。约拿斯便道久仰，他摸了摸衣兜里的信件，又抓起画笔，准备再描几笔，可是，还得首先感谢人家当时送给他的一对赛特小猎犬。随即将猎犬置于夫妻的卧室，回身又接受赠送猎犬者相邀共进午餐，却听见路易丝那边惊呼：原来小猎犬尚未经历室内驯养，只好再移至淋浴间；它们在里面哀号不已，久而久之，大家便充耳不闻了。约拿斯时而越过众人脑袋，望望路易丝，似乎看出她眼含忧伤的神色。这一天终于熬过去，有些客人告辞，另一些客人则滞留在大房间，还恋恋不舍，无限爱怜地看着路易丝安排孩子睡觉。一位衣冠华丽的女士也上手帮忙，她想过会儿就得回到自家府邸，生活分散在两层楼里，哪像约拿斯家里这样亲密而温暖，心里不免有些伤感。

一个星期六下午，拉多给路易丝送来一个精巧的晾衣架，可以悬挂在厨房的顶棚上。他看到套房挤满了人，约拿斯在小房间，由行家簇拥着，正给送猎犬的女士画像，而一位官方的艺术家也在画他的肖像。据路易丝讲，那人绘制的是国家的订货："画出来就是《创作中的艺术家》。"拉多退至房间一角观看，他的朋友显然正全神贯注地工作。一个从未谋面的行家俯身向拉多，说道："嘿，瞧他气色多好！"拉多没有应声。

　　"您画画吧？"那人接着说道，"我也是。跟您说吧，相信我这话，他在走下坡路。"

　　"已经到这地步？"拉多问道。

　　"对，就因为功成名就了。没人抵挡得住功成名就。他走到头了。"

　　"他走下坡路，还是走到头啦？"

　　"一位艺术家走下坡路，就到头了。您瞧哇，他再也画不出什么了。现在是人家给他本人画像，画好了挂到墙上。"

　　晚些时候，夜深了，三人在夫妻卧室里，约拿斯站着，路易丝和拉多坐在床铺的一角。大家都不说话，孩子们已经入睡，两只猎犬寄存到乡下。刚才，路易丝洗了一大堆餐具，约拿斯和拉多则随即擦干，三人都累得很。拉多面对一大摞盘碟，不禁说道：

　　"请一个保姆吧。"

　　"让保姆住在哪儿啊？"路易丝忧伤地答道。

　　大家又相视无语。拉多突然问道：

　　"你满意吗？"

　　约拿斯微微一笑，但是难以掩饰疲倦的神态。

“满意呀。所有人对我都很好。”

“也不见得，”拉多说道，“你要留个心眼儿，不是所有人都心怀善意。”

“你指谁呀？”

“比如说，你的那些画家朋友。”

“这我知道，”约拿斯回答，“其实，许多画家都如此。即使最伟大的画家，他们也不敢确信自己的艺术生涯存在。于是，他们寻找证据，做出判断，批评责难。他们这样能增强信心，也就开始行于世上。他们非常孤单啊！”

拉多却连连摇头。

“相信我这话，”约拿斯又说道，“我了解他们。应当爱他们。”

“那么你呢？”拉多问道，“你行于世吗？你可从不讲任何人的坏话。”

约拿斯笑起来。

“唔！我倒是经常想到坏话，只是随即又忘掉了。”他神情严肃起来，“不，我不能确定自己是否行于世。但是我有把握，将来会存在下去。”

拉多问路易丝的想法。路易丝摆脱一下倦意，回答说约拿斯讲得对：来访者的见解无关紧要，唯独约拿斯的作品才重要。她也明显感到，孩子妨碍他工作。小儿子长大了，也该买一张沙发床，可是那又要占地方。怎么办呢？只能等待找一套更大的房子！约拿斯瞧着夫妻的卧室。当然不够理想，双人床太大，整天都空着。他想到此处，便告诉陷入冥思苦索的路易丝。至少在这间卧室，约拿斯能免遭烦扰。

他们总归不敢躺到这张床上。"你觉得怎么样？"路易丝又反问拉多。拉多瞧着约拿斯。约拿斯正失神地凝望对面的窗户，继而举目仰望没星辰的夜星，他走过去拉上窗帘，回身冲拉多笑了笑，什么话也没讲，挨着他坐到床上。路易丝显然累坏了，说是要去冲个澡。等屋里只剩下两位老友，约拿斯感到拉多用肩头碰了碰他的肩头。他没有看拉多，悠悠说道：

"我喜爱绘画。我就是想画下我的全部生活，白天和夜晚的生活。这种事，难道不是一种运气吗？"

拉多深情地注视他，答道："对，这是一种运气。"

孩子们一天天长大。看到他们又快活又健壮，约拿斯满心欢喜。他们早晨上学，下午四点钟放学回家。约拿斯还可以利用星期四、星期六下午，还有频繁长假的整个时段。他们都是半大孩子，还不能安安静静地玩耍，但是长得相当结实，让满屋子回荡他们的吵闹和欢笑声。必须叫他们安静下来，拿话吓唬，甚至装样子要打他们。衣服也要保持整洁干净，掉了纽扣要钉上。路易丝一个人实在忙不过来。请佣人既然没有地方住，而且也不能让外人插进他们的私密生活中，约拿斯便提议，请路易丝的姐姐罗丝来帮忙：她已孀居，有个女儿也长大了。

"对呀，"路易丝回答，"罗丝到家来，谁也不会觉得有妨碍。不需要了，随时可以把她打发走。"

约拿斯很高兴，这个办法好，既减轻路易丝的负担，又减轻他因妻子过劳而感到良心上的不安。尤其姐姐常带女儿来帮忙，更是大大分担了家务。母女二人心肠特别好，品德和无私的精神，在他们善良的天性中大放异彩。她们竭尽全力，帮着操持家务，一点儿也不吝惜时间。她们在自家生活寂寞无聊，到路易丝家来，找到了无拘无束的快乐，也就更尽心尽力了。正如所预料的，没人感到有什么妨碍。从头一天起，两位亲戚就觉得是在自己家里。大房间通用了，既为饭厅，又是洗衣房，又当幼儿园。小儿子睡的小房间，也用来放画作，加了一张行军床，罗丝不带女儿来时就睡在那上面。

约拿斯占用了卧室，在床铺和窗户之间的空地儿作画，只是要等孩子的房间收拾好，再收拾完这间卧室才能工作。这之后，再要找衣服，才会进来打扰他：家里唯一的大衣柜就放在卧室里。客人虽然比先前少了些，他们还是照老习惯，出乎路易丝的意料，为了跟约拿斯好好聊一聊，毫不犹豫地躺到床上。孩子们也要来拥抱父亲。"让孩子瞧瞧画儿。"约拿斯给他们看他正画的形象，又亲热地拥抱了他们。他将孩子打发走，却感到他们完完全全，一点缝隙不留地占据了他的心：他们一离开，他的心就觉得空落落的。他爱他们如画，只因在这世上，唯独他们跟他的绘画一样鲜活。

然而，约拿斯画得少了，自己也不清楚是何缘故。他依然勤奋，但是，他画起来费难了，即使在他独自一人的时候。每逢这种情况，他就出神地凝望天空。从前他总是那么神不守舍，不知在想什么，现在却爱冥想了。他在想绘画，想他的艺术生涯，而不想动手画了。"我热爱绘画。"他心里还这样念叨，可是拿画笔的手却垂在身边，出神地听远处传来的无线电广播。

与此同时，他的声望降低了。有人拿来一些批评文章，有些持保留态度，另一些则讲坏话，还有几篇特别恶毒，他看了不由得揪心。

不过，他倒是往好处想，这些攻击也有教益，激励他努力工作。还继续登门造访的人，对他减少了几分崇敬，像看待老友那样不拘礼数了。当他要回屋绘画时，他们就会说：

"嗳！你有的是时间！"

约拿斯听了心有感触，他们在一定程度上，已经把他纳入他们失败者之列了。可是，从另一层意义上看，这种新的密切关系也有补益的一面。拉多却耸耸肩膀，说道：

"你也太傻了，他们并不怎么喜欢你。"

"他们现在有点喜爱我了，"约拿斯答道，"有一点点爱，就很可观了。至于如何得到，那就无所谓了！"

就这样，他依旧健谈，依旧写信，依旧尽可能画画。时而他还认真能画出来，尤其星期天下午，路易丝带孩子出去的时候。到了晚上，看看自己的画有点进展，他心中也窃喜。这一时期，他画天空。

有一天，画商来告诉约拿斯，由于销量明显减少，他实在遗憾，不得不削减他的月薪。约拿斯接受了，然而，路易丝表示出了担心的情绪。正是九月份要开学，孩子必须换新装。她一贯勇气十足，自己动手做活儿，但很快就力不从心了。罗丝倒可以钉钉纽扣，却不会做衣服。幸好罗丝丈夫的堂妹手巧，前来帮助路易丝。她不时来到约拿斯的房间，坐到墙角的椅子上，一声不响地做针线活儿，神态那么安静，路易丝见状，便提示约拿斯画一幅《女工》。"好主意。"约拿斯说道。于是试笔，却接连画坏了两块画布，又不得不接着画他那幅天空。次日，他在家中走来走去，长时间思索而不作画。一个门生急匆匆送来一篇长文，不送到眼前他不会看的，从文中得知，他的绘画既评价过高，又已然过时了。画商也打来电话，重申对销量下降感到忧虑。约拿斯仍旧耽于幻想与思索。他对弟子说，文章有讲对的地方，不过他，约拿斯，还可画好多年。他回答画商，说他理解对方，但是并不忧虑，他要作一大幅画，是真正新颖的作品，一切从头再来。他讲这话时，就感到真是如此，他的作品已浮现在眼前，只需好好组织一下。

此后几天，他力求工作，先在走廊，隔天又到淋浴室，开着电灯作画，大后天竟然转移到厨房。不过，到处都遇见人，他头一回觉得受妨碍，无论是他不怎么认识的人，还是他所爱的家人。有一阵子，他搁下画笔，思考这情景。如果季节适宜，他本可以到户外写生。可惜即将入冬，开春之前，很难出去画风景。他还是试了试，随即放弃：寒风刺骨，直透心扉。一连好几天，他守着画幅，大多时间闲坐，或者伫立在窗前，不再画画了。他倒是养成早晨外出的习惯，心里盘算着画一幅速描：一棵树、一幢歪斜的房舍，路上瞥见的一个侧影。可是一天结束了，他什么也没有画。反之，最微不足道的东西：报纸、遇见的熟人、橱窗的陈列品、一杯咖啡的热气，都会吸引他的注意力。每天夜晚，他都深感愧疚，随即又找出情有可原的借口。他要画的，这一点确定无疑，经过这个表面上空白之后，他会画得更好。这要在内心酝酿，仅此而已，他的福星终究会跃出浓雾灰霾，而且更加清新，更加明亮。眼下，他就泡在咖啡馆里。他早就发现烈酒一下肚，同样会兴奋起来，就像他奋力绘画的那些日子，那时他想到自己的绘画，也只有在他孩子面前才会如此一往情深，如此热血沸腾。喝到第二杯白兰地时，他又在自身发现那种回肠九转的激动，就觉得同时成为这世界的主宰和奴隶。只不过，他现在双手无所事事，毫无凭依地体味这种激情，并未注入一幅画作中。然而，正是这种状态，最接近他活在世上的快乐：现在他坐在烟气腾腾、闹闹哄哄的地方，想入非非，虚掷着时光。

约拿斯有意躲避艺术家经常出没的场所和街区。碰到熟人提起他的绘画，他就不免心慌意乱。他想逃离，这显而易见，他果然逃掉了。他也知道人家在身后说什么："他真以伦勃朗自居啦！"于是，他的苦恼有增无减。不管怎样，他再也没有笑脸了。那些老朋友难免得出一种奇特的结论：

"他脸上没有笑容了，那是他太自鸣得意了。"

约拿斯得知背后这种议论，就更加敏感狐疑，越发逃避了。他走进一家咖啡馆，只要感到在座有个人认出他来，立时便兴致索然，一时间愣在原地，深感一种莫名其妙的怅然若失而又无可奈何，他那张面孔板起来，以掩饰内心的慌乱，同时也隐匿了突然对友谊的强烈渴望。他想到拉多那善气迎人的目光，于是猛然转身离去了。有一天，就在他离去时，有人近距离说了一句：

"好一副神气十足的嘴脸。"

从此他就只往郊区跑了，到偏远的街区碰不到认识的人。他在那里可以畅所欲言，频频微笑，又恢复了厚道待人的态度，而别人什么也不问他。他还交上了几个相当随和的朋友。他特别喜欢其中一个伙伴，那是火车站一家餐厅的伙计，他常去那里，小伙计为他服务，就问过他靠什么生活。

"就是涂涂颜料。"约拿斯回答

"是画家还是油漆匠？"

"是画家。"

"哎呀！"伙计说道，"那碗饭可不好吃！"

此后再也没涉及这个问题。不错，这碗饭是不好吃，但是约拿斯一定能摆脱困境，只要想好如何组织他酝酿的作品。

时日与酒杯相伴，他有了艳遇，女人帮了他。在做爱之前或者之后，他可以跟她们谈一谈，尤其可以吹一吹，她们理解他，即便不怎么信服。有时候，他就觉得又恢复了从前的精力。有一天，他受一位女友的鼓励，下定决心重操画笔。回到家中，正巧帮着做衣服的罗丝不在，他就在小房间试着重新作画。可是过了一小时，他又收起画布，冲路易丝笑笑，却视而不见，又出门了。他喝了一天酒，夜晚就住在女友家，其实对她并没有什么欲望。次日早晨，迎接他的路易丝痛苦不堪，面容十分憔悴。她盘问约拿斯是否与那女人睡了觉。约拿斯说他喝得烂醉，并没有干那种事，但是以前，他同别的女人发生过关系，路易丝登时脸色大变，痛不欲生，呈现出一副溺水者的惨相，约拿斯见状，平生第一次心碎了。这时他才发觉，这一阵子，他心里没有路易丝，不由得深深愧疚，于是请求路易丝原谅，这一切结束了，明天就从头开始，恢复从前那样。路易丝一时说不出话来，她转过身去，偷偷地擦眼泪。

第二天，约拿斯一早就出门。天正下着雨。他扛了一捆木板回来，已经浇成了落汤鸡。两位老友前来看望，正在大房间喝咖啡，他们说道：

"约拿斯变了画法，要在木板上绘画啦！"

"那倒也不是，"约拿斯笑道，"不过，我确实要开始搞点新玩意儿。"

他走到连着淋浴室、厕所和厨房的小走廊，站在那里，久久凝望一直升到黝黯棚顶的高墙。需要一个梯凳。他便下楼到门房那里去借。

他回来时，家里又多了几位客人，又见到他的面，都喜不自胜，少不了要表示亲热，询问家庭的情况，他略一应酬，赶紧又到走廊尽头。恰巧这时，妻子从厨房里走出来。约拿斯放下梯凳，紧紧拥抱路易丝。路易丝则注视着丈夫。

"求求你了，"路易丝说道，"不要再这样了。"

"不，不，"约拿斯回答，"我是要画画。我必须画画。"

不过，他又像自言自语，目光飘忽不定。他动手干起来，在墙壁当腰固定一块横板，用以支撑一间狭小的"阁楼"，尽管又高又深。傍晚时分大功告成。约拿斯借助于梯凳，吊在横板上，做了几个引体向上，检验是否牢固。随后，他走到客人中间，大家见他重又那么和蔼可亲，也都特别高兴。夜幕降临，客人差不多走光了。约拿斯擎着一盏煤油灯，拿了一张椅子、一条凳子和一个画框，全搬上了阁楼，让三个女人和三个孩子看得目瞪口呆。

"就是这样，"他从高栖的小阁楼说道，"我在这儿作画，不会打扰任何人了。"

路易丝问他有没有把握。

"当然了，"他回答，"只占一点点地方。我在这儿更自由些。从前有些大画家，就是在烛光下绘画，而且……"

"横板有那么结实吗？"

横板相当结实。

"放心吧，"约拿斯又说道，"这个办法很好。"说罢又翻身下来。

次日一早，他就爬上阁楼，将画框放到小凳子上，自己靠墙站立，也不点灯等待着。他直接听到的声音，仅仅来自厨房和厕所；别的声响仿佛从远处传来，如登门拜访，门铃或电话声响起，来回走动，谈话，传到他耳畔时音量减半，似乎来自街上或者另一个天井。此外，满屋子灯光刺眼，小阁楼上幽暗，能让人静下心来。不时有朋友来，伫立在阁楼下面，问道：

"你在上面干什么呢，约拿斯？"

"我在工作呀。"

"没有亮光作画？"

"是啊，暂时没有。"

他并没有绘画，只是在思考。比较他一直生活的环境，这种幽暗和半寂静，对他来说就等于荒漠或者坟墓了，他在这幽暗寂静中倾听自己的心声。一直传到小阁楼的声响，虽然都冲他而来，此后铃声似乎与他再无关系了。犹如孤零零在家里，沉睡中死去的那种人，到了早晨，电话铃声大作，响个不停，而房中空荡无人，只有一具再也听不见声音的尸体。然而他约拿斯还活着，他在倾听内心的这种寂静，等待他的福星：那颗星仍然隐形，但是准备重新升起，最终会完好无损，跃出这些空虚日子的混乱。

"照耀吧，照耀吧，"他自言自语，"别让我看不到你的光明。"

可以肯定，福星还会高照。不过，他仍需思索更长时间，终于有了这种运气：既不与家人分离，又能独居幽处。他必须发现自己还不甚明了的东西，尽管他一直懂得，一直按照他所懂得的东西绘画。想必他终于抓住了这一秘密，看透了这不仅仅是艺术的秘密。正因为如此，他并不点灯。

现在，约拿斯天天爬上阁楼。来客越来越稀少了。路易丝心事重重，也不大陪同客人谈话。约拿斯吃饭时下来，然后再登上高阁。他整天待在黑暗中，一动也不动。深夜，他回到已经睡下的妻子身边。过了数日，他求路易丝将午饭送上去，路易丝细心地照办了，这让他很感动。他跟路易丝商量，为他备些食物，存放在阁楼上，免得饿的时候打扰她。渐渐地，他整天都不下来了。然而，他几乎没有动备用的食物。

一天晚上，他招呼路易丝，要一床铺盖：

"我就在这里过夜了。"

路易丝仰头望着他，张开嘴，但是什么也没有说。她只是打量约拿斯，那副表情不安而忧伤。约拿斯猛然看出，路易丝这一阵老得厉害：全家生活的操劳，深深地侵蚀了她的肌体。他不免想到，他从来没有真正帮助过妻子。然而，没待他开口，路易丝先就冲他微笑，那种柔情更让约拿斯揪心。

"随你怎么样吧，心爱的。"路易丝说道。

从此以后，他就在阁楼上过夜，几乎不再下来了。家里一下子就断了客人，因为无论白天还是夜晚来，再也见不到约拿斯了。对一些人说他去了乡下，厌倦说谎时，则对另一些人说，他另有画室了。唯独拉多始终如一，该来还是来。他登上梯凳，那颗大脑袋探到阁楼横板上面。

"还好吧？"拉多问候。

"好极啦！"

"你在作画？"

"跟作画没两样。"

"可是，你没有画布呀！"

"那也照样绘画。"

在梯凳和阁楼之间这样对话难以为继。拉多摇着头，又下来了，帮助路易丝换换保险丝，或者修修锁，然后，他不再登上梯凳，过来跟约拿斯说声再见。约拿斯在昏暗中应道："再见，老兄。"有一天，约拿斯回应时还加了一声谢谢。

"为什么谢呢？"拉多问道。

"因为你爱我呀。"

"多新鲜啊！"拉多来了一句，便走了。

还有一天晚上，约拿斯招呼拉多。拉多急忙跑过去。约拿斯头一次点亮了油灯，他俯下身，从阁楼探出来，一副焦急的神色。

"递给我一块画布。"约拿斯说道。

"哎呀，你怎么啦？瘦成这副样子，像个幽灵了。"

"有好几天了，我没怎么吃东西。不过没关系，我得画画了。"

"先吃点儿东西呀。"

"不用，我不饿。"

拉多拿来一块画布。约拿斯接过去，在退回阁楼的当儿，问了他一句：

"他们怎么样？"

"谁呀？"

"路易丝和孩子们。"

"他们很好，如果你能同他们在一起，那就更好了。"

"我不离开他们。你要特意告诉他们，我不离开他们。"

说罢，他便消失了。拉多回头对路易丝说出他的担心。路易丝坦言，她已苦恼了好几天。

"怎么办啊？噢！我若是能替他画该有多好！"她直面拉多，并不掩饰内心的痛苦。"没有他，我也活不下去。"她又说道。

路易丝重又焕发少女的面容，拉多深感意外，发觉她满脸通红。

灯亮了一整夜，以及次日整个上午。拉多或者路易丝，谁来询问，约拿斯只回答这么一句：

"别管了，我在绘画呢。"

到了中午，他要煤油：冒着黑烟的灯重又明亮起来。一直到晚上。拉多留下，同路易丝和孩子们一起吃晚饭。午夜时分，他来向约拿斯告别，在一直亮灯的阁楼前等了片刻，什么话也没有说就走了。第二天早晨，路易丝起床，看见那盏灯还亮着。

开始晴朗的一天，但是约拿斯却毫无觉察。他将画布翻转过来对着秃墙。他已用尽了气力，双手放在膝上，坐在那里等待。他喃喃自语，以后永远也不必画画了，内心感到了幸福。他听见了自己孩子叽叽喳喳的声音，放水的声响，洗餐具的碰撞声。路易丝在说话。大马路上驶过一辆卡车，震得大玻璃窗哗哗直响。人世还在身边，富有朝气，令人赞赏：约拿斯聆听世人美妙的喧嚣。但是那喧声极远，不会妨碍他内心这股快活的力量，他的艺术，他表达不出来而永远沉寂的思想：正是这一切使他超然于万物，飞升到自由活跃的空间。孩子们满屋奔跑，小女儿咯咯笑，路易丝现在也笑了：他许久没有听见妻子的笑声了。他爱他们！他多么爱他们啊！他熄灭了煤油灯，周围重又一片昏暗，那不是他的福星还一直照耀吗？正是那颗星，他认出来了，心里充满了感激，他无声无息倒下去时，还在凝望他的星。

"没什么大事，"稍后请来的大夫明确说，"他过度劳累。调养一周，他就能下床走动了。"

"他能治好，您有把握吗？"路易丝问道，她已面如死灰。

"能治好。"

在另一间屋里，拉多察看还完全白的画布，只见正中央，约拿斯仅写了一个词，字体极小，可以辨认，但是难以确定究竟应该读成 solitaire 还是 solidaire[①]。

[①] 两个词仅有一个字母之差，而词义大相径庭：前者意为"孤独的"，后者意为"互联的"。

生长的石头

　　红土路现在泥泞不堪，汽车笨重地转弯，穿过夜幕的车灯，突然接连照见路两侧的两座铁皮顶的木板房。后照见的那座板房位于路右侧，透过薄雾，只见板房旁边矗立一座用粗糙梁木建造的高塔。高塔顶端放一根金属缆绳，看不见固定的起点，但是在车灯灯光中，越往下越闪亮，下一段隐没在路边土坡的后面。汽车减速，在距板房几米远的地方停下。

　　坐在司机右侧的那个大汉，十分吃力地挤出车门，双脚着地，那巨人般庞大的身躯还晃了晃，方才站定。他旅途劳顿，伫立在汽车旁边的阴影里，双脚重重地踏着地面，仿佛在倾听减了速的马达轰鸣。继而，他朝路边土坡走去，进入车灯投射的光束中，站到土坡上，夜色绘出他那宽大的背影。过了片刻，他转过身来。司机那张黑面孔，在仪表盘上方闪亮，现在又绽开笑容。那人打了个手势，司机便给发动机熄了火。道路和森林，立即复归寂静。于是听见潺潺流水声。

　　那人凝望下方的河流，唯见一片宽阔动态的幽暗，时而闪现粼粼的波光。远处，更为浓重而凝结的夜晚，那边想必就是河对岸了。不过，再凝神望去，那不动的河岸上依稀可见一点淡黄的火光，仿佛远处的一点灯火。那大块头转向汽车，点了点头。司机便熄掉车灯，随即又打亮，然后有规律地闪灭几次。站在土坡上的人，随着车灯的明灭，身影一显一隐，变得越来越高大伟壮了。突然，河对岸一只无形的手臂，连续数次举起一盏灯笼。那窥伺者最后摆了摆手，司机便最终关闭车灯，汽车和人完全消失在夜色中。车灯熄灭了，河流几乎看得见了，至少那流动的长长的肌腱，有一些时而反光闪亮。路两侧大片黑魆魆的森林，鲜明地映在夜空上，就仿佛近在眼前。小雨纤纤，下了一个多小时，打湿了路面，在暖融融的空气中仍在飘散，而原始森林中的这一大片空地，雨中更增添几分寂静和凝重不动。蒙上水汽的星辰，在幽暗的夜空中颤动。

这时，河对岸响起哗哗的铁链声和汩汩的水声。那巨人一直等待着，他右边板房上方的缆绳绷紧。一阵低沉的吱吱咯咯的声响，由缆绳传导过来，河面上同时响起劈开水流的声音，听来微弱而宽展。缆绳的拉动声平和了，水声还在扩宽，继而越发清晰，同时那盏灯也渐近渐大。现在，可以看清灯笼四周淡黄的光晕了。光晕逐渐胀大，随后重又缩小，而灯光透过雾气，照见了上面和周围，那是用干棕叶编成的方篷顶，四角用粗竹竿支撑，旁边晃动着几个模糊的影子。粗糙的篷子朝河岸缓缓行进，快到河中央时，便看清黄色光晕映出三个小人儿：他们头戴尖帽，光着膀子，肌肤近乎黑色。他们微微叉开双腿，伫立不动，身子略微前倾，以便抵消看不见的水流冲击而产生的偏航力，最后从夜色与河面显露来的，便是一只粗制的大木筏。等到渡筏再驶近些，那人才看清篷子后面，靠近筏尾，有两个黑人大汉，他们也戴着宽檐草帽，只穿着灰褐色布长裤。两人肩并肩，用尽全力撑着篙，而篙竿缓缓插进木筏后面的河水中；他们俩以同样缓慢的动作，身子倾向水面，一直达到了平衡的极限。前面那三个混血儿一直伫立不动，望着渐近的河岸，却没有抬眼看看等他们的那个人。

渡筏猛地撞到小码头的前端，灯笼在撞击中摇晃起来，这才照见突进河中的码头。两个黑人大汉不动了，双手举在头上方，紧紧抓住浅浅插进水中的篙竿的顶端，紧绷的肌肉瑟动不已，似乎传递着河水的波动和压力。其他渡工抛出铁链，套到码头柱上，他们跳到码头木板上，又放下一种粗制的吊桥，呈斜面覆盖住渡筏的前部。

那人回到车上坐好，司机则启动发动机，车子缓慢地爬上土坡，引擎盖指向天空，随后又府向河面，开始下坡。汽车踩着闸门，在泥泞中滚动，有点打滑，停停走走，驶上码头，压得木板跳动，吱咯山响。车子抵达码头边缘，那几个一直缄默的混血儿闪到两旁，而车子缓缓驶向渡筏，前轮一上去，筏子头部便扎进水中，等汽车整个开上来，立即又浮出水面。司机又开向后面，停到挂灯笼的篷子前。那几个混血儿立刻又折起斜面踏板，从小码头一纵身便跳上渡筏，同时摆离泥泞的河岸。河流力挺渡筏，使之浮在水面。渡筏由一根长长的金属杆牵引，缓缓地漂移，而那金属杆现在顺着钢缆在空中移动。黑人大汉这才松了劲，收回篙竿。那个人和司机下了车，面朝上游，站在筏子上一动不动了。在整个操作的过程中，在场的人谁也没有说话，现在他们各就各位，仍然沉默无语，一动不动，只有一个大个子黑人用粗糙的纸卷了一支烟。

那巨人望着巴西大森林的那个豁口，大河正是从那豁口涌现，朝他们奔泻而来，到这一段宽达数百米，催促着浑浊而光滑的水流，冲击着渡筏的一侧，然后从两端解脱，越过渡筏，重又铺展开来，汇成强大的水流，穿过昏暗的莽林，缓缓流向大海与黑夜。漂浮着一股不新鲜的气味，不知是从河水，还是从吸饱水分的空气中散发出来的。现在能听见渡筏下面，负重的河水汩汩作响，两岸传来牛蛙疏落的鸣声和鸟儿怪异的啼叫。那巨人凑到司机跟前。司机身形瘦小，背靠着一根竹柱，双手插在兜里。他穿的那套工作服，原本是蓝色的，现在沾满了他们吃了一整天的红尘。他还年轻，满脸却皱巴巴的，此刻则洋溢着笑意。他望着水汽凝重的天空，视而不见还在云天游泳的疲惫的星辰。

这工夫，鸟鸣声更加清晰了，还夹杂着陌生的鼓噪声，而钢缆几乎又立即吱咯作响了。黑人大汉又将篙竿插入水中，跟盲人一般探索着河底。那巨人扭过头去，望向刚刚离开的河岸，只见那岸边也被夜色与河水笼罩住了，显得无边无际而又原始荒蛮，犹如绵亘数千公里的莽林。在邻近的大洋和这片林海之间，这一小撮人此刻漂流在一条荒凉的河上，现在仿佛完全迷失了。当渡筏再次撞击码头时，真好像缆绳全部挣断，经过数日惊心动魄的漂泊之后，在漆黑之夜登上一座荒岛。

到了岸上，终于听见人声话语了。司机付了摆渡费，他们用葡萄牙语祝汽车旅途顺利，在这里沉沉的夜晚，那送别的声音听来快活得出奇。

"他们说了，到伊瓜佩有六十公里的路程。你行驶三个钟头，就完事儿了。索克拉特很满意。"司机朗声说道。

那人开心地笑了，笑声同他本人一样，又厚重又热情。

"我也一样，索克拉特，我很满意。这路太难走了。"

"太沉了，达拉斯特先生，你这块头儿太沉重了。"司机也笑起来，一笑就收不住了。

汽车略微加速了，行驶在由树木和枝蔓纠缠不清的植物构成的高墙之间，周围散发着一股温软而甜蜜的气味。萤火虫翻飞乱舞，不断地穿过幽暗的森林，而红眼睛鸟儿也不时撞到挡风玻璃上。时而还有怪异的虎啸，从遥深的夜传至他们耳畔，司机便转动眼珠，一副滑稽的样子，瞧了瞧身边的伙伴。

道路曲折蜿蜒，渡过小河上一座摇摇晃晃的木板桥。行驶了一小时之后，雾气渐浓，又飘下霏霏细雨，车灯射出的光随之变得朦胧了。达拉斯特不顾车子颠簸，进入了半睡眠状态。汽车驶出了潮湿的森林地带，重又驶上拉塞拉公路。早晨从圣保罗城出发后，便驶上这条公路，一路上红色的尘土飞扬，从未间断，两侧望不到边的荒原，植被只有稀疏的植物，到现在嘴里还留有红尘的味道。阳光滞重，山岭泛白，布满了沟壑，公路上时而遇见饥饿的瘤牛，而唯一的旅伴，就是羽毛褴褛、飞得疲惫的黑秃鹫，穿越红土荒原，是多么漫长，多么漫长的行程啊……他惊跳一下。汽车停下了。他们到了日本：路两侧的房舍，装饰物都不牢实，屋里闪动着和服。司机跟一个日本男子说话：那人穿一身肮脏的连裤工装服，戴一顶巴西式草帽。随后，汽车又启动了。

"他说，只有四十公里了。"

"刚才是到哪儿啦？是东京吗？"

"不，是雷吉斯托洛。凡是来巴西的日本人，都聚到那里。"

"为什么？"

"不清楚。他们是黄种人，你也知道，达拉斯特先生。"

这片森林变得稀薄了一点儿，道路虽然还很滑，但是好走了一些。

汽车行驶在沙地上。从车窗吹进来潮湿的气息，暖乎乎的，还带点酸味。

"你感觉到了吧？"司机津津有味地说道，"那实实在在是大海，很快就要到伊瓜佩了。"

"如果汽油够的话。"达拉斯特加了一句。

说罢，他又平静地睡着了。

拂晓时分，达拉斯特一觉醒来，坐在床上，惊讶地察看他睡过觉的这间大屋。四面大墙壁，墙围子新近粉刷了褐色石灰粉，上半部分则是早先刷的白灰，斑斑驳驳的发黄的灰片一直爬到棚顶。面对面安放了两排床，每排六张。达拉斯特看去，只见他这排的头一张床被子凌乱，但是没有人；却听到左边有响动，转身望见索克拉特出现在门口，笑呵呵的，每只手拿着一瓶矿泉水。

"幸福的回忆！"索克拉特说道。

达拉斯特晃了晃身子。不错，昨天夜里，镇长安排他们住宿的医院，就叫"幸福的回忆"。

"可靠的回忆，"索克拉特接着说道，"他们对我说，首先建医院，然后再搞自来水工程。眼下嘛，幸福的回忆，你就用这汽水洗洗脸吧。"

他边笑边唱走了，丝毫也不显得疲倦，而他打了一整夜呼噜，声震屋宇，却搅得达拉斯特难以合眼。

现在，达拉斯特完全清醒了。他隔着安装了铁栅的窗户，望见对面有一座小院子，红土地面被雨水浇透了，雨水正顺着一丛高大的芦荟无声地往下流淌。一个女子走过去，双手举过头顶，扯开一块黄色头巾。达拉斯特重又躺下，随即又翻身起来，下了床，压得床弯下去，吱咯吱咯直响。恰好这时，索克拉特进来了："找你的，达拉斯特先生。镇长在外面等着呢。"不过，他见达拉斯特那副尊容，又说道："沉住气，他呀，从来就不着急。"

达拉斯特就用矿泉水刮了刮脸，这才走出小楼门廊。镇长身材匀称，戴副金边眼镜，那模样好似一只可爱的黄鼠狼，此刻正怅然凝注飘落的雨丝。他一见达拉斯特，当即笑逐颜开，挺直了小身板儿，趋步向前，伸出双臂，想要搂抱"工程师先生"。恰巧这时，从小院墙另一边驶来一辆轿车，到他们面前急刹车，在湿漉漉的黏土地面侧滑一段，斜着停下了。

"这位是法官！"镇长说道。

法官同镇长一样，也穿一套海蓝色服装，但是要年轻得多，至少表相如此：优美的身段、清秀的面孔，呈现一副稚嫩的惊奇神态。他穿过院子，朝他们走来，以极优雅的姿势避开水洼，离达拉斯特还有数步之遥，便已经伸出手臂，表示热烈欢迎。能来欢迎工程师先生，他深感自豪，而工程师先生这次莅临，是他们可怜小城的无上光荣，尤其要修建这道小水坝，能杜绝本城低洼街区的周期性水患，受益不可估量，他为此感到欢欣鼓舞。治理河流，整修水道，啊！真是伟大的行业！伊瓜佩城的可怜百姓，一定会把工程师先生的英名挂在嘴上，他们在祈祷中，多少年还要颂扬这个名字。这等魅力和雄辩，达拉斯特听得心服口服，他连声道谢，不敢再往深里想：一位法官跟一道水坝有什么相干。再说，必须赶往俱乐部，据镇长称，在工程师先生视察低洼街区之前，当地名流渴望在那里隆重招待他。那些名流是些什么人呢？

"是这样。"镇长说道，"有本人，身为镇长，还有这位，卡瓦洛先生、港务主任，另有几位身份低些。况且，您也不必多在意，他们都不会讲法语。"

达拉斯特招呼索克拉特，说是临近中午再找他。

"好吧，"索克拉特说道，"那我就去水泉公园。"

"去公园？"

"对呀，那地方大家都熟悉。不要担心，达拉斯特先生。"

达拉斯特走出院子，才看清医院就建在森林边缘，而林木茂盛的枝叶几乎就悬在房顶。蒙蒙细雨，现在飘落在这片林区，森林宛如巨大的海绵，无声地吸收这种润泽。这个镇子有一百来幢房舍，大多铺着褪了色的屋瓦，排列在森林与河流之间，那条河的气息也从远处一直吹拂到医院。汽车先开进浸透雨水的街巷，很快就驶到一座长方形广场。广场相当宽阔，红土地面，在许多水洼之间，留下了轮胎印、铁箍车辙和木屐的印迹。四周的房舍低矮，粗糙地涂着各色灰泥。只见广场后面有一座双圆塔教堂，为蓝白两色，正是殖民地建筑风格。一股来自河口海湾的咸味，飘浮在这光秃秃广场的上空。广场中央，有几个衣衫被雨打湿的身影在游荡。沿着那些房舍，有一群人动作迟缓，踏着碎步转悠，那是些高丘人①、日本人、印第安混血儿，他们的穿戴五颜六色，其中有几位优雅的显贵，身着深色西装，颇具异国情调。他们不慌不忙，闪到两旁，给汽车让路，然后停下脚步，目送汽车。待汽车停到广场的一幢房子前面，那些浑身湿漉漉的高丘人便

---

① 南美洲潘帕斯草原上的居民称高丘人。

走过去，一声不响围了上去。

俱乐部的二楼上，有一间装饰成小酒吧：竹制的吧台、几张铁皮独角圆桌。来的名流很多，镇长首先举杯，欢迎达拉斯特，祝他万事如意。众人纷纷随声附和，举杯喝下甘蔗酒。达拉斯特靠近窗口，正在喝酒的工夫，一个牛高马大、其貌不扬的家伙，身穿马裤，打着裹腿，脚步有点踉踉跄跄，走到他跟前，哇啦哇啦冲他讲了一通模糊不清的话。工程师只听出了"护照"这个词，他略一犹豫，随即掏出证件。那家伙一把抢过去，翻了翻护照，脸上明显流露出愠色，他拿着小本本在工程师鼻子下乱晃，又哇啦哇啦讲了一通。达拉斯特不动声色，冷眼瞧着这个狂徒。这时，法官笑呵呵走过来，问是怎么回事。醉汉见有人竟敢打断他的话，就打量一会儿这个文弱的人，他身子摇晃得更厉害，又举护照在他新对手眼前乱晃。达拉斯特倒镇定自若，坐在一张圆桌前等待。这场对话变得非常激烈，突然，法官正颜厉色，高声痛斥，这是谁也想不到的。同样，没有任何先兆，那彪形大汉一下子败下阵去，那副熊样，就像犯了错被抓住的一个孩子。法官最后一声令下，他便像受到惩罚的坏学生那样，侧着身子走向门口，倏忽不见了。

法官立即过来，他的声音又恢复和婉悦耳了，向达拉斯特解释，这个粗鲁的家伙是警察局长，他竟敢断言护照不合规定，这种唐突行为要受到惩罚。接着，卡瓦洛先生又转向围拢过来的名流们，似乎在征询他们的意见。讨论了一小会儿之后，法官郑重地向达拉斯特道歉，请他谅解，只有喝醉了酒才能解释为何如此无礼，如此忘怀伊瓜佩全城人对他的感激，最后恳请他亲自做出决定，如何惩处这个闹事的家伙。达拉斯特说他不愿施惩罚，这只是个意外事件，无足挂齿，现在紧要的是赶快去察看河流。这时镇长也特别诚恳热情地表示，惩处的确必不可少，要拘留那罪犯，大家都期待尊贵的客人劳神，决定他的命运。无论怎么劝阻，都不能打消这种含笑的严厉态度，达拉斯特只好松口，说他再考虑一下。然后，他们决定去察看低洼街区。

河水已经漫上低矮平滑的河岸，淹了一大片。他们走过了伊瓜佩城边的几幢民房，来到河流与一处高高的陡坡：高坡上附着几座草泥和树枝搭建的棚屋。森林延伸到前面河堤边缘，仿佛没有间断，就跨到对岸去了。不过，河道很快就变宽，挤开树木，直到一道若隐若现，似黄又灰的水线，那便是大海了。达拉斯特一言不发，走向斜坡，只见坡上近年涨水留下的水位痕迹。一条泥泞的小路通向棚屋，屋前站着一堆黑人，他们静静地瞧着新来的生客。几对夫妇手拉着手，在大人前面的堤坡边上，有一排腹鼓腿细的孩子，一个个睁圆了眼睛。

达拉斯特走到棚屋，招了招手，叫来港务主任。港务主任是一个笑口常开的肥胖黑人，身穿一套白色制服。达拉斯特用西班牙语问他，可不可以进一间棚屋看看。港务主任回答没问题，他甚至认为这是个好主意，工程师先生看到一些非常有趣的东西。他上前搭话，指着达拉斯特与河流，跟那些黑人讲了许久。那些人只是听着，一声不吭。等港务主任讲完了，谁也没有动弹。港务主任又讲起来，声调变得不耐烦了。接着，他叫到一个人，那人却摇了摇头。于是，港务主任换了个命令的口吻，干脆地讲了几句话。那人这才离开人堆，面对达拉斯特，打了个手势，为他指路，然而，那目光却充满敌意。那人颇为年长，留一头短短的灰白色卷发，瘦削的脸庞饱经风霜，但是身板还显年轻，干瘦的肩膀很结实，粗布长裤和撕破的衬衣里露出了肌肉。二人朝前走，后面跟着港务主任和那群黑人。他们又攀登一道更陡的坡，坡上用泥土、芦苇加铁皮建造的小屋，根基很难造得牢实，必须用一些大石头加固。他们迎面碰见一个下坡的女人，头顶一只盛满了水的铁罐，她赤脚走路不时打滑。他们走到一处类似小广场的地方，周围坐落着三间小棚屋。那人朝其中的一间走去，推开竹门，门铰链是用藤条制作的。他闪到一旁，一句话不讲，以同样漠然的目光盯着工程师。达拉斯特走进屋，首先看到正中央地上有一堆火奄奄一息。接着，他又看清屋里端一角放一张铜床，光秃秃的床绷已然塌陷；床的对角有一张桌子，桌上摆了一个瓦盆；床和桌子中间墙上，则挂着一幅圣徒乔治的画片。余下的物品，门口右侧只有一堆破布，顶棚挂着几条五颜六色的缠腰布，吊在火堆上方烤干。达拉斯特伫立不动，呼吸着从地面升起的烟和穷苦的气味，一时嗓子眼儿发紧。在他身后的港务主任拍了拍手。工程师回头一看，逆光只瞧见一个曼妙的身影走到门口，那是个黑人少女，递给他什么东西：他接过来，是一只杯子，便喝下杯中醇厚的甘蔗酒。那少女伸出托盘，接过空酒杯，便转身离去，动作那么轻盈灵敏，达拉斯特心头猛然一动，就想留住她。

　　可是，他跟了出去，在大堆人中间却认不出那少女了，只见大群黑人和当地名流聚在房屋周围。于是，他向那老人表示感谢，对方躬身还礼，一句话也未讲。达拉斯特随即走了，港务主任跟在身后，重又解释起来，还询问在里约的法国公司什么时候能开工，雨季到来之前水坝能否建成。达拉斯特说不知道，其实他考虑并不可能。他冒着蒙蒙细雨，下坡走向河边。他一直倾听那壮阔的轰鸣，自从到达这里就从未间断，但不知那是波涛还是林涛之声。他走到河岸，远眺那隐隐的海平线，数千公里寂寥的海洋，远眺非洲，以及更远的大陆，他的故土欧洲。

"主任，"达拉斯特问道，"刚才我们探访的人家，他们究竟靠什么生活？"

"用工时就叫他们干活。"主任说道，"我们这里人穷啊。"

"那些是最穷的人吗？"

"他们是最贫穷的。"

法官穿着精致的皮鞋，走泥路有点打滑，这时走到近前，说他们已经喜欢上要给他们带来工作的工程师了。

"要知道，"法官补充说，"他们天天跳舞唱歌。"

接着，也没有一句过渡话，径直问达拉斯特，是否打算惩罚。

"什么惩罚？"

"就是惩罚我们警察局长呀。"

"这事儿就算了。"

法官却说，不能这么算了，必须惩处。达拉斯特不再理会，已经朝伊瓜佩城走去。

细雨蒙蒙，水泉小公园又神秘又温馨，香蕉树和露兜树之间的藤蔓，挂满了一串串奇异的花朵。小径交叉口，堆着湿漉漉的石头作标志。此刻小径上，一群穿得花花绿绿的人在游荡。那是些混血儿，有几个是高丘人，他们正在低声闲聊，或在竹林小路漫步，走进越来越茂盛的小树林，直到钻不进去人的地方，毫无过渡，直接就是莽林了。

达拉斯特在人群中寻找索克拉特，他却从背后冒了出来。

"这是节庆啊。"索克拉特笑着说道，他抓住达拉斯特高高的肩膀，原地蹦跳起来。

"什么节庆？"

"嘿！"索克拉特一声诧异，他现在面对达拉斯特了，"你不知道吗？就是仁慈的耶稣节呀。每年这一天，所有人都带着锤子进山洞。"

索克拉特指给他看的不是山洞，而是公园一角似乎在等待的一群人。

"你瞧！有一天，正是耶稣的雕像，从海上漂来，沿河逆流而上，还是渔夫发现的。雕像多美啊！多美啊！于是，他们把耶稣像洗净，安放在这儿的山洞里。现在，洞里长出一块石头。年年都过这个节。你拿着锤子来求福，敲下一片石头。你瞧怎么样，那块石头一直生长，也一直往下敲。真是奇迹呀！"

他们走到山洞前面，从等待的那些人头顶望去，看见了低矮的洞口。洞里点着几根蜡烛，颤动的烛光刺破了黑暗，一个蹲着的身形正用锤子敲石头。那是个干瘦的高丘人，留着长长的胡须，他站起身出来，手掌心握着一小块石片向众人展示；过了片刻，他小心翼翼地握紧手掌，便离去了。于是，另一个男人又弯下腰走进洞里。

达拉斯特转过身去，周围的朝圣者都在等待，并不看他，站在从树上落下来的细细雨帘中，却浑然不觉。达拉斯特也在等待，他身处同样的雨雾中，站在山洞前，却不清楚在等待什么。其实，他到这个国家一个月以来，就这么不停地等待着。在溽暑熏蒸的日子里，在黑夜幽幽的星光下，他在等待，不顾自己肩负的任务，不顾要建的水坝，要开的公路，就好像他到这里工作无非是一种托词，只为创造机会，等待一场惊喜或奇遇，连他自己也想象不出那是什么，但是肯定在世界的尽头，那奇遇在耐心等待他。他振作了一下，悄然离开，在这一小伙人中没有引起任何人注意。他朝出口走去：该回到河边工作了。

这工夫，索克拉特在公园门口等他，正同一个人神聊：那是个矮胖的、长得很敦实的男人，与其说是黑皮肤，不如说近乎黄种人。他那脑壳剃得光光的，突显了饱满的天庭；反之，他那张光滑的大脸上，却蓄留修成方形的大黑胡子。

"这家伙，棒极啦！"索克拉特赞扬一句算是介绍，"明天，他要参加宗教队列游行。"

那人穿一身粗哔叽水手服，上身露出里面蓝白条的汗衫；一双黑眼睛很平静，注意打量着达拉斯特，同时咧嘴笑着，肥厚油亮的嘴唇间露出两排雪白的牙齿。

"他说西班牙语，"索克拉特说道，他转身又对那陌生人说了一句，"你讲给达拉斯特先生听听吧。"

说罢，索克拉特蹦蹦跳跳，转移到另一堆人。那人收敛笑容，注视着达拉斯特，毫不掩饰好奇的神情。

"你对这感兴趣吗，船长？"

"我不是船长。"达拉斯特说道。

"没关系，反正你是贵族老爷。索克拉特跟我说了。"

"我可不是。我祖父是，曾祖父也是，往前数辈全是。现在，我们那些国家没有贵族老爷了。"

"哦，"那黑人笑道，"我明白了，人人都是贵族老爷了。"

"嗳，不对。既没有贵族老爷，也没有平民百姓。"

对方思索一下，接着果断地说道：

"那就是谁也不干活，谁也不受苦啦？"

"对，千千万万的人。"

"那就是人民啦？"

"对，正是如此，只有人民。不过，人民的主子，是警察或者商人。"

这个混血儿和善的面孔板起来了。随后，他咕哝道：

"哼！买卖，买卖，嗯！肮脏透啦！警察当道，就是狗发号施令。"

他的情绪说变就变，忽又敞声大笑。

"你呢，不卖什么吧？"

"差不多。我只造桥、修路。"

"这好哇！我呢，在一艘船上当厨子。你若是愿意，我就给你做一道拿手菜，煮黑豆汤尝尝。"

"我很想尝尝。"

厨子凑到近前，抓住达拉斯特的胳臂。

"听我说，我喜欢你讲的话。我也讲讲，也许你也喜欢。"

他拉着达拉斯特到门口附近，坐到一簇竹子下的湿木凳上。

"我是在一艘小型油船上，向海岸各港口供油，有一天正航行在伊瓜佩的外海，船上失火了。那可不能怪我，哼！我是行家里手！不，那是飞来横祸！我们倒是把救生艇放下水了，可是黑夜里，大海涨潮，将救生艇掀翻了，我落入海中。我浮上水面时，头撞上了救生艇，就被冲走了。漆黑的夜里，潮水很大，我游泳又很差劲儿，非常害怕。忽然间，我望见远处有亮光，认出那是伊瓜佩耶稣教堂的圆顶。于是我就祷告，如果慈悲的耶稣救我一命，我就头顶五十公斤重的石头，参加列队礼拜游行。说了你也不信，可大海就是平静下来，我的心也平静了。我慢慢游着，觉得很幸运，一直游到岸边。明天，我就履行自己的诺言。"

他忽然换上狐疑的神情，瞧了瞧达拉斯特。

"你没笑吧，嗯？"

"我没笑。许了愿就应该还愿。"

对方拍了拍他的肩膀。

"现在，就到我兄弟家去，他住在河边。我给你煮黑豆吃。"

"不行，"达拉斯特回答，"我还有事。如果可以，今天晚上吧。"

"好吧。不过，今天夜晚，都到大棚里跳舞和祈祷，庆祝圣徒乔治节。"

达拉斯特便问他是否也去跳舞。厨子的表情顿时坚定起来，他的眼神也第一次开始游移了。

"不，不，我不跳舞了。明天还得顶大石头呢。石头很沉。今天晚上，我去庆祝圣徒节，早早离开。"

"晚会时间很长吗？"

"整整一个通宵，直到清晨。"

他瞥了一眼达拉斯特，那样子隐隐有点惭愧。

"你去舞会吧，然后你拉我走。不然的话，我会留在那儿一直跳下去。也许我控制不住。"

"你爱跳舞吧？"

厨子的眼睛明亮起来，闪现一种贪嘴的神气。

"哦！对，我爱跳舞。而且，庆祝会上有雪茄、圣像，还有女人。大家什么都不顾了，什么话都不听了。"

"还有女人？全城的女人吗？"

"不是全城，而是所有棚屋的。"

厨子重又笑逐颜开。

"去吧。船长的话，我会听的。你就帮助我明天履行诺言吧。"

达拉斯特隐隐感到有点恼火。这种荒谬的诺言，关他什么事？然而，他端详这张漂亮的脸，多么开朗，多么信赖地冲他微笑，黑黑的肌肤透出健康与活力的光泽。

"我会去的，"达拉斯特说道，"现在，我陪你走一段吧。"

不知为什么，与此同时，他眼前又浮现向他献酒的那个黑人少女。

他们走出公园，穿过几条泥泞的街道，到了一片低洼的广场，四周房屋低矮，更显得广场宽阔了。尽管雨并没有加大，房屋的泥墙却已经湿透，往下淋水了。河流与林涛的轰鸣，飞越吸饱水分的天空，传到他们耳畔已经低沉了。他们并肩同步而行，达拉斯特的脚步浓重，而大厨则步履矫健。大厨不时抬起头，冲身边的伙伴微笑。他们朝教堂的方向走去，目光越过民房远远已经望见了。他们走到广场那端，又穿过几条泥泞的小街，现在街上已经飘出做饭的诱人香味了。有拿着盘子或炊具的女人，不时从门缝好奇地探出头来，旋即又消失了。他们从教堂门前走过，进入一个老街区，只见两侧的房舍同样低矮。一走出老街区，就突然踏上河流的声浪，河流还看不见，声浪是从达拉斯特认出来的棚户区后面传来的。

"好了。就此分手，晚上见。"达拉斯特说道。

"对，在教堂门前。"

然而，大厨还一直拉着达拉斯特的手不放，他在犹豫，终于开口道：

"你哪，从来就没有呼求过主，许过愿吗？"

"嗳，我想有过一次。"

"是一次沉船事故吗？"

"也可以这么说。"

达拉斯特猛地挣脱了手，不过，就在转身的当儿，他碰见了大厨的目光。他犹豫一下，随后微笑起来。

"告诉你也无妨，其实没什么。有个人由于我的过错要死了，我好像呼求过。"

"你许了愿吗？"

"没有。本来我是想许愿的。"

"事情过去很久了吗？"

"就是来这儿之前不久。"

厨子双手捋着胡子，两眼放光。

"你是船长，"他说道，"我的家就是你的家。还有，你要帮助我履行诺言，就当你是履行自己的诺言，这样也会帮了你。"

达拉斯特微微一笑：

"我是不信神的。"

"你真高傲，船长。"

"从前我高傲，现在我孤独；不过，我只问你一句：你那仁慈的耶稣总是有求必应吗？"

"有求必应？没有，船长！"

"那还有什么说的？"

厨子哈哈大笑，笑声爽朗，带几分稚气。

"这么说吧，"厨子说道，"他是自由的，不是吗？"

达拉斯特到俱乐部，同社会名流共进午餐。镇长对他说，他大驾光临，实在是伊瓜佩镇的一件大事，务必要在贵宾留言簿上签名，至少留个纪念。法官也想出几句新辞令，除了彰显他们客人的德行与才华，还赞扬了他的纯朴，不愧代表他那伟大的国家来到他们中间。达拉斯特仅仅回答说，他很荣幸代表自己的国家，他也确信这是一种荣幸；同样，他的公司招标成功，承包这项长期工程，也会有可观的进益。法官听他这么讲，便惊叹如此谦恭。

"对了，"法官又说道，"我们该如何处置警察局长，您想过了吗？"

达拉斯特看着他，微笑道：

"我想好了。"

依他之见，最好能以他的名义，特别宽恕这个冒失鬼，他，达拉斯特，初来乍到，十分欣喜了解伊瓜佩这座美丽的城市及其慷慨的居民，期望他这样示好，一开始就能生活在和睦与友好的氛围中。法官满脸堆笑，注意聆听，还连连点头。他是这方面的行家，思考一下如何措辞，然后，请在座的人为伟大法兰西民族宽宏大量的传统鼓掌；接着，他重又转向达拉斯特，明确表示他十分满意。

"既然如此，"他总结道，"今天晚上，我们就同局长一起吃饭吧。"

达拉斯特却说，已应朋友邀请，他要参加棚户区的节日舞会。

"哦，是啊！"法官说道，"我很高兴您去参加舞会。您能体会到，谁都不能不热爱我们的人民。

傍晚，达拉斯特、大厨及其兄弟，坐在屋子中央熄灭的火堆周围，达拉斯特上午已经参观过这种棚屋。再次见到这位客人，大厨兄弟并不显得惊讶，他几乎不会讲西班牙语，大部分时间只是点头。至于厨师，他兴趣盎然地讲起大教堂，后来又大谈特谈黑豆汤。这时，太阳几乎落了，达拉斯特还看得见厨师兄弟，但是看不清蹲在靠里侧的身影：那是一位老妇人，以及再次服侍他的那个少女。棚屋下方，传来单调的河水声。

厨师站起身，说道："时候到了。"于是，他们都站起来，但是妇女却一动不动，只有男人出门了。达拉斯特迟疑一下，也随后跟上兄弟俩。现在天已经黑了，雨也停了。天空呈现淡淡的黑色，似乎还运行着云雨。在幽暗而透明的水汽中，低至地平线上，几颗星星开始点亮了。星星旋即又熄灭了，一颗颗坠落到河里，就仿佛天空厌弃了它最后的光亮。空气浓重，闻到水和烟雾的气味，近在咫尺的大森林纹丝不动，还是听得见那深沉的涛声。猛然间，手鼓和歌声在远处响起，开头隐约低沉，逐渐清晰可辨，渐行渐近，忽又停止了。不大工夫，只见一长列黑人少女，腰间低低系着白粗绸长裙。她们队尾跟随一个高大的黑人男子，身上裹着一件红衣服，外面坠着五颜六色的牙齿项链。他身后乱哄哄跟随一群身穿白睡衣的男人，以及手持三角响板和扁鼓的乐师。厨子说就应当跟他们走。

他们沿河边走出棚户区几百米，就到了那个空阔的大棚。大棚内墙抹了灰泥，显得更为舒适宜人，夯实的泥土地面，茅草和芦苇铺的屋顶，中央由一根粗木柱支撑，周围墙壁光秃秃的。大棚里侧，有一座铺着棕榈叶的小祭台，台上点着几支蜡烛，勉强照亮半间大棚。台上供奉着圣徒乔治的精美彩色石印像，圣徒乔治的神像魅力十足，正在制服一条长须的凶龙。祭台下面辟为壁龛，四周用纸板镶成石洞的模样儿，一支蜡烛和一盆水，左右护拥着一尊涂成红色的小泥像。那是一个长角的神，样子很凶，举着一把硕大无比的银纸刀。

厨师带达拉斯特到门口附近，两人靠着墙壁伫立在那儿。厨子低声说道：

"在这儿好些，走的时候不会打扰别人。"

大棚也确实挤得满满当当，男人女人一个挨着一个。热气开始升腾了。乐师们分立小祭台两侧。跳舞的人分成男女两圈，男人在里圈。那个红衣黑人首领置身于圈中心。达拉斯特叉着胳臂，靠墙站立。

不料，那首领却劈开男人舞圈，径直朝他们走来，神情严肃地对厨子说了几句话。

"放下胳膊吧，船长，"厨子说道，"你这样紧紧抱着手臂，就阻止圣徒的神灵下来了。"

达拉斯特耷拉下来胳臂，依然背靠着墙壁。他的四肢又长又沉重，那张大脸因沁出汗而亮晶晶的，此刻他那模样倒像是一个令人安心的兽神了。大个子黑人瞧了他一眼，感到满意了，这才回到原位。他立刻放声高歌，歌喉洪亮，众人附和，手鼓伴唱。两个舞圈以相反的方向开始转动，舞步沉重，仿佛用力踏地，仅以两排臀部的扭动微微表现舞姿。

大棚里的温度升高。然而，舞蹈间歇逐渐缩短，越来越少停顿，节奏也加快了。那高个子黑人边舞边行进，再次冲破舞圈，而众人跳舞的节奏并没有放慢。他朝小祭台走去，拿来了一杯水和一支点燃的蜡烛返回大棚中央，将蜡烛放到地上，在蜡烛周围洒了两圈水，然后直起腰，发狂的眼睛抬向棚顶，全身挺得直直的，一动不动地等待着。厨子瞪圆了眼睛，嗫嚅道：

"圣徒乔治来了，瞧呀，你瞧呀！"

果然，有几个舞者，此刻显出神灵附体的神态，却是一副呆滞的样子，双手叉着腰，舞步僵硬，目光也凝滞而迟钝。其他人越发加快了节奏，浑身痉挛，开始叫嚷：那叫声含混不清，越来越高，混合成群体的呼号吼叫。这时，一直仰望棚顶的首领也一声长啸，超过了众人的声音，那气息峰顶隐含一句话，他还重复了同样的词语。

"你要听明白，"厨子悄声说道，"他说他就是神的战场。"

达拉斯特十分惊讶，厨子说话都变调了，他定睛一瞧，只见厨子探身向前，紧握双拳，眼睛直勾勾的，随着众人的节奏，也在原地跺脚。这时他却发觉，自己的双脚虽然没有离开原地，沉重的身躯已经蹿动一阵了。

突然间，鼓声大作，穿红衣服的那个大魔头发起狂来，他两眼冒火，四肢胡乱转动，弯曲着膝盖，两腿轮番金鸡独立，节奏快得出奇，肢体眼看要散了架。在一片雷鸣般的鼓声中，他疯狂的舞动戛然停止，游目四望在场的人，那神态又高傲又狰狞。有一个舞者，立即从昏暗的角落出现，跪到神灵附体者跟前，奉上一把短刀。那大个子黑人不断扫视周围，接过短刀，围着自己的脑袋飞舞起来。恰好这时候，达拉斯特发现，厨子在人群中跳舞了。工程师没有瞧见他走开。

在恍惚不定的红光中，从地面升起令人窒息的尘土，空气更加浑浊浓稠，让人感到发黏了。达拉斯特渐渐觉得周身疲惫了，呼吸越来越困难。他甚至没有看到，跳舞的男人何时都叼起粗大的雪茄，现在吸起来，还不停地跳舞。怪怪的烟味充斥大棚，熏得达拉斯特有点晕乎了。他只瞧见厨师走到他身边，舞步不停，嘴上也叼着一根雪茄。"别抽了。"达拉斯特说道。厨子咕哝一句什么，他不停地踏着节拍，以要上场的拳击赛手的表情，凝视着中央大木柱，后脖颈颤动了好一阵工夫。有一个肥胖的黑女人，在他身边左右摇晃她那张野兽的脸，同时不住声地号叫。不过，那些黑皮肤少女，进入神灵附体状态尤为骇人：她们双脚粘在地面上，从脚到头全身抽搐，痉挛越接近肩脖越剧烈。她们的头前后晃荡，简直就要甩掉了。大家同时开始持续不断地号叫：这种群体的号叫，绵长而单调，表面上不换气，也没有起伏，就仿佛躯体、肌肉和神经完全扭结在一起，形成一次性的、耗尽生命的发泄，终于赋予他们每个人以话语，表达给迄今一直绝对缄默的一种存在。号叫并未中断，女人一个个倒在地上。黑人头领依次跪到每个女子身边，用他那肌肉发达的黑色大手，痉挛似的快速掐她们的太阳穴。于是，她们重又站起来，摇摇晃晃，回归她们的舞蹈队列，又号叫起来，开头声音微弱，逐渐升高加速，以致重新跌倒，再次站起来，这样周而复始，又持续很长时间，直到全体喊声疲弱、嘶哑了，蜕变为牵动全身的一种嗝逆了。达拉斯特已精疲力竭，因长时间原地跳舞而抽筋了，又因许久不作声而窒息了，只觉得摇晃起来，站立不稳。闷热、灰尘、雪茄烟雾、人的气味污浊了空气，现在完全无法呼吸了。他用眼睛寻找：厨子消失不见了。达拉斯特顺着墙壁蹲下来，强忍住呕吐。

等他睁开眼睛，空气仍然令人窒息，但是喧嚷声停止了。这时，唯有扁鼓低沉的节奏还持续不断，三五成群穿着灰白色布衣的人，在大棚的各个角落踏着鼓点跺脚。大棚中央，杯子和蜡烛现已撤掉，一群黑人少女处于半催眠状态，还在缓慢地舞动，总是慢半拍。她们闭着眼睛，身子却挺直，前后微微摇晃，几乎在原地踮着脚。其中有两位胖姑娘，戴着用酒椰叶纤维编成的面罩，站在另一位化了装的姑娘的两侧。那姑娘身材苗条，达拉斯特猛然认出，她正是他去拜访过的那家姑娘。她穿一条绿色长裙，头戴蓝纱猎人帽。帽子前檐翘起，插着火枪手军帽的那种羽饰；她手执一张黄绿两色弓，搭着一支箭，箭头穿着一只五彩斑斓的鸟。她腰姿秀美，俊俏的头轻轻摇晃，微微后仰，睡态的面容上，呈现一种平静而天真的忧郁。在音乐中止时，她仿佛梦游似的，身子晃晃悠悠，单等鼓声节奏加强，才又给她送来一种保护神，她便围着看不见的保护神轻舒曼舞，直到舞步与音乐同时停止，她又跟踉跄起来，势欲失去平衡，还发出奇异的鸟鸣，非常尖利，但是悦耳动听。

这种徐缓的曼舞，达拉斯特看得入了迷，他正出神地观赏这位黑肌肤的狄安娜，忽见厨子蹿到面前，那张光滑的脸现已变形失态了。他那眼里和善的神气消失了，只是映现一种前所未见的贪婪。他对达拉斯特，就像对待陌生人那样，毫不客气地说道：

"时候不早了，船长。他们跳舞要跳一整夜，不过，他们不愿你还待在这儿。"

达拉斯特脑袋昏沉沉的，他站起身，跟着厨子沿墙根儿走到门口。到了门口，厨子拉着竹门，闪到一旁，让达拉斯特出去。达拉斯特出了门，回身瞧瞧不动地方的厨子。

"走哇。到时候你还得顶大石头呢。"

"我要留下来。"厨子回答，一副固执的神态。

"那你的许诺呢？"

厨子也不应声，一点一点推门，而达拉斯特一只手把住。他们这样相持了一两秒钟，达拉斯特放手了，他耸了耸肩膀，独自走了。

清新的夜晚，弥漫着芬芳的气息。森林上空的南天，寥寥几颗星被看不见的薄雾遮掩，只闪烁着微光。空气潮湿滞重。然而，从大棚里出来，似乎感到一种沁人心脾的清新。达拉斯特重又爬上溜滑的坡道，走到头几家棚户，路径坑坑洼洼，他深一脚浅一脚，踉踉跄跄，形同醉汉。森林就在近前，轰鸣声初起。大河的涛声越来越大，整个大陆都隐没在夜色中，达拉斯特又一阵恶心。他就觉得本该完全唾弃这个国家，唾弃它广袤土地上的忧伤，唾弃茫茫林海凄凉的光亮，也唾弃它一条条荒凉的大河夜间汩汩的流水声响。这片土地过于广漠，鲜血和四季在这里混杂融合了，时间也似水流淌。在这里，生命匍匐在地上，若想融入其中，就必须直接睡在地上，无论泥地还是干燥的地面，住上多少年才行。如在那边，在欧洲，那可是耻辱和愤懑。在这里，便是流放和孤独，置身于这些半死不活和癫狂的疯子中间，他们跳舞就想跳死为止。然而，由那睡美人发出的受伤鸟儿奇异的叫声，却穿越了充斥植物清香的潮湿的夜空，又传到他的耳畔。

达拉斯特一夜没睡好，醒来头疼得厉害，天气潮湿闷热，倾轧着小镇和静止不动的森林。现在，他到医院的门廊下等待，瞧了瞧停了的手表，拿不准是什么时辰，心中暗暗奇怪，太阳升起了这么高，城里又一片寂静。湛蓝的天空，几乎难见纤云，直接压到首当其冲的暗淡的屋顶。几只毛羽发黄的秃鹫，睡在医院对面的房顶上，热得动弹不得。有一只猛地晃了晃身子，张开喙，显然作势要起飞，拍了两下灰尘扑扑的翅膀，刚飞起几厘米高，重又跌落到房顶，随即又入睡了。

工程师下坡朝城里走去。大广场空无一人，跟他走过的空荡荡的街一样。远处，河流两岸雾气低沉，飘浮在森林上空。暑热垂直空降，达拉斯特想找个阴凉的角落躲一躲，却看到一幢房屋的雨檐下，有一个矮子向他招手。他走近些才认出，那正是索克拉特。

"怎么样，达拉斯特先生，你喜欢那种仪式吗？"

达拉斯特却说，大棚里太热，他更爱待在夜空下。

"对，"索克拉特说道，"在你们那里，只做做弥撒，谁也不跳舞。"

他搓着双手，单脚原地跳着转圈，笑得喘不上来气。

"不可思议，他们真不可思议。"

接着，他满脸好奇的样子，注视着达拉斯特。

"你呢，你去做弥撒吗？"

"不去。"

"那你去哪儿？"

"哪儿也不去。我也说不准。"

索克拉特还是笑个不停。

"不可思议！一位贵族老爷不去教堂，什么也不信！"

达拉斯特也笑起来：

"是啊，你瞧，我没有找到自己的位置。于是，我就离开了。"

"那就跟我们在一起吧，达拉斯特先生，我喜欢你。"

"我倒很愿意，索克拉特，可是我不会跳舞呀。"

两人的笑声，在空荡荡的小城寂静中回响。

"唔，"索克拉特又说道，"我倒忘了，镇长要见你。他在俱乐部里吃午饭。"

说罢，他连招呼也不打一声，就朝医院走去。

"你去哪儿啊？"达拉斯特嚷道。

索克拉特模仿一下打呼噜的样子："去睡觉。等一会儿，就列队游行了。"他一路小跑，又连连打起呼噜。

镇长只是特意想给达拉斯特安排一个贵宾席，以便观看这场宗教仪式。他请工程师与他共享一道菜：米饭肉。那么一大盘，足能显示奇效，治好一个瘫痪病人。首先要去法官的家中，站在阳台上，看着队列从对面的教堂里出来。然后再移师镇政府，而镇政府坐落在直通教堂广场的大街上，正是忏悔的教徒们返程的必经之路。法官和警察局长将陪伴达拉斯特，镇长必须亲临仪式。果不其然，警察局长就在俱乐部大厅里，他围着达拉斯特，前后左右忙个不停，嘴上挂着永不疲倦的微笑，哇啦哇啦对他讲话，说的什么听不懂，但显然是大献殷勤。达拉斯特下楼时，警察局长抢先一步带路，为他打开一道道门。

城里始终空荡荡的，烈日炎炎，两个人朝法官家走去，寂静中唯闻他们的脚步声。

这时，附近一条街突然一声爆竹巨响，从所有房顶惊飞了秃鹫：那些肚子无毛的笨重的秃鹫，便呈束状四散飞开。几乎紧随其后，几十枚炮仗，从四面八方炸响，各家各户的房门都大开，开始往外走人，很快就挤满了狭窄的街道。

法官向达拉斯特表示，他能光临他的陋室，实在是他的荣幸。然后带他上楼，漂亮的楼梯是巴洛克风格的，刷了天蓝色石灰粉。达拉斯特登上二楼平台时，旁边的几扇房门打开，一些棕色头发的孩子探头探脑，压住咯咯笑声又缩回去了。贵宾室建造得非常美观，仅仅摆放了藤条桌椅，挂了几只大鸟笼，笼中的鸟儿叽叽喳喳，十分吵闹。他们观瞻的阳台，正对着教堂前的小广场。现在，小广场上全挤满了人，但是在几乎看得见的自天而降的热浪冲击下，他们却一动不动，安静得出奇。只有孩子围着广场跑来跑去，猛然停下点着炮仗，炸响声此伏彼起。从阳台望去，教堂显得更小了：教堂的墙壁抹了粗灰泥，十几级台阶粉刷成蓝色，两座小钟楼则粉刷成天蓝和金黄两色。

教堂里的管风琴，突然奏响了。人群一齐转向教堂门廊，分开排列到广场两侧。男人都纷纷脱帽，女人则屈膝跪地。远处的管风琴长时间演奏进行曲。继而，从森林传来奇特响动，一种昆虫鞘翅振动的声音。一架翅膀透明、机身单弱的小型飞机，出现在树木的上空，在这不分年代的世界中仿佛一个怪物。飞机朝广场低飞，发出大木铃般的轰鸣，掠过广场和仰望它的人头，然后打了个弯，朝河口方向飞去。

这工夫，昏暗的教堂里隐隐一阵骚乱，重又引起人们的注意。管风琴停止了演奏，取而代之的是铜管乐器和扁鼓，但是隐蔽在门廊里看不见。一些忏悔者身披肥大的黑袍，一个一个走出教堂，聚集在台阶的平台上，然后走下台阶。跟在后面的忏悔者身披白袍，举着红色和蓝色的会旗；接着有一小群装扮成天使的男童，都是圣母儿童会成员，一张张黑色小脸表情严肃。最后，几位当地显贵，身着深色西装，热得汗流浃背，他们抬着五颜六色的圣人遗骨盒，以及上面的耶稣像。

耶稣手持芦苇，头戴荆冠，伤口流血，从站在台阶上的人群头上摇摇晃晃地走过。

圣人遗骨盒到了台阶下面，有个停顿时间，忏悔者大致排好队列。正是这工夫，达拉斯特看见了厨子。他刚到教堂前平台，光着膀子，蓄留大胡子的头上垫着一块软木板，顶一大块长方形石头。他步子沉稳，走下台阶，两条肌肉突出的短胳臂稳稳把住石头。他一到达圣人遗骨盒后面，游行队列便起动行进了。这时，穿着鲜艳彩服的乐师们才从门廊下出来，卖力吹着饰有彩带的铜号。忏悔者的队列加快了步伐，踏上了直通广场的一条街。等队列后面的圣人遗骨盒也消失不见了，场面上只剩下厨子和最后几位乐师了。那架飞机又兜回来，携着一片稀里哗啦的金属声响，掠过最后几伙人的头顶；而在砰砰的爆竹声中，观众也动起来，跟上最后的队列。达拉斯特的眼睛只盯着厨子，望着他在街上渐渐隐没，突然仿佛瞥见他的肩膀下弯了，但是离得远，也看不大清楚。

法官、警察局长和达拉斯特前往镇政府，街上空荡荡的，两侧的商店和住户都关了门。铜管乐和鞭炮声逐渐远去，城里又恢复了寂静，已经有几只秃鹫飞回房顶，落到他们似乎一直占据的位置。镇政府位于一条狭长的小街上，这条街一直通往教堂广场外侧的一个街区。此刻，镇政府空无一人，站在阳台上远眺，只望见一条坑坑洼洼的马路，刚下过的雨留下几汪水洼。太阳已经偏西，依然烘烤着街道对面房舍没有门窗的墙壁。

他们等待了许久，实在太久了，达拉斯特总望着对面墙壁上阳光的反射，又感到倦怠和眩晕了。空荡荡的街道、人去室空的房舍，既吸引他的目光，又令他生厌。他重又萌生逃离这地方的念头，同时还想到那块大石头，真希望这场考验已然结束。他正要提议下去问问情况，忽然教堂钟声响起，震荡齐鸣。与此同时，从他们左边街道的另一头，涌现一大群人，一时沸反盈天。他们从阳台远远望去，只见那些人团团围住圣人遗骨盒，朝圣者和忏悔者乱作一团，伴随着鞭炮声和欢叫声，沿着狭窄的街道走过来。不大工夫，满街道都是人了，他们朝镇政府走来，乱哄哄难以名状，不分年龄，不分种族，也不分服饰，全混杂起来，汇成了花团锦簇的群体，布满了眼睛和喧嚷的嘴巴，布满高举的蜡烛，状如一支长枪大军，而烛光早已融入炽烈的阳光中。等他们走近了，那么密集，到了阳台下，仿佛缘墙而上了。达拉斯特在人群中，没有看到那个厨师。

达拉斯特也没有说一声，猛地离开阳台和大厅，飞奔下楼，跑到街上，在如雷鸣的钟声和鞭炮声中，他不得不同欢快的人群搏斗，冲进那些擎着蜡烛的人群中，那些深感不满的忏悔者当中。然而，他以势不可当的姿态，调动全身的力量，逆人的潮流而行，猛力冲出一条路来，他跟跟跄跄，到了街道另一头，险些跌倒，终于自由了，已经冲到人潮的尾部。他贴着滚烫的墙壁站着，赶紧喘口气。喘息稍定，他又朝前走。这时街口又出现一伙人。在前面的那些人倒退着走路，达拉斯特看见他们围着那厨子。

厨子显然疲惫不堪。他停下脚步，接着，他被大石头压弯了腰，开始小跑，像装卸工和苦力那样脚步急促，那是受苦模样的倒腾碎步，整个脚底板着地。围着他的那些忏悔者，满身滴了蜡油，沾了尘土，一见他停下就给他鼓劲。他弟弟在他身左边，忽而走忽而跑，始终不吭一声。达拉斯特觉得，他们永远也跑不完与他相隔的这段距离。快要到近前的时候，厨子又停下了，无神的目光扫视一下四周，看见达拉斯特时，却仿佛认不得了，停在那里，转向达拉斯特。现在他脸色发青，淌满油腻腻、脏兮兮的汗水；他的胡须沾满唾液的黏丝，嘴唇也被一种干了的褐色沫子封住了。他力图笑一笑。可是，重压之下动弹不了，他浑身颤抖，除了肩膀的部位，那部位的肌肉在抽搐中显然纠作一团了。那个兄弟认出达拉斯特，只对他说了一句：

"他已经跌倒过了。"

索克拉特不知从哪儿冒出来，也对着他耳朵悄声说：

"过度跳舞，达拉斯特先生，跳了一整夜。他累坏了。"

厨子又朝前走，步子一蹿一蹿的，不像是要前进的人，倒像是通过这种动作，要逃脱压垮他的重负，要减轻压在身上的重量。不知怎的，达拉斯特来到厨子右边。他的手动作变轻，放到厨子的背上，同样迈着又急又重的碎步，走在他的身旁。到了街的另一头，不见了圣人遗骨盒，人群无疑把广场挤得水泄不通，似乎不再前行了。不大工夫，在他兄弟和达拉斯特的护卫下，厨子又往前走了一段。很快，仅差二十米远，就到达聚在镇政府前看他通过的人群了。然而，他又站住了。达拉斯特抚他后背的手加力了，说道：

"走啊，大厨，再坚持一下。"

厨子却浑身发抖，嘴角重又流涎，而且满身往外喷汗了。他本想深呼吸，也只是喘了口气，猛地停下。他又动了动，往前挪了三步，身子摇晃起来。突然，石头滑落到肩头，砸破个大口子，又从胸前滚落到地上，厨子也失去平衡，瘫倒在一旁。走在前面鼓励他的人都惊呼，往后一跳闪避。其中一个人急忙接住软木板，其他人则抬起石头，准备再放到厨子的头顶。

达拉斯特俯下身，用手擦掉厨子肩上的尘土和血污，而这个矮个子脸贴着地面，这时只顾喘息了。他什么也听不见，一动也不动了，张大了嘴，贪婪地猛吸每一口气，仿佛那就是最后一口了。达拉斯特拦腰抱住他，像抱孩子似的，毫不费力地把他拖起来，紧紧地搂住他，扶着他站住。达拉斯特还大弯腰，冲他的脸说话，似乎要向他输送自己的力量。厨子满身尘土和血污，过了片刻离开他，脸上流露惊恐的表情。他摇摇晃晃，又朝那块由众人略微抬起的石头走去，可是走了两步又站住，目光茫然地注视那石头，摇了摇脑袋。然后，他手臂耷拉下来，转向达拉斯特，大颗大颗泪水，无声地流到那张消损憔悴的脸上。他想要说话，也是在说话，然而只张嘴却语不成句。

"我许了愿……"他说道，随后又说，"噢！船长啊！噢！船长啊！……"

眼泪淹没了他的声音。他的兄弟出现在他身后，紧紧抱住他，厨子边哭边偎依着兄弟，脑袋仰到后面，他认输了。

达拉斯特看着厨子，不知道说什么好了，他转向又叫嚷起来的人群。突然，他从一个人手中夺过软木板，直奔那块石头。在他的示意下，那些人抬起石头，几乎不费力地安放在他头顶。受石头的重压，他的躯体微微缩紧，肩膀也收拢了，喘息急促了点儿。他瞧了瞧脚下，听了听厨子的饮泣。随即起行，迈出强有力的步子，一鼓作气，走完了与人群相隔的距离，到了街道的另一头，毅然劈开聚众的头几行，人们也纷纷给他闪开一条路。他在钟鸣和鞭炮的喧闹声中走进广场，穿过突然安静下来、惊奇看着他的两旁观众。他以同样激昂的步伐前进，观众为他闪开一条直达教堂的路。他的头和脖颈虽然开始感到沉重的压力，但是看见教堂和圣人遗骨盒似乎在平台上等待他，便朝教堂走去，已经过了广场的中心，猛然间，也不知道为什么，他拐向左边，离开了去教堂的路，迫使那些朝圣者同他面面相觑了。他听见身后有急促的脚步声，眼前到处是张大的嘴巴。他不明白那一张张嘴冲他嚷什么，尽管他们不断向他喊的葡萄牙语那个词，他似乎也认得。突然，索克拉特出现在他面前，惊恐地转动着眼珠，说话前言不搭后语，指着让他看身后去教堂的路。

"去教堂啊！去教堂啊！"

索克拉特和那群人冲他喊的，原来是这个意思。可是，达拉斯特还照旧往前闯。索克拉特闪到一旁，手臂举向天空，样子十分滑稽，众人也渐渐停了喊叫。达拉斯特踏上另一条街，即他和厨子已经走过的街道，知道通向河边的街区，这时身后广场的喧声，就完全模糊难辨了。

现在，大石头压得他脑壳疼痛，两条粗壮的胳臂必须全力支撑，才能减轻点压力。到了邻近的街巷，坡路很滑，他的双肩已经抽缩了。他停下脚步，侧耳细听，只有他一个人。他正了正放在软木板上的石头，顺坡十分小心地下脚，但步伐还很坚定，一直走到棚户区。到了地方，他呼吸开始困难了，扶在石头周围的手臂也发抖了，于是加快脚步，终于到达小广场，厨子棚屋的地方，于是跑过去，一脚踹开房门，将石头一下子摔到屋子中央，正砸在还发红的火堆上。他这才挺起腰板儿，突然这么大块头儿，连连猛吸着他辨别出来的穷困和灰烬的气味，他倾听着一种无以名之的快乐，一种隐隐激荡的快乐随着心潮汹涌。

棚屋的主人回来了，发现达拉斯特闭起双眼，靠在里侧墙壁站着。在屋子中央灶火的地方，大石头半吃进土里，覆盖着灰烬和泥土。他们停在门口，没有往前走，默默地注视达拉斯特，就好像在询问他。然而，达拉斯特也沉默无语。这时，厨子由兄弟带到石头旁边，一屁股坐到地上。他兄弟也坐下了，还招呼别人。老太婆过来了，接着，昨夜身着猎装的那个姑娘也过来了，但是谁也不看达拉斯特一眼。他们围着石头，蹲坐了一圈儿，谁都默不作声。唯有河水的流淌声，透过沉闷的空气传到他们耳畔。达拉斯特站在暗地儿里，只是倾听着，什么也看不见，而河水的声响，使他的身心充满了乱纷纷的幸福感。他闭着眼睛，在心里欢呼自己的力量，再次欢呼复活的生命。就在这当儿，一声爆竹仿佛就在附近炸响。那兄弟挪挪身子，稍微离开点厨子，半转向达拉斯特，眼睛不看他，指了指腾开的位置，说道：

"你和我们坐在一起吧。"

附 录

加缪生平与创作年表

李玉民 编译

1913 年

11 月 7 日，阿尔贝·加缪生于阿尔及利亚的小镇蒙多维。

他是个混血儿，父母的身份极为复杂，两边的家庭都漂泊不定，最后到阿尔及利亚这块殖民地重新开始生活。

父亲吕西安·奥古斯特·加缪 1885 年 11 月 8 日生于阿尔及利亚。祖籍法国波尔多，早年迁往阿尔萨斯，全家于 1871 年到阿尔及利亚落地生根。吕西安·奥古斯特·加缪刚生下一年，便遭丧父之痛，他被送进孤儿院，长大一点逃离，到葡萄园当学徒。

母亲卡特琳·辛泰斯（加缪的女儿取名为卡特琳，而《局外人》的主人公莫尔索的一个朋友，则叫辛泰斯）祖籍西班牙，生活在米诺尔克岛。全家迁至阿尔及利亚之后，她父亲才出世，这是个农业工人的家庭。

吕西安·奥古斯特·加缪于 1909 年同比他大三岁的卡特琳·辛泰斯结婚。1910 年，他们生下第一个儿子，取名吕西安；1913 年生下第二个儿子，便是阿尔贝·加缪。

1914 年

战争阴云密布。6 月，弗朗茨·费尔迪南大公在萨拉热窝遇刺身亡。7 月 28 日，奥匈帝国向塞尔维亚宣战。德国先向俄国宣战，于 8 月 3 日又向法国宣战。

8 月 2 日，第一次世界大战爆发。战火就要毁掉多少像加缪这样贫苦的家庭。"我和同年龄的所有人，是在第一次世界大战的枪炮声中一起长大的。我们的历史从那以后，屠杀、非正义和暴力，就始终没有间断过。"（《夏》）

吕西安·奥古斯特·加缪应征入伍，编在称为"朱阿夫军团"的海外军团。他随军开到巴黎附近，8 月 24 日参加了为阻止德军进攻的马恩河战役，不幸头部中炮弹片受伤，被送到后方医院，于 10 月 11 日死在圣布里厄医院，并埋葬在当地。

加缪的母亲得知噩耗，精神遭到沉重打击，几乎失聪，并出现话语障碍。寡母带着两个幼儿，生活陷入更加穷苦的境地，搬到阿尔及尔的贝尔库贫民区。她从未去祭过丈夫，说圣比尤克城的圣米歇尔阵亡军人墓地太遥远。直到加缪获得诺贝尔文学奖，一个纪念名人的组织才在他父亲的墓前树一块墓碑。她先是在弹药厂做工，后来又给人家做家务，勉强维持生计。一起生活的还有外祖母和有残疾当桶匠的舅舅。

1915 年至 1918 年

加缪就是在这种穷苦的环境，在几个亲人中间长大的。这个环境不仅生活困苦，而且也没有精神食粮，亲人都不识字，家里也没有一本书，可以说加缪的童年是在文化和历史的真空中度过的。

然而，他有一个"温柔的好母亲"，尽管母亲没有时间，也不知道怎样爱抚孩子。他的沉默寡言、天生的自豪感和朴实的性情，多半受他母亲的影响。

这个小男孩还有阳光和大海，这是他一生都享用不尽的财富。"首先，对我来说，贫穷从来就不是一种不幸……我置身于贫穷和阳光之间。由于贫穷，我才不会相信，阳光下和历史中一切都是美好的；而阳光又让我明白，历史不等于一切。"（《反与正》作者序）

连着海边的贝尔库贫民区，却向他提供阳光、沙滩和大海。加缪和他的小朋友在那里学会游泳，在阳光下嬉戏，观察繁忙的穷人世界。

贝尔库是加缪上的第一所学校，是他上的人生第一课。在贝尔库，不同种族的人混杂在一起，各种活动和各种现象相交织，加缪在这所学校里长大，没有种族的意识，养成独立的人格，能平易而坦诚地同各个阶层的人交往，毫无知识界常有的那种歧视和嫉妒。

1919 年

加缪进入贝尔库区小学校，他从封闭的家庭走进开放的世界。这所公立学校设备齐全，又有完善的校规，这正合加缪的心思，于是他又走进书的世界。他大量阅读从区图书馆和学校图书馆借的书，老师和其他人也愿意借书给他看，他的智慧有了惊人的发展。加缪在班里年龄小，体质又弱，但是他有一种能影响别人的魅力，这种影响力来自他的聪明和智慧。他喜欢有听众，同学们也爱听他讲故事。为此，他甚至独自去海滩练口才，效仿古代的狄摩西尼的做法，口含小石子高声朗诵诗歌。

随着加缪戏剧才能的发展，后来他组建了剧团，创作剧本，甚至还努力振兴悲剧。

1920 年

第一次世界大战结束两年之后，加缪才被确认为战争孤儿，应由国家抚养，他终于能领一笔小小的奖学金，用来买学习和生活必需品。

后来，加缪曾向女友玛格丽特·多布朗透露，七岁时他就想成为作家。

1921 年至 1924 年

加缪在学校以学习成绩优异著称，他在班里法语成绩始终是第一，显示出语言才能。

1923 年 10 月，加缪升到五年级，也快满十周岁了。这个毕业班的法语教师路易·热尔曼是个特级教师，他在学校很有影响，颇有声誉。他已经注意到加缪这个品学兼优的学生，超乎寻常地进行家访。

当年实行五年义务教育，一般孩子小学一毕业，就去找活儿干。加缪的哥哥吕西安十五岁就去干活挣钱了，加缪也不能例外。热尔曼先生劝说加缪的家人，让孩子继续念书，上中学可以争取奖学金。外祖母虽然反对，这次沉默寡言的母亲却讲话了，要让二儿子考中学。

热尔曼给加缪指定一年中应读的书目，他在课堂上朗读讲述第一次世界大战战壕生活的小说《木十字架》，给加缪以极大的震动。后来，加缪在《第一人》的手稿中，就描述了他的感受和激动。热尔曼对所有战争中失去父亲的孩子有一种特殊的感情，对加缪的成长影响至深。加缪念念不忘这位小学老师对他的教导，乃至他获得诺贝尔文学奖时，把授奖仪式的答谢词献给他的启蒙老师，恭恭敬敬地写上"路易·热尔曼先生"。

1924 年 6 月，加缪和他的同窗好友安德烈·维尔纳夫考取了格朗中学。10 月份开学，加缪享有奖学金，成为半寄宿生，他选择了A 类课程，即主修法语和拉丁文。

1925 年至 1930 年

加缪在中学也是品学兼优的学生。从上中学起的假期，他不再和同学一起去海滩嬉戏，而是谎报年龄，开始打工。

课间休息，他最爱踢足球，他一般当守门员，有时也当队长，踢中锋位置。他踢球很勇猛，时常受伤。"不久我就明白了，球绝不会从你预料的方向传来。这一点对我的生活很有帮助，尤其是在法国，不是人人都那么正直。"

1928 年，加缪进入阿尔及尔大学拉散俱乐部少年足球队。他写道："归根结底，正因为如此，我才特别热爱我的足球队，为了胜利的喜悦，尤其这种喜悦同拼搏之后的疲惫感觉相结合，那真是美妙极了，但同时也是为了输球之后的晚上想哭的那种傻念头。"（拉散俱乐部《周报》）

像所有善于思考的人那样，他从激烈的球场所领悟的，绝不仅仅是男子汉气概和拼搏精神："多年来我看到世人许许多多表演之后，最终对人类道德和义务最肯定的东西的认识，还应当归功于体育，这是我在拉散俱乐部少年队里学到的。"（1953 年 4 月 15 日《勒鲁亚体育简报》）

此外，这种集体运动也培养了他的集体意识、与人合作的精神。他把这种作风，也带到了他的社会活动和戏剧活动中。

加缪念中学时，思想极为活跃，他常和要好的同学聚在咖啡馆里，无休止地争论时局、政治问题和国际形势。当然，大多时候还是讨论文学问题，而马尔罗和纪德，则是这些青年学生讨论的热门话题。

马尔罗于 1926 年发表《西方的诱惑》，1928 年出版《征服者》，他在作品中所倡导的革命思想和革命冒险精神，对加缪极具吸引力。

同样，纪德早年出版了《人间食粮》，1926 年发表了《伪币制造者》、《如果种子不死》，1927 年发表《刚果游记》，1928 年发表《乍得归来》。纪德的作品影响着一代青年，加缪也不例外。不过，他十一岁时错过了阅读纪德作品的机会，到了十六岁，即 1929 年看了纪德的《人间食粮》，开始从艺术上感受大自然的馈赠。

1929 年至 1930 年，加缪上高中二年级，准备中学会考的第一阶段课程。从 1930 年 10 月开始准备第二阶段考试。在这一学年，加缪遇到了他的第二个受业恩师让·格勒尼埃。

让·格勒尼埃一生从事教育，喜爱文学，时常写些随笔，他教授的哲学课生动有趣，对学生富有启发作用，使加缪对哲学产生浓厚兴趣。他是个伯乐式的教授，第一次走进加缪的教室，就发现了这个特别有前途的学生。

1930 年至 1931 年

加缪经历了一场生与死的考验。

他于 1930 年 12 月出现肺结核症状，直到咳嗽加重，甚至晕过去一回才由外祖母带着去看病，并住进医院。当时没有特效药，肺结核病死亡率很高，至少要拖累一生。加缪一生都受这种病菌的不断侵袭和折磨，他以坚强意志和巨大勇气与病魔相搏。经历过死亡的威胁，加缪更加热爱和珍惜生命，在以后的生活和创作中，表现出更大的激情。

加缪因病辍学，幸而能住到生活富裕的姨父家中养病。姨父阿科尔虽开肉店，但是个爱读书、喜欢交际的人，他那种无拘无束的性情、无政府主义的思想，对加缪产生了相当大的影响。

1932 年

加缪病愈复学，在高中多念一年，就有了同让·格勒尼埃多接触的时间。在加缪刚生病时，这位老师还去他家中看望，在加缪升入大学后，也给他上过课。加缪则时常去老师家讨论问题，二人从师生情发展成忘年交，直到加缪不幸遇车祸去世，让·格勒尼埃又为经典本的《加缪全集》作序。

　　加缪先后将他的《心灵之死》《反与正》《反抗者》献给让·格勒尼埃，还为让·格勒尼埃的《岛》的再版作序。《岛》给他以心灵的震撼，比得上他阅读《人间食粮》时的感受："我们需要更敏锐的大师，需要类似在彼岸出生的一个人。他应当热爱阳光，热爱健美的躯体，并用难以模仿的一种语言告诉我们这一切外表美丽，但终究要消亡，因此要倍加珍惜。"（《岛》序言）

　　让·格勒尼埃的作品，向加缪提供了一个思考的领域，一个思考的范畴。加缪写道：

　　……我遇见让·格勒尼埃。他也一样，递给我的东西里有一本书，是安德烈·德·里什欧的一部小说，名为《痛苦》。我不了解安德烈·德·里什欧。不过，我始终没有忘记，他那部好书，是头一部向我谈论我所了解的事物的书：一位母亲、穷困、晴朗的天空……我照惯例一夜看完，醒来之后，就拥有了一种异样的、全新的自由，到了一片陌生的土地上，犹豫着向前走。这次我了解到，书籍不仅仅散播遗忘和消遣。我执意的沉默，这种朦胧而巨大的痛苦、这怪诞的世界、我家人的高尚情操、他们的穷困，最后还有我的秘密，原来这一切都可以讲述……《痛苦》让我隐约看到创作的世界，而纪德又将促使我闯进去。（《相遇安德烈·纪德》）

　　加缪通过中学会考。在让·格勒尼埃的鼓励下，开始尝试写作，在学生自办的小型文艺杂志《南方》上，发表一些随笔。

1933 年

1 月 30 日，希特勒上台。亨利·巴比塞和罗曼·罗兰发起反法西斯运动，加缪很快就积极投入这场运动。

加缪进入阿尔及尔大学，攻读哲学和古典文学。他开始写读书笔记，其中提到司汤达、陀思妥耶夫斯基、尼采、格勒尼埃，尤其提到纪德。他写道："我这感情太好冲动，应当学会克制。我相信能控制住自己，能用嘲讽、冷漠来打掩护。我应当改变调子。"这是他初次反省。

1934 年

6 月 16 日加缪结婚，娶的是一个最惹男人注意的风骚姑娘西蒙娜·耶。西蒙娜打扮得很妖艳，她是大学生的偶像，是上升的中产阶级和社会成功的标志。她头戴宽檐帽，脚穿高跟皮鞋，嘴上时常叼着烟卷，甚至披着狐皮长披肩随加缪去听课。加缪的衣着也很讲究，两人很般配。但是姨父反对这桩婚事，加缪只好离开姨父家，开始半工半读。然而，西蒙娜早就染上毒瘾，加缪像圣徒似的要拯救她，但始终徒劳无益。这场婚姻持续了一年多。

6 月，加缪通过心理学考试，11 月又获得古典文学证书。

1935 年

法国左派力量成立人民阵线，反对达拉第的右翼政权。文化青年的英雄安德烈·纪德、安德烈·马尔罗等全力投入这场政治运动，带动了加缪这样的热血青年。加缪加入共产党，负责贝尔库工人区的支部工作。他在给让·格勒尼埃的信中写道："我认为把人们引向共产主义的，主要不是思想，而是生活……我有一种强烈的愿望，就是要看到戕害人类的苦难减少。"

加缪善于调解安排，学业、写作、在穆斯林中开展宣传工作三不误。

他在学校仍是个好学生，拿下了学士学位最后一门哲学和逻辑学考试。他开始写《反与正》，继续写《手记》和随笔文章。

对我来说，我知道我的源泉就在《反与正》里，就在这穷困和阳光的世界中。我在这世界生活了很少时间，时时回忆它，我就能避免威胁任何艺术家的两种相反的危险，即怨恨和满足……然而，关于生活本身，我在《反与正》中谈得很笨拙，就知道说出来的那点东西。

加缪发展党的外围组织，帮助劳工学校开班，和朋友创立"劳工剧团"。他要改编马尔罗的小说《轻蔑的时代》，并收到马尔罗的复电："你演吧。"加缪特别高兴，因为马尔罗以"你"称呼他。他改编的剧本，在极其艰苦的情况下排练和演出，取得极大成功。1936 年 1 月 25 日首场演出，观众就多达两三千人。一份显然是加缪起草的传单这样写道：

经过大家无私的努力，劳工剧团在阿尔及尔组建起来了。剧团意识到大众文学的艺术价值，便希望表明艺术应当从象牙塔里解放出来，同时也相信美感是与人性紧密相连的……我们的目标在于恢复人的价值，而不是提出新的思考。

1936 年
3 月 7 日，德国重新占领莱纳尼亚[①]。
5 月，法兰西人民阵线在大选中夺得胜利。

---

① 即北莱茵-威斯特法伦州。

6月，加缪去中欧旅行，返回阿尔及尔便同西蒙娜离异。

7月17日，西班牙内战爆发。

加缪和三位同志以西班牙人民的斗争为题，共同编写剧本《阿斯图里亚斯起义》。此剧排练好之后却遭当局禁演。于是加缪给市长写了一封公开信，剧本又由夏尔洛书商出版。劳工剧团又先后排练演出了高尔基的《底层》、马基雅弗利的《曼陀罗花》、巴尔扎克的《伏脱冷》。

加缪有一种"天生的权威"。蓬塞说："加缪具有难以描摹的天赋，他经常到现场，找适当的时间，用恰当的语言激发人的热情，创造一种相互信赖的和谐气氛……"

从编剧到演出的全过程，加缪无不亲自参与，取得宝贵的经验，为他后来振兴戏剧的活动打下了基础。

1937 年

为了维持生活，加缪进入阿尔及尔广播剧团当演员，每月有十五天到城镇和乡村巡回演出。

加缪还进帕斯卡尔·皮亚主持的《阿尔及尔共和报》报社当记者（《西绪福斯神话》就是题词献给皮亚的）。他在报社先后担任各种职务，从编辑社会新闻栏、节日集会专栏、文学专栏，一直到撰写社论。他尤其重视查明发生在阿尔及利亚的重大政治案件。

加缪是 1936 年创建的"文化之家"的领导者之一，他积极组织发展地中海文化的各种活动，邀请学者和作者开讲座，做报告，甚至亲自开讲座，谈地中海新文化。在这些活动中，加缪显示了工作的热情和组织才干，同时也表明他对阿尔及利亚地中海的情结。

因健康缘故，加缪未获准报名参加哲学和教师资格考试。他不得不到昂布兰休养，继而取道马塞、热那亚和比萨，到佛罗伦萨游览参观。

劳工剧团解散，加缪与友人又组建"队友剧团"。

加缪谢绝西迪·贝尔·阿贝斯中学的聘书，担心在因循守旧的环境会沉沦。他打算离开阿尔及尔，到法国本土寻求更大的发展空间。

5月10日，《反与正》由书商夏尔洛出版，收入《地中海作品丛书》。这本散文集是加缪的处女作，共五篇，浓缩了加缪在生长环境中的人生体验，在追求真理的路上的哲理思索，文章充满诗情和悲剧气氛，预示他后来文学创作题材和形式的取向。

8月，他开始构思另一本抒情散文集《婚礼集》。9月写出生前没有发表的小说《幸福的死亡》，这是加缪创作小说的尝试，在情节上有点像《局外人》的雏形。

加缪和一群阿尔及利亚知识分子签署一份声明，支持勃鲁姆·维奥莱特选举改革方案，认为这个方案是"伊斯兰教徒全面获得议会自由的一个阶段……"。

从1935年秋加缪加入共产党，到1937年11月他被开除出党，这一阶段，人民阵线、共产党、穆斯林民族主义以及加缪本人，各方面都发生了微妙的变化。党组织认为加缪入党动机不纯，持不同政见，同穆斯林作家和伊斯兰宗教领袖来往密切。加缪则指责党对穆斯林反殖民主义实行反对政策，指责党的干部不理解深受殖民主义压迫的阿尔及利亚人民。在劝退不成的情况下，总部开会决定将加缪开除出党。对此，加缪的唯一反应，仅仅是"微微一笑"。

其实，加缪到了他一生的转折点：他的内心生活的比重，开始超过社会生活。他不会抛弃，但要以更严肃的态度参与社会生活，要为自己的文学创作保留必要的精力和时间。

1938 年

队友剧团组建以来，要给民众带来一个高质量的戏剧季节："戏剧是一门让世人去解释寓意的有血有肉的艺术，是一门既粗犷又细腻的艺术，是动作、声音和灯光的美妙谐和。然而，戏剧也是最传统的艺术，重在演员和观众的配合，重在对同一幻觉的一种彼此心照不宣的默认。"

加缪选择首演的剧目，是费尔南多·罗维的《修女》，西班牙文艺复兴初期的一部名著。

2月，又演出安德烈·纪德的《浪子回头》和夏尔·维尔德拉克的《顽强号客轮》。

马尔罗的小说《希望》出版。

萨特的《恶心》出版。加缪很欣赏这本书，但是反对萨特的审美观，指出他过分强调人的丑陋，以便把人生的悲剧性建立在这个基础上："没有美、爱或者危险，生活就会很容易。"

酝酿荒诞系列作品，首先写了荒诞剧《卡利古拉》，还考虑写一部论述荒诞的作品，有些笔记后来写《局外人》时就用上了。

他看了克尔恺郭尔的《论绝望》，以及尼采的《人性的，过于人性的》《偶像的黄昏》。

9月30日，签订《慕尼黑协定》。

1939 年

3月，捷克被第三帝国吞并。

阅读伊壁鸠鲁和斯多葛派的作品。

同安德烈·马尔罗见面。

萨特的短篇小说集《墙》发表。加缪撰文评论道："观察到生活的荒谬，不可能是一种终结，而仅仅是一种开端。"（《阿尔及尔共和报》1939 年 3 月 12 日）

5月，加缪的抒情散文集《婚礼集》出版。

6月，加缪到阿尔及利亚北部山区卡比利调查："在世界上最美的地方，这种穷困的景象比什么都令人痛心。"这一经历，对加缪的"荒诞"概念的最后成形，起了决定性的作用。

战争乌云密布，加缪不得不放弃去希腊旅行的计划："战争爆发那年，我本来打算登船，也像尤利西斯那样航海旅行。在那个时期，即使一个穷苦的年轻人，也能做出奢华的计划，横渡大海去迎接阳光。"（《夏》）

9月3日，第二次世界大战爆发。

首要的一条，就是不绝望。不要听信叫嚷到了末日的那帮人。（《扁桃树》）

发誓在最不高尚的任务中，只完成最高尚的举动。（《手记》）

野兽统治的时代开始了，我们已经感觉到了人类身上增长的仇恨和暴力。在他们身上，纯洁的东西荡然无存……我们所遇见的全是兽类，全是欧洲人那些野兽般的嘴脸……（9月7日《日记》）

加缪准备应征入伍参战，但因健康缘故暂缓。
《阿尔及尔共和报》改成《共和晚报》，加缪任主编。
到阿尔及利亚奥兰旅行。

1940 年
加缪同一位奥兰姑娘弗朗西娜·富尔结婚。
1月10日《共和晚报》遭当局查封。
加缪去巴黎，由帕斯卡尔·皮亚推荐，进《巴黎晚报》社，在编

辑部当秘书，做些纯事务性的工作。"在《巴黎晚报》报社感觉巴黎的整个心脏，以及它那轻佻少女式的龌龊思想。"（《手记》）

5月，《局外人》完稿。

5月10日，德军入侵。加缪同《巴黎晚报》编辑部撤离巴黎，12月他脱离编辑部。

9月，开始撰写《西绪福斯神话》的第一部分。

10月，加缪到里昂，暂时落脚。

1941 年

1月，返回奥兰市，到一所接纳犹太子女的私立学校教一段时间书。奥兰是阿尔及利亚第二大城市，后来加缪的长篇小说《鼠疫》，就以这座城市为背景。

2月，《西绪福斯神话》完稿。

受海尔曼·麦尔维尔《白鲸》的影响，加缪开始构思长篇小说《鼠疫》。他在《介绍海尔曼·麦尔维尔》的文章中写道："这是人所能想象出来的最为惊心动魄的一个神话，写人对抗恶的搏斗，写这种不可抗拒的逻辑，终将培育起正义的人；他首先起来反对创世和造物主，再反对他的同胞和他自身。"

12月19日，法共中央委员加布里埃尔·帕里在抵抗斗争中，被德军抓获并杀害。加缪在《时政评论一集》中写道："……您问我出于什么理由站到了抵抗运动一边。这个问题，在包括我在内的一些人看来，是没有意义的。当时我就认为，现在还一直认为，总不能站在集中营一边，那时我明白了，我憎恶暴力机构，却不那么憎恶暴力。为了把话说得明明白白，我非常清楚地记得那天，我心中反抗的浪潮达到了顶峰。那是在里昂，一天早晨我看报，读到加布里埃尔·帕里被处决的消息。"

加缪由帕斯卡尔·皮亚和勒内·莱诺介绍，加入"北方解放运动"的抵抗组织，接受搜集情报和出版地下报纸的任务。

1942 年

1月，加缪肺病复发，不宜留在气候潮湿的北非，不得不去法国本土，到利尼翁河畔的尚邦休养。

由于战争阻隔，他回不了北非，同妻子天各一方，直到解放才重聚。

6月15日，《局外人》由伽利玛出版社出版。10月16日，《西绪福斯神话》在同一出版社出版。

《局外人》受到普遍的好评。萨特写道："《局外人》是一部经典之作，一部理性之作，为荒诞及反荒诞而作。"亨利·海尔在《泉水》杂志上发表文章："加缪及其《局外人》站到当代小说的最尖端，这条道路由马尔罗开创，由萨特终结，途经塞利纳，它赋予了法国小说以新的内容和风格。"

被人称为荒诞哲学家，加缪则不以为然："我不是哲学家，对理性没有足够的信赖，更难相信一种理论体系。我的兴趣所在，是探讨怎样行动，更确切地说，人们既不相信上帝，又不相信理性的时候，应当如何生活。""不，我不是存在主义者……萨特是存在主义者，而我发表的唯一理论著作《西绪福斯神话》，恰恰是反对那些存在主义哲学家的……"（《文学新闻》1945 年 11 月 15 日）

1943 年

完成剧本《误会》的初稿。

加缪在里昂地区和圣艾蒂安地区来回奔波，时达数月，他给勒内·莱诺《诗歌》作序时写道："如果说地狱存在的话，依我看，它就应当像行人全穿黑服的这些无尽头的灰色街道。"

法国工人——我渴望了解并"生活"其中，只有在他们身边我才感到舒服。他们跟我一样。（《手记》）

6月，萨特剧本《苍蝇》首演式上，加缪、萨特、西蒙娜·德·波伏娃，他们常在巴黎圣日耳曼大街的咖啡馆见面。

加缪成为伽利玛出版社的审稿员。他住进安德烈·纪德的套房，第二次同路易·阿拉贡见面。

几个抵抗运动组织合并，加缪参与筹办地下报纸《战斗报》，同皮亚、弗朗西斯·蓬日、雷诺等抵抗运动战士联系密切。

1944 年

加缪的剧本《卡利古拉》和《误会》在伽利玛出版社出版。

6月，《误会》由玛丽亚、卡萨雷斯和马塞尔·埃朗主演，在马图兰剧院演出。

先后共发表四封《致一位德国友人的信》："我仍然认为这个世界没有更高的意义，但是我也知道这世上的某种东西有意义，这就是人，因为，人是要世界有意义的唯一生灵。"

8月24日，巴黎解放，皮埃尔·沙菲尔通过广播电台，让巴黎的钟全部敲响庆祝。

《战斗报》第一期公开散发："在这8月的夜晚，巴黎无处不开火。"

从9月开始，加缪和弗朗索瓦·莫里亚克分别在《战斗报》和《费加罗报》上撰文，在是否应惩罚法奸（合作分子）的问题上展开激烈的论战。加缪主张必须严惩叛徒，才能伸张正义。

10月，加缪与妻子在巴黎团聚。

1945 年

授予加缪抵抗运动勋章。

5 月 8 日，加缪在安德烈·纪德身边，得知停战的消息。

5 月 16 日，殖民当局在阿尔及利亚塞提夫城，先屠杀，继而又镇压阿尔及利亚人民。加缪前往当地调查，写了八篇文章，有六篇以《阿尔及利亚纪事》为副标题，收入 1958 年出版的《时政评论三集》，表达了对阿尔及利亚人民争取民主自由的同情。

8 月 6 日和 9 日，美国在日本广岛和长崎投下原子弹。加缪在《战斗报》撰文："机械文明达到了野蛮的极点，在不久的将来，人们必须抉择：要么集体自杀，要么聪明地利用科学成果。"

9 月 5 日，加缪喜得一对儿女，取名若望和卡特琳。

9 月 25 日，《卡利古拉》在埃贝尔托剧院演出。主演钱拉·菲利普崭露头角。R. 康普把这出剧视为"绝望者的教科书"。

加缪担任伽利玛出版社的文学顾问，他要策划出一套"希望"丛书。

12 月，加缪和米歇尔·伽利玛全家去戛纳度假。

1946 年

3 月 25 日，加缪抵达纽约，开始北美之行，在哥伦比亚大学、哈佛大学等处讲演，受到大学生的热烈欢迎和好评。5 月 26 日，他抵达蒙特利尔，开始在加拿大巡回讲演，6 月回国。

发现西蒙娜·维尔的作品，加缪主持出版她未发表过的作品。

在论战中，他系统地思考暴力问题："我们在地狱中，从来就没有出去过！这漫长的六年来，我们都极力摆脱这种处境。"（《夏》）

诗人勒内·夏尔的《伊普诺斯散页》出版，加缪和他结成深厚的友谊。

11 月，加缪同萨特、马尔罗、科斯特勒等进行政治谈话，涉及苏联等问题。

1947 年

加缪强烈抗议法国当局镇压马达加斯加岛起义："⋯⋯事实摆在面前，清清楚楚，极其丑恶。我们碰到这种情况，干了我们谴责德国人所干的事情。"（《战斗报》）

加缪将《战斗报》主编之位让给克洛德·布尔代。

"民主与革命联盟"成立，团结左翼力量。加缪支持而未参加。

6 月，《鼠疫》出版，获巨大成功，加缪被授予批评家大奖。

夏季，加缪到普罗旺斯地区卢马兰村居住一段时间。

8 月，加缪与让·格勒尼埃去游布列塔尼。

9 月，加缪去勒内·夏尔的家乡伊斯勒，受到诗人热情友好的接待。

11 月，加缪回阿尔及尔，看望亲人和老师。

加缪在《卡里邦》杂志发表系列文章：《不做受害者，也不当刽子手》，再度与德·拉维吉利激烈论战。他强调暴力虽难避免，但必须反对使暴力合法化的任何行为，他反对一切战争、一切残害生命的暴力形式。

1948 年

1 月 19 日，加缪去瑞士养病，写完剧本《戒严》。

2 月，布拉格政变。

加缪暂时离开斗争激烈的政治舞台，携家人回阿尔及利亚游览。

5 月 4 日，加缪又同家人去英国旅行。

夏天，加缪再次去夏尔家乡伊斯勒，他对巴黎生活已心生厌倦，眷恋普罗旺斯的秀美风光和田园生活。

10 月 27 日，《戒严》演出失败。

1949 年

3 月，加缪呼吁声援被判处死刑的希腊共产党人；1950 年 12 月，他还声援其他国被判处死刑的共产党人。

开始撰写剧本《正义者》和哲学论著《反抗者》。

3 月 6 日，加缪去伦敦，出席《卡利古拉》在伦敦的首演式。

6 月至 8 月，去南美洲旅行（参看《最近的大海》与《长出来的巨石》）。加缪健康状况本来不佳，这次旅途劳顿，情况就更糟了。此后两年间，他只能思考并撰写《反抗者》了。

《正义者》完稿，加缪有时去看这出戏的排练。12 月，《正义者》公演，受到观众的赞赏。

1950 年

加缪向伽利玛出版社请一年病假，遵医嘱，去海拔高、气候干燥的卡布里养病。他每天坚持写作。萨特前去看望过他。

《时政评论一集》出版。

加缪去沃日地区度夏。

不久，他搬到夫人街的一套房子。

1951 年

加缪再次离开阴冷的巴黎，去卡布里疗养，主要精力用来完成《反抗者》。

朝鲜战争爆发，中国人民志愿军赴朝作战。

10 月 18 日，《反抗者》出版。这本书从哲学、伦理学和文学诸方面，探讨了引起论战的各种敏感问题，提出一套反抗的理论，这便是加缪的新人道主义的核心。这本书引起萨特和加缪激烈论战，最终导致二人彻底决裂。这一场论战是法国知识界的重大事件，持续一年多。

11月，加缪回阿尔及尔探视母亲。

12月，在卜利达状告"争取民主自由胜利运动"（阿尔及利亚政党）。

1952 年

2月22日，加缪参加法国人权同盟在巴黎的大会，并发表演说，声援被佛朗哥政权判处死刑的西班牙共和党人。

3月6日，加缪声明退出欧洲文化协会，因不满它的政治宣言的一些观点。

5月至8月，《反抗者》所引起的论战到了白热化程度。加缪写了《致〈现代〉杂志主编的信》，而主编萨特则写回以《答加缪书》，成为两人断绝关系的宣言书。

加缪去帕那尼埃休养。

创作短篇小说集《流放与王国》。

加缪辞掉在联合国教科文组织的职务，抗议它吸收了佛朗哥统治下的西班牙为成员。

12月1日，加缪再次回家探望母亲和哥哥，重游蒂巴萨，去游览尚未去过的沙漠绿洲城镇。他乘船到马赛，去戛纳与伽利玛一家相聚，再一道回巴黎。

1953 年

6月7日，东柏林发生暴动。"一名劳动者，无论在世界何处，面对坦克举起赤手的空拳，高呼他不是个奴隶的时候，我们若是无动于衷，那就成了什么人呢？"（在互助会上的讲话）

《时政评论二集》出版。

6月，在昂热戏剧节上，加缪代替生病的马塞尔·埃朗，改编并执导《信奉十字架》和《闹鬼》。

夏天，加缪带生病的妻子以及子女去莱蒙湖畔的多农，抓紧修改《夏》。

10月，加缪着手将陀思妥耶夫斯基的长篇《群魔》改编成剧本。

专制和金钱民主都明白，为巩固其统治，必须将劳动与文化分离。至于劳动，有经济压迫差不多就足够了……而文化，则可以用金钱收买和冷嘲热讽。商业社会将大量金钱和特权赠给那些名为艺术家，实为跳梁小丑的家伙，迫使他们做出种种让步。（8月8日给一家工会刊物的信）

加缪在一张标明1951年3月至1953年12月的纸上，列出他心爱的词：**世界、痛苦、大地、母亲、人类、沙漠、荣誉、苦难、夏日、大海**。

1954 年

随笔集子《夏》出版，包括《扁桃树》、《重游蒂巴萨》等八篇抒情散文，反映向往光明的自然一面。加缪认为作家可以写荒谬，而自己并不绝望。

10月，去荷兰短期旅行，阿姆斯特丹是他的小说《堕落》的背景城市。

构思写《第一人》："于是我构想'第一人'从零开始，他不会念书，也不会写字，不知道什么是道德和宗教。换言之，那是一种没有老师的教育，小说就放在现代历史的革命和战争之间展开。"

法国广播电台分几次播放加缪录制的《局外人》。

加缪十分关注阿尔及利亚的局势。11月，殖民当局和阿尔及利亚民族主义力量矛盾激化，开始武装冲突。"左手拿着《人权宣言》，右手拿着用来镇压的警棍，还能以文明的创立者自居吗？"

10 月，加缪再次写信给福克纳，请求改编《修女安魂曲》。

11 月，应意大利文化协会邀请，加缪去意大利访问，到都灵、米兰、罗马、热那亚几座城市做报告和讲演。讲演的题目为《艺术家及其所处的时代》，表明自由的艺术家并不是一个追求舒适或内心混乱的人，而是一个有自律精神、承担社会责任的人。

1955 年

3 月，改编迪诺·布扎蒂的剧本《医院风波》，并在法国出版。

4 月 26 日至 5 月 16 日，加缪去希腊旅行，在雅典的法语学院以《悲剧的未来》为题发表演说，援引法国一大批作家在戏剧舞台所取得的成就，说明古希腊悲剧复兴的可能性。

6 月，加缪重返新闻界，与《快报》周刊合作，主持"时事"栏目。加缪加盟《快报》，又引起与左派杂志《法兰西观察家》的论战。

作家完全可以置身于激烈的论战之外，独自一人，在孤独中完成为大众服务的使命。然而，一旦加入战斗，他就必须遵守规则：集体性、责任感，以及应有的幽默感。（布尔代）

其实，加缪并没有参加他们的阵营。

9 月末，美国作家威廉·福克纳到达巴黎。为此，伽利玛出版社举办花园招待会，法国文学界名流四百人应邀参加，成为一次文坛盛会。福克纳签了合同，允许加缪改编《修女安魂曲》。

10 月 23 日，加缪在巴黎大学主持《堂吉诃德》问世三百五十周年纪念会，他在讲话中，赞美书中的主人公拒绝现实、拒绝轻而易举的成功的精神："有一点非常重要，这些拒绝不是被动的。堂吉诃德不屈不挠的战斗，永远不甘心失败……这种拒绝不是放弃，而是一个看重荣誉的人在谦卑面前的退让，他是一个拿起武器斗争的仁慈家。"

这信念是一种希望，也是一种信念。这信念就是只要坚持不懈，失败最终会转化为胜利……不过，这需要战斗到最后一刻，正如西班牙哲学家所梦想的，堂吉诃德必须下地狱去为最后的受难者打开大门……

1956 年

1 月 18 日，加缪飞抵阿尔及尔，参加集会。1 月 23 日他呼吁休战，因而受到一部分同胞的不愉快接待。他在给吉利贝尔的信中写道："我从阿尔及利亚回来，心情相当沮丧。事态的发展坚定了我的信念。对我来说，这是个人的一种不幸。但是必须坚持，不是什么都能妥协的。"

2 月，加缪停止与《快报》合作。

5 月，小说《堕落》由伽利玛出版社出版。

加缪全力援救 5 月 28 日被捕的梅宗瑟尔，以及一批被捕的阿尔及利亚自由主义者或民族主义者。梅宗瑟尔一案移到巴黎，加缪请名律师为好友辩护，终于使其免予起诉。

9 月 20 日，由卡特琳·塞勒主演的《修女安魂曲》，在巴黎马杜兰剧院演出成功。

10 月 23 日，发生匈牙利事件。加缪声援匈牙利人民，多次参加集会游行，反对专制主义。

1957 年

加缪打算编《夏》的续集——《节日集》。

3月，《流放与王国》出版。

6月，昂热戏剧节上，演出修订本《卡利古拉》，以及他改编的洛贝·德·维加的《奥尔梅多骑士》。

《关于断头台的思考》，收入同科斯特勒与丁·布洛克·米歇尔合编的《关于极刑的思考》。

10月17日，瑞典皇家学院授予加缪诺贝尔文学奖。当时他是法国第九位此奖得主，而且是最年轻的，年仅四十四岁。加缪自己觉得意外，应该是马尔罗获奖。这一事件受到了左派和右派的双重抨击，但是马尔罗毫不犹豫地表示祝贺，说："他的这种回答给我们俩都增了光。"另一位著名作家莫里亚克，也摈弃前嫌给加缪以中肯的评价："这位风华正茂的年轻人，是青年一代最崇拜的导师之一，他给青年一代所提出的问题提供了答案，他问心无愧。"

1958 年

2月，《在瑞典的演讲》发表。

3月，《反与正》再版，新作了序言。

6月，《时政评论三集》出版。这是阿尔及利亚专集，加缪提议分析冲突并寻求解决方法。但是他已陷入两难境地，这给他造成极大苦恼。

加缪这两年身体极差。

6月9日，去希腊旅行。

8月，著名作家马丹·杜·加尔去世，加缪为这位挚友写了纪念文章，给予高度评价。

11月，加缪在普罗旺斯省卢马兰村买下一幢房子，打算将来长居乡间。

1959 年

1 月 30 日，加缪改编的陀思妥耶夫斯基的《群魔》，由他执导在巴黎安东尼剧院演出。

加缪打算经营一家剧院，请当时任文化部长的马尔罗予以资助。

3 月，加缪回阿尔及尔探母。

5 月 12 日，法国电视台播放一套名人采访录，有一期专为加缪录制。

5 月，加缪到卢马兰村居住，似乎恢复了精力，准备写《第一人》，到 11 月，他顺畅地写出了第一部分。题词已想好："献给永远无法阅读此书的你。"据加缪妻子理解，人人都是第一人。如果不出意外，《第一人》应在 1960 年 7 月完稿，1961 年夏再写第二稿，或许就是定稿。

1960 年

伽利玛一家应邀到卢马兰过元旦。1 月 4 日，加缪乘米歇尔·伽利玛的汽车回巴黎，车行至蒙特罗附近的维尔勃勒万，出了车祸身亡。

在悼念的文章中，萨特的悼词最感人：

他在本世纪，顶住历史潮流，独自继承了源远流长的警世文学，警世作品也许堪称法国文学的最大特色。他以那种固执的，既狭隘又纯洁的，既严峻又耽于肉欲的人道主义，向这个时代种种巨大的、畸形的事件展开胜负难卜的战斗。但是反过来，他以自己始终如一的拒绝，在我们时代的中心，针对马基雅弗利主义和拜金的现实主义，再次肯定了道德事实的存在。

阿尔及利亚友人在蒂巴萨给加缪立了纪念碑，雕刻的铭文为：

在这儿我领悟了

人们所说的光荣：

就是无拘无束地

爱的权利。

　　　　——阿尔贝·加缪

图书在版编目（CIP）数据

局外人 /（法）加缪著；李玉民译 . -- 桂林：漓
江出版社，2017.11（2023.12 重印）
（诺贝尔文学奖作家文集 . 加缪卷）
ISBN 978-7-5407-8231-3

Ⅰ . ①局… Ⅱ . ①加… ②李… Ⅲ . ①长篇小说 - 法
国 - 现代 Ⅳ . ① I565.45

中国版本图书馆 CIP 数据核字 (2017) 第 203618 号

JUWAIREN

局外人
［法］加缪 著
李玉民 译

出 版 人：刘迪才
策划编辑：张 谦
责任编辑：胡子博
助理编辑：辛丽芳
书籍设计：石绍康
责任监印：张 璐

漓江出版社有限公司出版发行
广西桂林市南环路 22 号 邮编：541002
发行电话：010-85891290 0773-2582200
邮购热线：0773-2582200
网址：www.lijiangbooks.com 微信公众号：lijiangpress
印制：北京中科印刷有限公司
［北京市通州区宋庄工业区 1 号楼 101 号 邮编：101118］
开本：880mm×1230mm 1/32
印张：8.5 字数：182 千字
版次：2017 年 11 月第 1 版 印次：2023 年 12 月第 4 次印刷
书号：ISBN 978-7-5407-8231-3
定价：48.00 元